Читайте романы
примадонны иронического детектива
Дарьи Донцовой

Дарья Донцова

Пикник на острове сокровищ

роман

Советы
от безумной оптимистки
Дарьи Донцовой

Москва
ЭКСМО
2006

ИРОНИЧЕСКИЙ ДЕТЕКТИВ

Пикник на острове сокровищ

роман

Дорогие мои, любимые читатели!

В этом году я решила наградить самых постоянных и активных из вас!

Это значит, что я готовлю вам подарки!

Как принять участие в розыгрышах подарков?

Это просто! В этой книге вы найдете купон.
Точно такие же купоны будут и во всех других
моих новых книгах с твердой обложкой,
которые выйдут с июня по ноябрь 2006 г.
(за это время я опубликую 7 новых романов).

Каждый из вырезанных и заполненных вами
купонов присылайте мне почтой по адресу:
111673, г. Москва, а/я «Дарья Донцова».

Не копите купоны — присылайте их сразу!
Так вы сможете принять участие сразу
в трех розыгрышах подарков в течение года!

Вот и все! Остальное зависит от вашей удачи
и того, насколько внимательно
вы ознакомились с описанием розыгрышей.

ОПИСАНИЕ РОЗЫГРЫШЕЙ

В течение этого года вы сможете принять участие сразу в трех розыгрышах подарков!

• 1-й розыгрыш

Состоится 10 августа 2006 г. среди всех успевших прислать хотя бы один купон за период конец мая — начало августа. Каждый пятый участник розыгрыша получит заказной бандеролью **стильный шарфик** (сама выбирала).

Кроме того, всем участникам первого розыгрыша — памятное письмо от меня и... четыре чистых конверта. Конверты — для того, чтобы вам было удобнее участвовать в розыгрышах.

- -

• 2-й розыгрыш

Состоится 10 октября 2006 г. среди всех приславших 3 заполненных купона за период конец мая — начало октября. Каждый десятый участник обязательно выиграет **бытовую технику**. Заметьте, вам не придется за ней никуда ехать — технику доставят вам на дом.

- -

• 3-й розыгрыш

Состоится 10 декабря 2006 г. среди всех приславших 5 заполненных купонов за период конец мая — начало декабря.

Самые удачливые получат суперприз — семейную поездку в Египет! Всем остальным участникам 3-го розыгрыша — сюрприз от меня на память.

Разумеется, присланные вами в течение года купоны участвуют во всех трех розыгрышах.

P. S. Всю дополнительную информацию можно получить на моем сайте www.dontsova.ru, на сайте моего издательства www.eksmo.ru и по телефону бесплатной горячей линии (495) 642-32-88.

Глава 1

В пятницу вечером мне позвонил Егор Дружинин и воскликнул:

— Вань, какие планы на выходные?

Я зевнул, отложил книгу и честно признался:

— Никаких, я намеревался субботу проваляться на диване с книгой, а воскресенье просидеть в кресле перед телевизором.

— Совсем ты стух, — сказал Егор. — Что за пенсионерские забавы? Давай замутим историю!

— Видишь ли, — я осторожно попытался образумить Дружинина, — всю неделю я носился галопом по разным адресам и устал, поэтому...

— Нора распутывала очередное дело? — перебил меня приятель. — Щелкала мозгами и не жалела ног, то бишь тебя?

— Верно, — вздохнул я, — на редкость суетливая неделя выдалась.

— И какие успехи? — поинтересовался Дружинин.

— Слава богу, все закончилось нормально, и теперь у меня есть два законных дня отдыха! — воскликнул я.

— Значит, ничто не помешает тебе отправиться со мной на рыбалку?

— Ты забыл, что на дворе февраль? — напомнил я. — Холод, ветер, о каких карасях может идти речь!

Если честно, я не большой любитель загородных прогулок, все эти пикники и походы на байдарках не для меня. Нет, я, конечно, с удовольствием съем свежеприготовленный шашлык, при условии, что мангал находится на заднем дворе комфортабельного загородного дома, где есть ванная и гостиная с мягкими креслами. Но предпочитаю, полакомившись мясом на углях, отправиться домой и спать в собственной кровати. Я некомфортно чувствую себя в чужих хоромах, не способен расслабиться там, где все не мое, неудобное, непривычное. А вот Егор другой, мы с ним дружим с того времени, как я пришел на работу в журнал «Литературный Восток». Дружинин постоянно мотался по командировкам, чем очень выручал вашего покорного слугу. Мне совершенно не хотелось тащиться ни в Самарканд, ни в Алма-Ату или еще куда-то. Из путешествий Егор возвращался с горящим взором, шлепал мне на стол очередной сувенир и вздыхал:

— Ваня! Ты не представляешь, какой это кайф! Такая обалденная рыбалка (охота, сплав по реке, ловля бабочек, танцы с верблюдами)! Неужели тебе нравится киснуть в этой каморке, глядя сквозь пыльное окно на город, наполненный машинами и толпами людей?

Я разводил руками. Способен ли домашний кот понять своего бродячего собрата? Может, у второго жизнь и полна интересных переживаний, но у первого нет ни малейшей охоты носиться по чердакам и крышам в поисках приключений. Каждому свое, это еще древние философы заметили.

Вам кажется странным, что при таких кардинальных различиях в характере мы с Егором приятельствуем? Но мы не совпадаем лишь в отношении к путешествиям, а в остальном похожи, как братья: читали одни и те же книги и одинаково реагируем на внешние раздражители. Егор верный и надежный человек, он из тех, с кем можно пойти в разведку, Дружинин не бросит вас, раненного, в лесу, а потащит на себе. Во всяком случае, я в этом уверен, хотя жизнь, слава богу, не устраивала нам подобных жестких проверок. Я считаю Егора одним из лучших своих друзей, вот только его любовь к экстриму не разделяю. Впрочем, рыбалка и охота — это относительно мирные увлечения, хотя убийство ни в чем не повинного, рыдающего от ужаса животного кажется мне отвратительным. Намного хуже другие забавы Егора: сплав по бурной реке верхом на бревне, затяжной прыжок с неимоверной высоты, гонки на мотоцикле по пустыне, без рации и запаса воды. С каждым разом приключения Дружинина становятся все более и более опасными. Егор похож на наркомана, который, подсев на героин, вынужден для получения кайфа постоянно увеличивать дозу отравы. Никакие мои доводы вроде: «Спускаться по горному склону на скейтборде без палок и шлема на голове очень опасно», — на приятеля не действуют, он реагирует на справедливые замечания просто гениально: широко распахивает глаза и по-детски наивно восклицает:

— Почему?

И как ответить на подобный вопрос? «Потому что ты можешь искалечиться или погибнуть»? Произнося это, я напоминаю сам себе престарелого дедушку, этакого брюзгливого старичка после трех инсультов, который, скрючившись в инвалидном кресле, выговаривает шебутному пятилетнему внучку:

— Эх, малыш, ну почему тебя все время тянет бегать и прыгать? Нет бы взять пример с меня и сидеть тихо!

Поэтому я перестал нервно хвататься за сигареты, услышав от Егора очередное сообщение вроде: «Завтра уезжаю в отпуск, приму участие в восхождении на Эльбрус, мы наденем на ноги ласты, на голову противогазы, а продукты и палатки не возьмем».

Ну какой смысл предостерегать приятеля? Он все равно осуществит задуманное. Единственное, что мне остается, — это, посадив друга в самолет, на всех парах нестись в церковь к нашему общему знакомому отцу Иоанну, который до принятия сана тоже работал в «Литературном Востоке», и заказывать молебен о здравии раба божьего Егора. Я не принадлежу к когорте истово верующих людей, но, как всякий русский человек, попав в тупиковую ситуацию, пытаюсь договориться с господом.

Пару лет назад Егор женился. Я было обрадовался: молодая супруга должна отвлечь Дружинина от экстремальных забав. Но выяснилось, что Лена полностью разделяет увлечения супруга. Познакомились они, когда Егор занялся дайвингом, при довольно комических обстоятельствах. На пляже к Дружинину подошла милая девушка и робко попросила:

— Извините, пожалуйста, вижу, вы профессионал в подводном плаванье, а я только начинаю, дайте мне совет.

— Рад буду помочь, — галантно улыбнулся Егор.

Незнакомка потупилась и протянула ему маску.

— Не посмотрите, может, она сломана или плохого качества?

— Нормальная вроде, — пожал плечами Дружинин, — а в чем проблема?

— Вода постоянно заливается внутрь.

— А как вы ее надеваете? — заинтересовался Егор. — Сделайте одолжение, продемонстрируйте.

— Да очень просто, — протянула девушка, — вот так, хоп!

Дружинин постарался не расхохотаться.

— В принципе верно, — сдерживая смех, сказал он. — Только надо снимать солнечные очки, зачем они вам под водой?

Пару секунд девушка напряженно сопела, потом, топнув стройной ножкой, воскликнула:

— Ой, ну и дура же я!

Столь редкостное для представительниц слабого пола умение адекватно оценить себя удивило Егора, к тому же собеседница была хороша собой. Вспыхнул ни к чему не обязывающий курортный роман, завершившийся маршем Мендельсона. Мои надежды на то, что наконец-то друг остепенится и перестанет рисковать жизнью, не оправдались: безголовую Лену приводят в бурный восторг адреналиновые игры мужа, она считает их «прикольными».

— Значит, едем! — вернул меня к действительности Егор.

— Куда? — испугался я.

— Вань! Ты меня не слушал, — возмутился приятель. — Распинаюсь тут целых полчаса, объясняю, растолковываю, а ты «кудакаешь». Завтра в шесть утра я заеду за тобой, будь готов.

Из моей груди вырвался протяжный стон, который при желании можно было принять за согласие участвовать в безумной затее. А как еще назвать зимнюю рыбалку? На милое времяпрепровождение она явно не тянет.

— Отлично, — обрадовался Егор, — я так и знал, что ты захочешь сделать мне подарок на день рождения.

На этот раз я сумел вовремя проглотить возглас

удивления. Действительно, я совершенно забыл, что Дружинин появился на свет девятого февраля.

— Лучший презент, — радовался тем временем друг, — это поездка вместе с тобой на рыбалку. О'кей?

И что бы вы ответили в подобной ситуации?

— О'кей, — обреченно выдавил я из себя, — только у меня нет необходимой амуниции.

— Не беспокойся, — с жаром воскликнул Егор, — я привезу все нужное с собой!

И вот сейчас, облаченный в странный костюм и куртку защитного цвета, я трясусь в джипе, который Егор специально приобрел для подобных прогулок. Забыл сказать, что в отличие от меня Дружинин весьма успешен в бизнесе и не стесняет себя в тратах.

— Это где-то тут, — показывая пальцем в карту, с некоторым сомнением заявил Егор.

— Ты не знаешь, где место рыбалки? — удивился я.

Егор помотал головой:

— Нет.

— Мы едем невесть куда?

— Почему? На озеро Красное, — объяснил Егор, — мне Леша маршрут начертил, шоссе, затем налево, потом лес, а дальше будет большое поле с канавой и за ним озеро. Там знатная рыбалка. Лешка на днях ездил, привез грузовик рыбы. Так, нам вроде сюда!

Джип бойко заскакал по кочкам, я поежился. Ну зачем нормальному человеку трехтонка со щуками? Куда столько? Вполне хватит одной рыбки, чтобы наесться, и ту лучше «выловить» в соседнем супермаркете. Надеюсь, Егор не захочет, вытащив пару-тройку несчастных окуньков, тут же зажарить их на костре? Я, конечно, не сумел отказать человеку в его день рождения, принял участие в дурацкой забаве, но всему есть предел.

— Ваня! — восторженно ахнул Егор. — Приехали! Смотри, какой восторг!

Я глянул в окно. Серые плотные тучи мрачно нависали над заснеженной землей. По берегам покрытого льдом озера высились чахлые елки, заваленные снегом, поодаль виднелась покосившаяся на правый бок водокачка.

— А воздух! — впал в раж Егор. — Вань, ну-ка вдыхай!

С этими словами он раскрыл дверь машины и выскочил наружу. Я вздрогнул, холодный промозглый воздух ринулся в салон джипа, мое настроение опустилось до нуля.

— Ты уверен, что мы прибыли на волшебное озеро? — мрачно поинтересовался я, учуяв «аромат» навоза.

— Ваня, — с укоризной воскликнул Дружинин, — я по пустыне с картой ездил, а там вообще не было никаких ориентиров, хуже, чем в море. Ясное дело, вот оно, Красное озеро, перед нами! Пошли!

Через полчаса Егор ухитрился полностью оборудовать место рыбалки. На льду, посередине замерзшего пространства, возникла палатка, с невероятной быстротой приятель провертел лунки, усадил меня на раскладной стульчик, сам пристроился невдалеке и хищно воскликнул:

— Ну, с богом! Давай, Ваня, новичкам везет.

Я кивнул и съежился под здоровенным тулупом, которым Егор заботливо прикрыл меня. Как ни странно, мне не было холодно, непритязательные с виду костюм и куртка оказались уютными, не пропускали наружу тепло и не давали холоду проникнуть внутрь. На ногах у меня были здоровенные валенки с калошами, на голове ушанка, а руки прятались в пуховых варежках. Да еще перед началом лова мы глотнули из фляжки элитного коньяку, предусмотрительно прихваченного Егором, мне такой решительно не по карману.

Я сгорбился над лункой, сжимая удилище. Чуть поодаль, похожий на нахохлившегося ворона, сидел Егор. Полчаса прошло в тягостном молчании, мне стало тоскливо. Интересно, как долго нам предстоит куковать на льду? До вечера? И зачем я согласился на эту муку. Отчего не придумал какую-нибудь достойную причину, по которой не могу поехать на рыбалку?

Неожиданно около нас возник мужик с тюком в руках.

— Чаво тута делаете? — воскликнул он.

Идиотизм вопроса поразил меня. Ну чем может заниматься человек с удочкой в руках над проверченным во льду отверстием? Ясное дело, он рисует натюрморт! Но тут я учуял густой запах перегара, и стало ясно, что селянин пьян.

— Чаво молчишь? — не успокаивался мужик.

— Ступайте, любезный, — вежливо попросил я, — не мешайте, рыбу распугаете.

Абориген икнул и удалился, пошатываясь. На смену ему явилась бабенка с пакетом.

— Эй! — крикнула она. — Чего-нибудь интересное нашли?

Я сделал вид, что не слышу вопроса. Противно хихикая, молодка исчезла.

Спустя полчаса бесцеремонность деревенских жителей стала нас утомлять, озеро оказалось совсем не уединенным местом. По льду туда-сюда сновали люди, очевидно, это был самый короткий путь между населенным пунктом и магазином. Все прохожие вели себя вначале одинаково, они замирали около меня, отчего-то Егора не тревожили, и задавали один и тот же вопрос:

— Чего тут делаете?

Услыхав ответ: «Ловлю рыбу», любопытные прыскали в кулак и, довольные собой, продолжали путь. Когда все повторилось в пятый раз, я разозлился, но потом вдруг сообразил, что ни одной рыбешки мы не вытащили, клева на замечательном, разрекламированном незнакомым мне Алексеем озере нет никакого, да еще по льду проложена народная тропа. Сейчас Егору надоест восседать попусту на морозе, и он даст команду сматывать удочки, в прямом и переносном смысле слова. Вот только интересно, как скоро у Дружинина иссякнет терпение?

— Эй, милок, — прошамкали сбоку.

Я повернул голову и увидел бабку, лет ста с виду.

— Чево делаете? — задала традиционный вопрос бабуля.

— Рыбу ловим, — стандартно ответил я, одним глазом косясь на Егора.

Кажется, именинника стало раздражать местное население, до сих пор сидевший в одной позе Дружинин повернул голову и с явным неодобрением воззрился на бабку.

— Какую рыбу? — не успокоилась та.

— Ну... щуку, — объяснил я, — окуня, карася... не знаю, что в местных водах водится, может, судак!

Бабуля ехидно засмеялась.

— Господь с тобой, касатик, какая здеся рыбешка!

— Слышь, бабка, канай отсюда! — рявкнул

Егор. — Не приставай, мы тебе не мешаем, и ты нам не мешай рыбу ловить.

— Так не там вы сели, — забубнила старуха, которую совсем не обидел грубый тон Дружинина, — рыба-то в озере водится.

— Ой, спасибо, — скривился Егор, — что объяснили, а то мы не знали! Огромная вам благодарность за дельное замечание.

— Рыба-то на озере водится, — с упорством, достойным лучшего применения, гундела бабуся.

— А мы где, по-твоему, сидим, — вышел из себя Дружинин, — на кухне?

— Нет, — засмеялась она, — на поле!

— Где? — в один голос воскликнули мы с приятелем.

— Так тута поле замерзшее, — миролюбиво прошамкала бабуля, — его по осени подтапливает, а потом замораживает.

Мы с Егором молча уставились друг на друга.

— Старуха путает, — наконец отмер Дружинин, — я по карте ехал, между прочим, до сих пор никогда не ошибался. И вообще, если это заледеневшая пашня, то каким образом у нас крючки с леской провалились?

— А здеся, милок, канава, — охотно пояснила бабулька, — вы аккурат над ней и устроились, озерцо дальше, следующий поворот налево. Уж извиняйте, если от дел оторвала, только на вас наши пальцем тычут и ржут: глядите, умора, два городских дурака на поле удить устроились, да так основательно расположились, с палаткой.

Егор вскочил и кинулся собирать снасти, меня душил смех, но я старался не расхохотаться во весь голос, потому что Дружинину ситуация вовсе не казалась забавной.

— Мерзавцы, — шипел приятель, складывая палатку, — пакостники, ходили мимо и веселились, никому в голову не пришло правду сказать! И вовсе я не запутался! Просто карта старая, там эти угодья не обозначены. Нет, ты только подумай, Ваня! Я пытался поймать рыбу в поле!

Секунду Егор стоял молча, потом швырнул палатку на лед, сел на нее сверху и начал хохотать как безумный, я тоже не выдержал и присоединился к нему.

— Нет, если кому рассказать, не поверят, — стонал Егор, — так не бывает, это круче, чем скачки на козлах. Ладно, едем к озеру!

— Может, не надо? — с робкой надеждой спросил я. — Мы уже славно подышали воздухом, поудили!

— Так мы еще, как выяснилось, и не начинали, — хмыкнул Егор, и тут у него зазвонил сотовый.

Приятель вытащил телефон и с раздражением спросил:

— Ленуся, ты где? Доехала до Маринки? Говори громче...

Очевидно, связь прервалась, потому что Дружинин сунул сотовый в карман и повернулся ко мне.

— Лена порулила к своей подруге Марине Редькиной на дачу. Мы с ней решили не праздновать мой день рождения, дата некруглая, зачем застолье? Да и не люблю я тупое сидение на одном месте, лучше уж на рыбалку податься, правда, Вань?

Я машинально кивнул, хотя, на мой взгляд, как раз рыбалку иначе чем тупым сидением на одном месте и не назовешь.

— Сейчас мы с тобой... — завел было Егор, и тут его снова перебил мобильный.

Дружинин вытащил верещащий аппарат.

— Ну, Лена, говори громче. Что? Как? Куда?

В его голосе зазвучала такая тревога, что я невольно испугался. Похоже, в семье Дружининых явно случилась какая-то неприятность.

Глава 2

— Так, — твердил Егор, бледнея на глазах, — ага, понял, Брусникино. Ты уверена? Ладно. Дом с зелеными ставнями? Ага, ага, уже несемся, я с Ваней, он поможет!

— Что случилось? — воскликнул я, когда бледный Егор кинулся подбирать палатку.

— У Ленки не завелась машина, — быстро объяснял Егор, сматывая удочки, — жена заказала такси, оно прибыло вовремя, но на заднем сиденье оказалось две женщины с букетом цветов. Водитель извинился, сказал, что это его сестра и жена, которым надо в гости. Ленка неконфликтный человек, она не стала ругаться, хотела сесть на переднее сиденье, и тут одна из баб попросилась в туалет.

Я, потеряв дар речи, слушал приятеля. Похоже, Лена совсем безголовое существо, раз не отказалась от услуг таксиста, прибывшего по заказу с родственницами, да еще впустила абсолютно незнакомого человека в квартиру. Очутившись в прихожей, бабенка вытащила из цветов пистолет. В общем, из дома бандиты вынесли все деньги и драгоценности и, завязав Лене глаза, втащили ее в такси и увезли неизвестно куда.

Правда, в машине Елене удалось слегка сдвинуть

повязку, и она сумела прочитать название местечка, куда ее доставили грабители. Это была деревня Брусникино. Мерзавцы завели жену Егора в избу с зелеными ставнями и сунули в подвал, где дурочка сейчас и сидит. По счастливой случайности воры забыли отобрать у жертвы мобильный телефон, но у Лены вот-вот разрядится батарейка — и кирдык связи. Последнее, что она успела, — это внятно повторить адрес — Брусникино, съезд с Волоколамского шоссе около второй бензозаправки от МКАД, дом с зелеными ставнями.

— Давай, давай, — торопил меня Егор, — хорошо бы нам за час добраться!

— Погоди, — попытался я остановить Дружинина, — не спеши.

— С ума сошел? — заорал Егор. — Ленка там одна! Не ровен час бандюки вернутся.

— Так об этом и речь! Мы не сумеем ее спасти! — воззвал я к его рассудку. — Следует обратиться в милицию.

— Некогда, надо действовать, — ответил Егор.

— У грабителей есть пистолет, — напомнил я.

— А у нас монтировка, лопата, коловорот и много еще такого, чем можно голову проломить и руки-ноги перебить! — азартно воскликнул Егор. — Ментов придется сутки ждать! Ты чего, боишься? Полезай в машину, я высажу тебя по дороге и помчусь к Ленке.

Я покачал головой. Ясное дело, я боюсь, но не потому, что трус, а просто в отличие от Егора я не потерял способности здраво мыслить и великолепно понимаю, что против пули никакой лом не поможет. Кроме того, я никогда не дрался, даже в детстве предпочитал решать конфликты вербально.

В конце концов, это крайне не интеллигентно — использовать монтировку в качестве аргумента в споре.

— Можно позвонить Максу, — выдавил я из себя, — Воронову.

Егор захлопнул багажник.

— Твоему другу-менту?

— Ты с ним тоже великолепно знаком, — напомнил я.

— Ваня, давай живей! Ты едешь?

— Да, — кивнул я, — естественно, я отправлюсь с тобой, но... видишь ли... э... э...

— Не мямли!

— Мне надо в туалет.

— Отливай тут!

— Я отойду к кустам.

— Ну ...! — выругался Егор. — Хорошо, только по-быстрому.

Я сайгаком доскакал до чахлых прутьев, торчащих изо льда, сделал вид, что расстегиваю брюки, вынул мобильный и, молясь, чтобы Макс оказался на месте, нажал на нужную кнопку.

— Воронов, — ответил друг.

— Господи, — вырвалось у меня, — вот счастье! Скорей, помоги... — И я изложил ему ситуацию.

Надо отдать должное Максу: в случае настоящей опасности он действует быстро и четко.

— Понял, — коротко отозвался приятель, — едем.

— Ваня! — заорал Егор, высовываясь из машины.

Я, спотыкаясь, помчался на зов. Леденящий ужас отступил. Слава богу, Макс уже несется на помощь, вдруг нам повезет, и он вместе с ОМОНом явится в Брусникино раньше нас? И не надо думать, что я трус, просто считаю, что каждый человек должен делать свое дело. Беда, коли пироги начнет печь сапожник! Я замечательный секретарь и помощник Норы, кроме того, вполне успешно справляюсь с обязанностями сотрудника частного детективного агентства «Ниро», но, размахивая коловоротом, нестись на бандитов, вооруженных огнестрельным оружием, не хочу. Простите, но мне это не кажется забавным, а вот Егор, похоже, ощутил выброс адреналина, поэтому ему сейчас море по колено.

Похоже, нужные лица в небесной канцелярии услышали мои мольбы. Джип Егора почти беспрепятственно докатил до МКАД и только там попал в пробку.

— Какого черта стоим? — забарабанил пальцами по рулю Дружинин.

— Авария, — попытался я его успокоить, но добился противоположного эффекта.

— Козлы, — заорал Егор, — на лысой резине катаются!

— Может, у людей денег нет на хорошие шины!

— Уроды! — бесновался Дружинин. — Водку жрать они могут? А о собственной жизни не думают. Да если с каждой получки по сто баксов прятать, то за год не одни колеса можно купить для их металлолома! Кретины!

Я молча смотрел в окно. Первый раз услышал в голосе друга истерические нотки, до сих пор ко всему, что с ним приключалось, он относился с изрядной долей юмора. Даже сломав в трех местах ногу, Дружинин веселился и просил всех навещавших его расписываться на гипсе. Хотя до сегодняшнего дня неприятности происходили с самим Егором, а теперь в беду попала Лена.

Наконец, преодолев все заторы, мы добрались до

Брусникина, маленького поселка с покосившимися домиками.

— Похоже, тут никто не живет, — нервно воскликнул Егор, — двери у домов нараспашку, окна выбиты, и дым из труб не идет.

— Ты не прав, — возразил я, — смотри, вот следы от машин, сюда приезжали, и, судя по всему, автомобиль был не один либо он сновал туда-сюда.

— Да? — насторожился Дружинин.

— Колея глубокая, — протянул я, — а вчера ночью шел снег, значит, кто-то недавно приезжал, иначе бы следы занесло. И вон там дымок струится.

— Где? Где? — занервничал Егор.

— Можешь вперед проехать? Не завязнешь?

Дружинин схватился за руль, мощный вездеход легко доехал до околицы.

— Дом с зелеными ставнями, — отчего-то шепотом произнес он, — там топят печь...

— И следы от колес ведут во двор, — подхватил я.

Не передать словами, как мне стало страшно! Поблизости не было ни одного человека, Макс, пообещавший помочь, очевидно, застрял в какой-нибудь пробке, а в избе топят. Навряд ли бандиты решили позаботиться о комфортных условиях для своей пленницы, скорей всего, они планируют скоро вернуться в Брусникино.

— Ваня, вылезаем, — скомандовал Егор.

Больше всего на свете мне хотелось оказаться за тридевять земель от этой деревеньки или проснуться в своей комнате и понять: мне причудился кошмар. Но, увы, все происходило в действительности.

— На, — Егор сунул мне в руки какую-то железяку, — держи.

— Спасибо, — машинально ответил я.

— Через дверь пойдем?

— А как иначе? — удивился я.

— Окна есть, — напомнил Егор, — причем стекла в них целые. Ну?

— Я за тобой, — быстро сказал я, пытаясь пошевелить пальцами ног, которые внезапно свела судорога.

— Ладно, — кивнул Дружинин, — если там кто из бандитов засел, наша задача ворваться внезапно, долбануть сволочей по башке, свалить их на пол и бить, пока не перестанут шевелиться, ясно? Ты готов?

— Дд-да, — прозаикался я, борясь с желанием заорать во все горло: «Нет!»

— Двигаем, — лихорадочно блестя глазами, велел Дружинин, — очень тихо, наша сила во внезапности, если атака неожиданна, она уже наполовину успешна. Ну, айн, цвай, драй!

Дверь в избу распахнулась без скрипа, мой нос ощутил неприятный запах, то ли сырости, то ли протухшей кислой капусты.

— Иди осторожно, — шепнул Егор, потом послышался шорох.

Я, вытянув вперед левую руку, мелкими шажками посеменил в кромешной тьме, ужас сковывал меня все сильней и сильней. Внезапно раздался грохот — очевидно, Егор налетел на пустое ведро, в ту же секунду вспыхнул свет и послышались громкие звуки, очевидно, бандиты начали строчить из пулемета: та-та-та.

От неожиданности и страха я зажмурился, машинально прикрыл голову руками, абсолютно забыв про зажатую в правом кулаке железку. Так я и знал, мы нарвались на засаду, единственное, на что остается надеяться, так это на ОМОН во главе с Максом. Может, они уже несутся по Волоколамскому шоссе?

Пулемет смолк, раздались вопли.

— Ну ваще!

— Как мы тебя!

— Видал? Красота!

— Ура! Ура! Ура!

Кто-то схватил меня за плечо и бесцеремонно потряс.

— Эй, открывай глаза, супер вышло.

Я, окончательно перестав понимать что-либо, разлепил веки и попятился.

Под потолком ярко сияла лампочка, по углам комнаты стояли торшеры, из которых тоже бил свет. Через всю отнюдь не маленькую комнату, из угла в угол, тянулся транспарант, подвешенный на блестящих цепях. «С днем рождения, Егор!» — гласили крупные буквы, а внизу, под плакатом, сверкал хрусталем и фарфором длинный, шикарно сервированный стол, за которым сидели люди, сияя радостными улыбками. Присутствующие выглядели словно лауреаты Нобелевской премии на балу у короля Швеции. Почти все мужчины были в смокингах, дамы сверкали обнаженными плечами, торжественный вид слегка портили дурацкие бумажные колпаки и круглые носы из поролона, которыми украсилось подавляющее большинство гостей. Но нелепее всех выглядела Лена.

На ней было снежно-белое платье, расшитое кристаллами от Сваровски, на ее шее переливалось бриллиантовое ожерелье, тяжелые серьги с камнями чистой воды оттягивали мочки ушей, а голову госпожи Дружининой украшал ярко-синий парик из фольги, а поверх него — красная бумажная кепка с зеленым помпоном.

— Милый, — подпрыгивала Лена, — ну как? Здорово мы тебя разыграли? А? Класс?

Я прислонился к косяку, чувствуя, как по спине течет пот. Значит, никакого ограбления и похищения не было и в помине. Идиотка Лена решила разыграть Егора, устроить ему «праздничек». Сейчас Дружинин, мчавшийся на всех парах в Брусникино, чтобы спасти супругу, отвесит кретинке пощечину, а я, противник любого насилия, впервые в жизни возьму сторону человека, который решил образумить вздорную бабу оплеухами.

Егор шагнул к жене, я невольно зажмурился и вдруг услышал радостный вопль друга:

— Ленка! Чума! Ну разыграла, ну круто!

— Ура! Ура! Ура! — вопили гости.

Я приоткрыл глаза и почувствовал себя лишним на этом празднике жизни. Присутствующие находились в состоянии эйфории, всем было очень весело. Может, я на самом деле превратился в трухлявый пень, брюзгу-пенсионера, вечно всем недовольного? Сколько здесь гостей? Человек двадцать, и все просто счастливы, один я пребываю в негодовании. И потом, крайне неудобно находиться в идиотском костюме рыбака, в валенках с калошами, среди людей в шикарных вечерних костюмах. Мало того, что Лена напугала нас, она еще и поставила меня с Егором в идиотское положение! Только, похоже, брезентовые штаны нисколько не напрягают Егора, он счастлив, как щенок, укравший конфету.

Словно почувствовав мое настроение, Дружинин закричал:

— Ваня! Ну прикол! Как мы с тобой сюда крались!

— Ха-ха, — вяло сказал я и сел в кресло, — весело до обморока.

И тут с воплем: «Всем оставаться на местах» — в избу влетели парни в камуфляжной форме.

Поднялся переполох.

— Мы так не договаривались, — визжала на одной ноте Ленка, остальные гости буквально рыдали от смеха. Егор, словно пятилетний мальчик, получивший вожделенную игрушку, запрыгал на месте, а одна из дам, очевидно, уже успевшая подкрепиться коньяком, схватила со стола бутылку, тарелку с пирожками и ринулась к омоновцам с писком:

— Хлеб, соль, мальчики, давайте тяпнем!

Парень, которому она сунула угощение, откровенно растерялся. Остальные омоновцы в пятнистой форме удивленно смотрели на стол и гостей. И тут в комнату вошел Макс.

— Ваня! — с яростью спросил он. — Это что такое?

— Вау! — завопила Лена, кидаясь ко мне. — А я считала тебя жуткой занудой, способным только портить людям компанию! Как ты узнал, что я задумала? Круто! Ты меня переплюнул! Снимаю шляпу!

— Ура! — завизжали гости.

— Наливай!

— За именнинничка!

— Ешьте, ребята.

— Эй, парни, тут всем хватит!

— Осетринки дайте!

— Хрен есть?

— Поросеночек хорош!

— Нельзя без тоста, мужики! За здоровье Егора! Ура!

— Ура-а!

— Пей до дна!

— Чегой-то там в красной бутылочке?

Я удивился тому, с какой скоростью омоновцы сообразили, что присутствующие не представляют для них никакой опасности, и с какой радостью стражи порядка присоединились к празднику. Озабоченными на пиру выглядели лишь трое: я, Макс и крепкий мужик в камуфляже — по-видимому, старший группы захвата.

— Живо объяснись! — велел мне Макс.

— Ей-богу, я сам ничего не знал! — воскликнул я и попытался оправдаться перед Вороновым.

Домой я попал около полуночи и рухнул в кровать. Нет, больше ни за какие пряники не соглашусь участвовать в рыбалке!

Спустя почти два месяца после описанных событий, опять в пятницу, где-то в районе одиннадцати вечера, ожил мой мобильный. Я с некоторой опаской вытащил сотовый и уставился на дисплей. Меньше всего мне хотелось беседовать с Николеттой, и вот спасибо, именно она-то и находится сейчас на другом конце провода. Прощай тихий вечер. Либо меня заставят поехать невесть куда, либо капитально испортят настроение, потребовав: «Мне срочно нужны деньги, сущие копейки, всего десять тысяч долларов!»

— Алло, — стараясь придать голосу твердость, сказал я.

Зачем я отреагировал на звонок? Почему не оставил его без внимания, если хотел в тишине почитать замечательную книгу «История Вьетнама»? Все дело в том, что если маменька вспомнила о сыне, то последнего ничто не спасет. Проигнорирую звонок я — Николетта примется разыскивать Нору, обрывать наш домашний телефон, приставать к Максу, обзванивать других моих приятелей. А Элеонора улетела на две недели в Америку, я получил неожиданный отпуск, который хочу провести в блаженном одиночестве! Но маменька не привыкла сдаваться, она всегда получает то, что хочет! Любой ценой!

— Вава, — воскликнула она, — ну как...

Я моментально отключил слух. Жизнь с Николеттой научила меня простому фокусу, причем исключительно из желания сохранить себя как физическую единицу: хочешь остаться в живых, не слушай мать, просто через определенные промежутки времени восклицай: «Ты абсолютно права!» или «Совершенно с тобой согласен!». Может, кто-то и посчитает мою позицию пораженческой, но я не из тех людей, которые всегда и везде хотят быть на коне, охотно уступлю маменьке, чтобы спокойно вернуться к «Истории Вьетнама».

— Значит, ты понял? — взвизгнула Николетта.

— Да, совершенно с тобой согласен, — на автопилоте ответил я.

— Записывай.

— Пишу, — покорно согласился я.

— Поезд номер...

Я потряс головой.

— Николетта, прости, ты о чем?

— Вава! Ты пропустил мои слова мимо ушей!

— Нет, но...

— Что «но»?

Я замер, простой вопрос выбил меня из колеи, действительно: что значит «но»?

— Повторяю для дураков, — заорала Николетта, — для людей, чьи уши заросли паутиной! Вава! Внимание! Начинаю! Сейчас же перестань издеваться надо мной!

Я вздохнул и сконцентрировался на разговоре.

Глава 3

Вот краткий пересказ сообщения маменьки. У нее есть стародавняя приятельница Зюка, которая сейчас гостит в Париже у своей племянницы. У Зюки, в свою очередь, есть закадычная подруга Фаня, живущая в Питере, а у Фани — сестра Роза, ее дочь прибывает в Москву, чтобы принять участие в какой-то выставке. Роза едет не одна, а с родственником, коему вменено в обязанность приглядывать за неразумной девицей, так как в столице полно опасностей, маньяки по Москве ходят стадами, разве можно девочку одну отпускать ехать в столь опасное место. Роза попросила Фаню, та обратилась к Зюке, последняя созвонилась с Николеттой...

В общем, завтра около девяти утра мне нужно встретить поезд Петербург—Москва и в десятом вагоне, на седьмом и шестом месте найти некую Сонечку вкупе с Владимиром Ивановичем, а потом доставить эту парочку в частную гостиницу «Пента».

Надеюсь, вы понимаете, что я собирался провести утро выходного дня совершенно иначе? Я предполагал поспать до десяти, но спорить с Николеттой может лишь абсолютно сумасшедший человек, поэтому я покорно воскликнул:

— Хорошо!

— Надеюсь, тебе не следует объяснять, — не успокоилась Николетта. — Розочка в Питере имеет большой вес, она вхожа в разные дома. Фаня ее любимая сестра. Не забудь букет цветов для Сонечки, помой машину. Кстати, тебе лучше взять «Мерседес».

— Он не мой, — напомнил я.

— А чей? — прикинулась идиоткой маменька.

— Норин.

— Хорошо, я сама улажу этот вопрос, — взвизгнула Николетта, — главное, не проспи, не опоздай и не опозорь меня, не вздумай совать девочке три чахлые гвоздички, купи милую, не слишком дорогую композицию. Излишне вычурную не надо, это будет по-новорусски, абсолютно не интеллигентно. Вот что, поезжай сейчас в «Золотую розу», она работает круглосуточно, там вполне дешево, тысяч за двадцать можно купить вполне пристойный букетик.

— Двадцать тысяч чего? — вздрогнул я.

— Вава! Не будь идиотом! Ясное дело, рублей, — обозлилась Николетта, — я же говорила, что «Золотая роза» недорогая лавка.

На следующее утро, в восемь сорок пять, я бочком пробирался по узкому коридору вагона, прикрываясь букетом. Ясное дело, я не стал приобретать его в магазине, куда меня упорно направляла Николетта. Цветы в «Золотой розе» такие же, как везде, родом из Голландии. Думаю, хозяева пафосного магазина и небольшого ларька на вокзале закупают товар на одном складе. Просто в «Золотой розе» вам на упаковку наклеят фирменный значок, и человек из тусовки, бросив на него взгляд, мигом оценит стоимость веника. Но думаю, девочка из Петербурга не разбирается в наших московских тонкостях и обрадуется тюльпанам, которые я без всяких угрызений совести приобрел в вагончике у вокзала.

Дверь в купе оказалась закрытой, я постучал, сначала тихо, потом погромче, створка отъехала в сторону, высунулся мужик.

— Чего надо? — рявкнул он.

— Простите, Сонечка тут?

— А ты кто? — чудище слегка сбавило тон.

— Разрешите представиться, Иван Павлович Подушкин, сын Николетты Адилье, приятельницы Зюки, знакомой Фани...

— Дядя Вова, — прозвенел из купе нежный голосок, — это нас встречают, извини, забыла тебе сказать, мама попросила московских знакомых приехать на вокзал.

— А-а-а, — протянул мужик и улыбнулся: — Ну, заходите.

Слегка обескураженный приемом, я втиснулся в купе и увидел очень симпатичную девушку лет двадцати.

Длинные светлые волосы падали на худенькие плечи, большие голубые глаза прятались за густыми черными ресницами, нежный румянец цвел на щеках, алые губы напоминали бутоны.

Не следует упрекать меня в использовании лексики любовных романов — иных слов, чтобы описать юную прелестницу, у меня просто не нашлось. Незнакомку нельзя было назвать красавицей, и мне нравятся женщины иного типа: я принадлежу к мужчинам, которые делают стойку при виде стервозных дам. Уж не знаю почему, но я предпочитаю эгоистичных особ, обладательниц неуемно острого языка и безудержных мотовок. И ведь понимаю, что тихая «ромашка», мечтающая вдохновенно стряпать супругу обед и рожать детей, — наверняка самый лучший вариант жены. Но, увы, меня такие дамы не вдохновляют, мне охота греться у вулкана, я, мятежный, все бури прошу. И, что интересно, завоевав вожделенную даму, я начинаю мучиться, злиться на эгоизм партнерши, и в результате наш роман заканчивается разрывом. Отчего бы мне не оглянуться по сторонам и не обратить внимание на тихий, скромный полевой цветок?

Нет ответа. Хотя всем известно, что женщины бывают двух видов: с одними приятно проводить время, а на других принято жениться. Я же не созрел для брака. Вернее, мне на жизненном пути до сих пор не попался мой идеал. Я хочу, чтобы супруга любила меня бескорыстно, понимая: Иван Павлович занимается интересным делом за вполне приличную зарплату, на спокойную жизнь нам хватит, а вот на покупку «Бентли» не надо рассчитывать. Если вы хотите иметь коллекцию шуб, парк личных авто, раритетные бриллианты и загородные особняки — тут я пас. Еще моя избранница должна уяснить: мужу порой требуется уединение, не следует лезть к нему с сюсюканьем, если он сидит с книгой в кресле. Кроме того, я не слишком люблю гостей и ненавижу походы по магазинам, вот в интересной беседе поучаствую с удовольствием, только вряд ли сумею поддержать разговор на тему: «Какие клевые ботинки купила Наташка». Если же вы захотите обсудить книгу «История Вьетнама», я всецело в вашем распоряжении. Я честен и признаю, что совершенно не чадолюбив, не желаю обзаводиться потомством. Мысль о том, что род Подушкиных, уходящий корнями невесть в какие времена, оборвется в двадцать первом веке, абсолютно не пугает меня. Вот мой отец, известный писатель, как-то раз подшофе признался мне, что пошел с Николеттой в загс лишь по одной причине.

— Очень боялся, что твой дед восстанет из могилы и проклянет меня за то, что я не оставил сына, — каялся отец, — хорошо, что сразу мальчик получился, а то вон у Федора Вронского родилось шесть дочерей и лишь потом господь над ним сжалился, послал наследника фамилии.

Но я не готов губить свою жизнь на пеленки, даже перспектива, очутившись на том свете, держать ответ перед всеми предками меня не пугает. Да и поверить в загробную жизнь мне мешает здоровый скептицизм.

И зачем мне жена? К тому же у меня есть Николетта, которая со стопроцентной гарантией никогда не поладит с невесткой, даже если сыну удастся найти Белоснежку, Василису Премудрую и Золушку в одном лице. Сноха может рассчитывать на благосклонность Николетты-свекрови, если имеет многомиллионные капиталы, но мне претит роль любимой болонки при богатой женушке.

— Здравствуйте, — пропела Сонечка, — а мы вас ждем!

— Гр-бр-др, — пробурчал дядя Володя, потом он легко поднял два громоздких чемодана и вполне внятно поинтересовался: — Машина есть?

— Тут, рядом, — улыбнулся я, — меньше чем за минуту доберемся.

— Двигаем, — кивнул дядюшка и вышел в коридор.

Сонечка, быстро перебирая ножками в модных сапожках-валенках, потрусила за ним, я замыкал шествие, неся все тот же букет тюльпанов.

«Слава богу, — промелькнуло в голове, — сейчас устрою их в гостиницу, и весь день свободен».

Не успел я порадоваться, как Сонечка поскользнулась и уронила сумочку, та раскрылась, и из нее выпало зеркальце в золотой оправе.

— Ой, — расстроенно воскликнула девушка, — разбилось!

— Ну вот, — не замедлил отозваться дядя Володя, — теперь нам всем семь лет счастья не видать!

— Что же делать? — встревожилась Сонечка.

— Надо осколки в воду кинуть, — безапелляционно заявил мужик.

Меня удивила его реакция: неужели неуклюжий, как медведь, дядька верит в приметы?

Сонечка носком сапожка швырнула осколки зеркальца в кучу мусора.

— Все это ерунда! — воскликнула она. — Наплевать.

— А вот и нет, — оживился дядя Володя, — это верная фенька, сейчас все пойдет наперекосяк.

И он споро двинулся вперед.

Сонечка взяла меня под руку.

— Пойдемте, дядя Володя жуткий брюзга, если начнет спорить, хоть караул кричи. Наверное, поэтому он три раза разводился, все его жены убегали от него.

Я посмотрел в спину Владимиру Ивановичу. И неудивительно, милейший дядюшка отнюдь не красавец и, похоже, не слишком деликатен.

Но, как это ни странно, примета сработала на все сто процентов. По названному адресу не оказалось никакого отеля, там находилась башня из светлого кирпича, за ней тянулся длинный семиэтажный жилой дом, а с правой стороны шумел Ленинградский проспект.

Мы с дядей Володей обежали здание раз пять, Сонечка терпеливо сидела в машине.

— Вы уверены в правильности адреса? — поинтересовался я у девушки, вернувшись к автомобилю.

— Да, да, — закивала Соня, — я сама, через Интернет, нашла отель.

— Так вам никто не рекомендовал эту гостиницу? — уточнил я.

— Нет, — растерянно ответила Сонечка, — мне не хотелось во всякие «Мариотты», там шумно. Я влезла в Инет, нашла частную гостиницу, всего пять номеров, и послала им заявку. Собственно говоря, это все!

— И ваша мама не проконтролировала вас? — уточнил я.

— Нет, — дернула плечиком девушка, — она не занимается бытовыми проблемами.

Я положил руки на руль. Милое семейство. Незнакомая мне Роза, очевидно, достойная компания Зюке, Люке, Маке и Коке, те тоже не способны даже чайник на плиту поставить. Хорошо, что дама сообразила дать наивной дочери в сопровождающие своего брата, хотя какой толк от дяди Володи? Похоже, он способен выступать только в качестве тягловой силы.

— И что нам теперь делать? — заломила руки Сонечка. — Дядюшка, придумай!

— Ну... э... да... о... — замычал родственник.

Тут у меня зазвонил мобильный.

— Вава! — воскликнула Николетта. — Я жду Сонюшку к завтраку, как только они устроятся, привози.

— Мы уже в пути, — радостно заявил я и включил поворотник.

В конце концов, я всего лишь шофер, какие могут быть ко мне претензии?

— Ах, деточка, — заквохтала Николетта, обнимая Соню, — как мама? Ой, какое чудное колечко! Замечательный бриллиант! А это что?

— Тюльпаны, мне их Ваня подарил, — сообщила Сонечка.

Николетта испепелила меня взглядом и приказала гостям:

— Идите, мои дорогие, в столовую.

Когда Соня с дядюшкой удалились, маменька гневно прошипела:

— Вава! Ты...

И в эту секунду ожил мой мобильный, никогда я не бывал так рад звонку.

— Извини, Николетта, — воскликнул я, — работа! Побежал! Дела!

Маменька раскрыла рот, но я ужом выскользнул на лестницу и помчался по ступенькам вниз, не дожидаясь лифта. Согласен, подобное поведение отвратительно, но скажите, где альтернатива? Меньше всего мне хотелось сейчас оказаться в эпицентре скандала, который приготовилась закатить Николетта.

Долетев до первого этажа, я быстро набрал домашний номер Егора и, услышав короткое «Алло», сказал:

— Прости, я сразу не мог взять трубку, как дела?

— Кто это? — странным голосом поинтересовался приятель.

Его вопрос вызвал у меня удивление.

— Это Иван Павлович, не узнал? Ты мне только что звонил.

Баритон покашлял и заявил:

— Вас беспокоил я.

Я изумленно спросил:

— Кто?

— Юрий Трофимов.

— Но на телефоне определился домашний номер Дружинина и...

— Егор умер, — перебил меня Трофимов.

— В каком смысле? Извините, я не понял.

— Господин Дружинин скончался сегодня ночью от обширного инфаркта, — повторил Юрий.

— Вы шутите? Это розыгрыш? — настаивал я.

— Нет, конечно, тело уже увезли в морг.

— Еду к вам! — закричал я и ринулся к машине.

Невесть почему в памяти ожила картина: Сонечка запихивает ножкой в мусор разбитое зеркало. Неужели не врет примета, обещающая семь лет сплошных несчастий?

Лена не вышла из спальни: судя по тяжелому запаху лекарств, жене Дружинина было плохо. Со мной разговаривал некий Юрий.

— Я лечащий врач Дружинина, — сразу представился он.

— Не знал, что у Егора есть семейный доктор, — невежливо отреагировал я на его заявление.

Юрий пояснил:

— Не все сообщают даже близким друзьям о проблемах со здоровьем.

— Как называется ваша клиника? — зачем-то уточнил я.

— Ничего оригинального, — спокойно ответил Трофимов, — «Айболит». На мой взгляд, смешно, но не я хозяин. Мы давно на рынке, впрочем, это не имеет никакого отношения к делу. Дружинин не один год страдал ишемической болезнью...

— Он гонял на мотоцикле, прыгал с парашютом, лазил по горам! — воскликнул я. — Спортсмен, тренированный человек...

Трофимов развел руками.

— Это все внешне, а внутри артеросклероз и куча проблем, начиная с повышенного холестерина. Бесполезно было уговаривать его беречься и не рисковать. Сколько раз я буквально умолял Егора не идти в горы, но он от меня отмахивался. Знаете его девиз?

— Лучше умереть по дороге к вершине, чем сидеть до ста лет в инвалидной коляске, — прошептал я, — он часто повторял эту фразу. Честно говоря, я полагал, что Егор просто рисуется.

Трофимов вытащил сигареты.

— Не возражаете? Мой подопечный мечтал скончаться на бегу, он очень боялся старости, зависимости от других. Насколько мне известно, даже жена не знала о его болезни, Дружинин не хотел казаться слабым. Но, увы, судьба распорядилась по-своему, он ушел из жизни ночью, во сне. Многие люди мечтают о подобном исходе, но Егор... Он бы выбрал авиакатастрофу или предпочел бы сломать себе шею, несясь вниз на горных лыжах.

— Чем я могу помочь Лене? — только и сумел вымолвить я.

Трофимов склонил голову.

— Думаю, вы бессильны, мужа ей не вернуть.

— Я имел в виду материальную сторону проблемы, — чувствуя дурноту, пояснил я, — похороны, поминки. Скажите, сколько надо.

Юрий положил мне руку на плечо.

— Давайте валокординчику дам?

— Спасибо, — сказал я, — не стоит.

— В контракт с «Айболитом» входит оплата ритуальных услуг, — пояснил Трофимов, — похороны завтра.

— Уже?

— Ну да, на третий день.

— Но он умер сегодня ночью!

— Егор скончался накануне в одиннадцать вечера, — пояснил Трофимов, — это первый день, сегодня второй, завтра третий. Ясно? Думается, он испытал сильный стресс, но, как всегда, не подал вида, почувствовав недомогание, и вот! Пожалуйте! Если решите принять участие в погребении, приезжайте в воскресенье на Старое Наташкино кладбище.

— В Москве есть такое? — изумился я.

— Это в области, — сухо пояснил Юрий, — поселок Наташкино. Дружинин в свое время оставил четкие указания на случай своей кончины, расписал церемонию в деталях, там полно всяких странностей, но последняя воля покойного священна.

Я плохо помню, как приехал домой и упал в кровать.

Ночью я неожиданно проснулся и начал вертеться с боку на бок. Надо же, похоже, я совсем не знал Егора, хоть и дружил с ним много лет. Я считал Дружинина бесшабашным охотником за адреналином, а он, оказывается, был тяжело болен, готовился к смерти, оставил какие-то абсурдные распоряжения насчет похорон... Господи, чего он захотел? Развеять свой прах над рекой Ганг? Или отправить пепел в космос?

Полный дурных предчувствий, я задремал. Слава богу, что не забыл завести будильник, иначе не сумел бы попасть на похороны. Иногда судьба человека зависит от мелочей. Страшно подумать, что могло бы произойти, если бы внутренний голос не напомнил: «Иван Павлович, ты забыл о часах!»

Окрик был таким реальным, что я резко сел, схватил будильник, завел его и рухнул в пропасть недолгого небытия.

Глава 4

Если вам приходилось принимать участие в погребальной церемонии, то вы знаете, какой пронизывающий холод всегда царит на погосте. Я не понимаю, с чем это связано, но даже в жаркий августовский полдень около разверстой могилы меня трясет в ознобе.

Старое Наташкино кладбище оказалось пасторальным сельским уголком. Небольшая площадка, на которой проводился прощальный обряд, с трудом вместила всех желающих отдать последний долг усопшему. Кто-то из организаторов похорон, похоже, взял на себя труд обзвонить всех знакомых Егора. Тут и там в толпе мелькали корреспонденты столичных изданий, я даже заметил пару телекамер. Удивляться вниманию прессы не приходилось. Егор был крупным предпринимателем и обладал не только большим капиталом, но и умением поддерживать отношения с самыми разными людьми. На вечеринках, которые устраивал Дружинин, запросто можно было встретить звезд шоу-бизнеса, видных политиков и рядом... скромного слесаря, который, починив трубы в квартире Егора, крепко подружился с хозяином. В Дружинине не было и капли снобизма, он ценил людей не за деньги или связи, его привлекали иные качества. Хотя, если быть справедливым, нельзя не заметить, что порой Егор окружал себя очень странными, на мой взгляд, личностями. Он сохранил детское восприятие мира, любую ситуацию Егор сначала видел в розовом свете, и лишь по прошествии некоторого времени эти розовые очки падали с его носа, и он искренне удивлялся.

— Скажи, Ваня, почему я не понял, с кем подружился? По какой причине дал мерзавцу денег? — или: — Зачем помог поднять бизнес уроду?

Мне оставалось лишь разводить руками и занудно повторять:

— Надо быть более разборчивым в связях.

Но мои наставления оказывались напрасными, Дружинин влюблялся в людей и в первые месяцы знакомства не замечал откровенного корыстолюбия приятелей, их подлости, желания использовать его. При этом как бизнесмен Егор был непотопляем, своих потенциальных партнеров словно просвечивал рентгеном. Иногда я удивлялся и спрашивал:

— Скажи, отчего ты не захотел иметь дело с N?

— Всем нутром чую, что он мошенник, — объяснял Егор, — несмотря на его безупречную репутацию и респектабельный внешний вид, внутренний голос мне шепчет: «Гоша, не связывайся с ним!»

Внутренний голос никогда не подводил моего друга в делах, но он отчего-то всегда замолкал, когда Егор уезжал из офиса, чтобы отдохнуть.

Дружинина любили журналисты за неконфликтный нрав, охотную раздачу интервью, обильные фуршеты и презенты. Егор не ссорился даже с теми, кто возводил на него напраслину, он лишь посмеивался, говоря:

— Пусть пишут, если я им интересен, значит, я на коне.

Похороны Егора стали важным светским событием, никогда крохотное кладбище не вмещало такого количества известных всей стране лиц, никогда на узком шоссе, ведущем к погосту, не стояла такая длинная вереница иномарок со скучающими шоферами внутри.

Я попытался пробиться сквозь толпу туда, где на обитом красной тканью постаменте стоял шикарный гроб из светлого полированного дерева. Крышка была откинута, мне бросилась в глаза совершенно неуместная обивка домовины: белая, шелковая, просто ткань для свадебного платья.

— Здрасти, Иван Павлович, — прошептал справа тихий голос.

Я повернул голову и увидел Зину Ротову, папарацци на вольных хлебах, всю увешанную фотоаппаратами.

— Добрый день, Зиночка, — кивнул я и тут же спохватился: — Извини за глупое приветствие, ничего хорошего в сегодняшнем дне нет.

— Почему вы в общей толпе, а не там? — поинтересовалась Зина, указав на ряд стульев в центре площади.

— Ну... не знаю... как-то неудобно лезть вперед.

— Ерунда, — решительно заявила она, — вы ж его лучший друг!

Не успел я охнуть, как активная Ротова ухватила меня за плечо и поволокла вперед, повторяя:

— Господа, пропустите родственника покойного.

В конце концов энергичная Зина допинала меня до цепочки парней в темных костюмах.

— Простите, к гробу приближаться нельзя, — вежливо сказал один из них.

— Это его брат, — ничтоже сумняшеся соврала корреспондентка, — спросите у жены!

Мне стало неловко. Маленькая, скрюченная фигурка Лены горбилась на стуле в отдалении от гроба. Около вдовы почему-то никого не было, мама Егора, Ольгушка, отсутствовала.

— Это его брат, — повторила Зина и толкнула меня вперед.

Охранник посторонился, я оказался на пустом пятачке, под прицелом множества взглядов быстро пробежал пару метров и сел около безучастной Лены. В то же мгновение откуда-то сбоку вынырнул Трофимов и, подойдя ко мне, сказал:

— Извините, но... ах, это вы! Сидите, сидите, Иван Павлович.

— Почему у гроба выставлено оцепление? — тихо спросил я.

Юрий сел рядом.

— Это воля покойного! Он строго-настрого запретил приближаться к гробу, никто не должен целовать покойного и подходить к нему ближе чем на метр, даже вдова. Еще нельзя приносить цветы. Видите вон там, в отдалении, куча букетов?

Я кивнул, Трофимов нервным шепотком продолжал:

— Мои люди отбирают цветы и складывают их поодаль.

— Странно, — вырвалось у меня.

— Да уж! — вздохнул Юрий. — А день-то какой! Солнечный, ясный, теплый, птички поют!

— Конец марта, — машинально ответил я.

— Сегодня первое апреля.

Действительно! Думаю, Егору бы понравилось, что его провожают на тот свет именно в День смеха.

Внезапно прозвучали совершенно неуместные, на мой взгляд, фанфары, и началась церемония прощания. Один за другим на трибуну, стоявшую вдалеке от гроба, поднимались люди и произносили слова, которые принято говорить на похоронах.

«Смерть вырвала из наших рядов», «Безвременно ушедший», «Осиротели», «Как же это, он был еще так молод», «Лучший друг», «Отличный начальник»...

— Иван Павлович, скажите речь, — попросил Юрий, — подведите итог.

— Нет, нет, — испугался я, — извините, не могу.

— Понимаю, — кивнул Трофимов, и тут случилось непредвиденное.

На голубое небо набежали свинцово-черные тучи, вмиг потемнело, да так, словно на дворе стояла глухая полночь. На асфальт упали первые тяжелые капли, сверкнула молния, грянул гром, и обвалился ливень. Но какой! Словно некто на небесах опрокинул вниз цистерну с водой, из туч рухнула стена дождя.

Толпа провожающих с визгом кинулась по машинам.

— Господа, — надрывался кто-то в микрофон, — временная остановка церемонии, продолжим через десять минут. Гроза быстро закончится.

Трофимов подхватил безучастную Лену и почти

понес ее в здание небольшой церквушки, я же кинулся к гробу и захлопнул крышку. Откуда ни возьмись прибежали трое парней в черных костюмах и толкнули задрапированный красной тряпкой постамент, он оказался на колесиках. Я бросился помогать охранникам, в мгновение ока мы докатили гроб до небольшого домика.

Оказавшись внутри скромно убранной комнаты, я начал трястись. Охранники быстро вышли, никто из них не произнес ни слова, а мне отчего-то стало не по себе. Мрачный зальчик, очевидно, предназначался для церемонии прощания с усопшими. Темные стены украшали венки из искусственных еловых лап, в правом углу висела икона. Тут только я сообразил, что Егора не отпевали в церкви и священник не стоял у его гроба. Дружинин никогда не был верующим человеком, насколько я знаю, он не посещал храм и не соблюдал посты, но ведь в нынешние времена принято приглашать батюшку даже к атеистам.

Озноб прошел, мне стало жарко, глаза уперлись в полированный ящик. Господи, неужели там Егор? Не может быть!

Повинуясь непонятному импульсу, я приблизился к гробу и взялся за крышку, она легко откинулась на петлях. Я вздрогнул, без всякого сомнения, это Егор. Вернее, Егора-то как раз и нет, есть его пустая оболочка, из которой ушла душа. Я не верю в загробную жизнь, но на похоронах всегда ощущаю некий дискомфорт. Отчего покойный кажется полым сосудом? Что покидает человека после кончины?

Я посмотрел в лицо Дружинина. Густо намазанная тональным кремом кожа, глаза, похоже, заклеены, губы тронуты помадой, на щеках чахоточный румянец, и волосы по-идиотски уложены, Егор никогда не зачесывал их назад. Местный гример изо всех сил пытался украсить умершего и добился поразительного эффекта: Дружинин выглядел весьма неестественно, но все же это он.

Крышка гроба открылась лишь частично, я видел только голову, шею и плечи и вдруг почувствовал беспокойство, занервничал и стал переминаться с ноги на ногу. Что-то не так. Но что? Егор казался мне просто спящим, а не мертвым. Мой взор зацепился за пиджак Дружинина. Ни разу я не видел Егора без авторучки, она всегда торчала у него из кармана. И вот сейчас ручки нет! Да и зачем она ему? Нагими приходим мы в этот мир, нагими из него и уходим.

Из глаз хлынули слезы, слава богу, в зале не было ни единой живой души, и никто не стал свидетелем моих рыданий. Дрожащими руками я расстегнул барсетку, вытащил ручку и сунул ее в карман покойному, потом, продолжая всхлипывать, положил в гроб свой мобильный телефон, пачку бумажных носовых платков, расческу...

Почти теряя сознание, я поправил волосы покойного, его челка упала на лоб, я попытался уложить ее как надо, и рука моя не ощутила ледяного холода, лицо Егора было теплым. Оцепенев от страха, я замер над гробом.

Стукнула дверь.

— Господи, Иван Павлович, — воскликнул вошедший Юрий, — вы один, у открытого гроба! Ну кто разрешил!

— Он... теплый, — прошептал я, — лицо... волосы... упали... а...

Трофимов обнял меня и стал выталкивать из зала.

— Ваня, голубчик, — с жалостью уговаривал врач, — вам показалось, это истерика. Егор умер. А насчет тепла... Вы просто сами замерзли, вот вам и почудилось. Ну зачем, зачем вы трогали покойного? О господи! Эй, кто-нибудь, сюда...

Я плохо помню дальнейшие события, вроде бы появилась симпатичная девушка в белом халате, протянула мне рюмочку.

— Пейте, пейте, — велел Юра и почти насильно влил в меня темную жидкость.

Глаза медсестры были слегка раскосые, «японские», но не карие, а голубые... Вдруг они стали огромными. Я отчетливо увидел небольшую родинку на одном веке и то ли заснул, то ли упал в обморок...

Резкий звук прорезал кромешную тьму. Я машинально сел и охнул. Немилосердно болела голова, а во рту был мерзкий вкус, словно я поужинал протухшей кошкой. Несколько секунд понадобилось мозгу, чтобы оценить ситуацию. Я сижу на своей кровати в пижаме, на тумбочке разрывается от гнева телефон, не мобильный, а домашний стационарный аппарат, в окошечке определителя четко высветился номер звонившего, он мне хорошо знаком, вот только головная боль мешает сообразить, кто же меня беспокоит посреди ночи.

— Алло, — медленно сказал я, взяв трубку.

— Ваня, — донеслось из тьмы, — слышишь меня?

— Да, — подтвердил я, — это ты, Егор? Что случилось?

Не успев произнести последнюю фразу, я издал вопль. Сразу перестала болеть голова, я вспомнил все: известие о кончине друга, похороны, свою истерику, медсестру с раскосыми голубыми глазами и родинкой на веке...

— Ваня, — повторил Дружинин, — ты меня слышишь?

— Я умер?! Да? Скончался? Мне стало плохо на твоих похоронах, — зашептал я, оглядывая свою спальню, — но этого не может быть...

— Ваня, возьми себя в руки!

— Да, да, вы кто? Зачем прикинулись Егором?

— Это я и есть.

— Нет!!!

— Не бросай трубку!!! Вдруг не смогу дозвониться! Ваня! Это я!!! — заорал Дружинин. — Я попал в ужасное положение, мне страшно, я могу умереть! Помоги!

— Не может быть, — забубнил я, поражаясь сходству голоса шутника с голосом друга, — невероятно! Я сам видел твой гроб...

— Ваня, ты же заметил, что мой лоб теплый, а Юрка испугался, уволок тебя прочь и потом напоил снотворным.

— Чем? — тупо спросил я.

— Все потом! — закричал Егор. — Все объяснения позже, не ровен час связь прервется или батарейка сядет. Ты мне веришь?

— Нет, конечно, покойник не может звонить из могилы.

Из трубки прозвучал смешок.

— Ты даже и не представляешь, насколько прав! Помнишь Ригу, дом отдыха и девушку, рыжую... ну? Кто потом бегал лечиться, а?

Я онемел. Был, был в моей биографии неприятный случай, но рано или поздно любой мужчина может оказаться в подобной ситуации.

Мы с Егором поехали отдыхать в Латвию, которая для советского человека являлась почти заграницей, выпили и, уж простите, купили себе девушку, одну на двоих. Понимаю, что сейчас низко пал в ваших глазах, но из песни слова не выкинешь. Девица оказалась умелой, а мы с Егором были под сильным градусом, поэтому, потеряв осторожность, забыли про изделие № 2, да и не опасался народ в то время СПИДа, боялись триппера. Через пару дней у меня и у Дружинина обнаружились неприятные симптомы, поход в туалет превратился в пытку... Завершилось наше приключение в кабинете подпольного венеролога, которого нашел Егор. Ни он, ни я, естественно, никому никогда не рассказывали о неприятной коллизии, просто сделали соответствующие выводы и стали осторожнее. И вот сейчас какой-то шутник голосом скончавшегося Егора напоминает мне о давно похороненном сюжете.

— Ну, пришел в себя? — поинтересовался знакомый баритон. — Глянь на определитель номера, прочитай его.

Я почему-то повиновался.

— Семьсот двадцать один, двадцать один...

— Во, во, — перебил голос, — узнал? Спасибо, что сунул сотовый мне в гроб, а то бы кирдык котенку!

У меня в башке словно взорвалась граната. Я сообразил, отчего так хорошо знаю цифры на определителе, это же мой собственный «красивый» номер, купленный расточительной Норой у телефонной компании. Свое мотовство хозяйка оправдывала очень просто:

— Я не способна запомнить много цифр кряду, каждый раз буду мучиться, пытаясь соединиться с тобой, а так, заплатила всего-ничего, и все в порядке!

Я на самом деле, находясь на пике эмоций, положил в гроб сотовый, естественно, забыв вынуть симкарту. Мобильный зарыли вместе с телом, и вот сейчас получается...

Глава 5

— Ваня, очнись, — потребовал Дружинин.

Я громко икнул.

— Ты способен воспринимать действительность? — настойчиво вопрошал друг.

— Ты не умер!

— О боже! Потом все тебе объясню! Если не поторопишься, то тогда уж я точно окажусь на том свете! Кондиционер пока работает, тут все без обмана, но винты закручены, и телефона не оказалось... Немедленно езжай на Старое Наташкино кладбище.

— Сейчас ночь!

— До утра я могу не дожить, вдруг кондиционер сломается.

— Где?

— В моем гробу!

Я вцепился в тумбочку.

— Ты в могиле?

— Да.

— На погосте возле деревни Наташкино?

— Верно.

— Но...

— Ваня, — перебил меня Егор, — сейчас не время, все подробности потом. Главное никому ни слова! Дело следует провернуть тихо.

Из трубки пошел треск — очевидно, батарейка стремительно разряжалась.

— Сюда, — пробивался сквозь помехи голос друга, — скорей... сарай... в нем лопаты... тут никого нет... кладбище не охраняют... Ваня, вытащи меня, умоляю, Ва...

Звук пропал. Я, впав в ступор, покачиваясь на краю кровати, прижимал к груди молчащую трубку. Потом в голове стало светлеть, борясь с тошнотой и головокружением, я ринулся к шкафу.

Ситуация выглядит абсурдно, покойник не способен разговаривать с живыми, я взрослый, трезвый, образованный человек, который не верит в потусторонний мир, чертовщину, привидения. Но... но о случае в Риге знали лишь мы двое, и у шутника имеется мой сотовый, и голос...

Боюсь, не сумею описать состояние, в котором я подъехал к ограде сельского погоста. Темень стояла — глаз выколи. Весна в этом году наступила рано, снег сошел в середине февраля и больше не выпал, а в конце марта вдруг резко потеплело, но меня, несмотря на погожую ночь, трясло крупной дрожью.

Многие сочтут меня идиотом, конечно, только ненормальный решился бы поехать на кладбище один ночью! Но кого я мог взять с собой? У меня много знакомых, но истинно близких друзей раз два и обчелся! И потом, мужчина, назвавшийся Егором, несколько раз воскликнул:

— Только приходи один!

Могила Дружинина была завалена цветами, я установил принесенный с собой фонарь, раскидал венки, увидел свежий холмик и перекрестился. Не могу объяснить, по какой причине осенил себя крестным знамением, до сих пор это не приходило мне в голову. Впрочем, в голову не пришло и прихватить лопату, но я вспомнил слова «Егора» про сарай, увидел у забора шаткое деревянное сооружение и обнаружил там заступ, лом, грабли и три топора.

Если вы полагаете, что копать землю легко, то ошибаетесь. Я провозился очень долго, перемазался, словно маленький ребенок, и устал, как собака. В конце концов показалась полированная крышка. Я вздрогнул и замер, до сих пор, раскидывая землю, я действовал будто под наркозом, теперь дурман вымело из башки, и мне стало ясно: я полный идиот. Как я мог поверить звонившему шутнику?! Слава богу, вид гроба отрезвил меня. Надо срочно засыпать могилу, иначе меня арестуют, есть в Уголовном кодексе соответствующая статья, про осквернение захоронений. И потом, там труп Егора! При этой мысли я чуть не грохнулся в обморок и принялся лихорадочно закидывать крышку землей.

И тут из гроба послышались сдавленные крики, стук... Поверьте, никому, даже самому худшему врагу, не пожелаю испытать то, что ощутил в ту минуту. Ноги подкосились, и я грохнулся на гроб. Забыв об осторожности, я заорал что есть мочи:

— Егор, ты жив?

— Трубка... — еле слышно донеслось изнутри, — сбоку, в креплениях.

Я пошарил руками по крышке и обнаружил нечто похожее на переговорное устройство на витом проводе.

— Егор! Ты жив? — завопил я.

— Да, — ответили из ящика, — вытащи меня отсюда!

— Сейчас, только сбегаю в сарай за топором.

— Стой, на крышке есть винты, выкрути их.

— Ты можешь дышать?

— Кондиционер пока работает, но уже плохо.

— Не волнуйся, я только к машине сбегаю, за отверткой! — проорал я.

По правилам, в каждом автомобиле обязательно должен находиться необходимый минимум всяких железок, а я соблюдаю предписания.

Винты легко открутились, я с трудом поднял крышку и увидел, как «труп» начал медленно приподниматься.

— Отче наш, — вырвалось у меня из груди, — спаси и сохрани.

— Не идиотничай, — мрачно перебил меня Дружинин, — вот, блин, приключеньице. Хоть и задумывалось славно, да все пошло наперекосяк. Ну, Юрка! Интересно, кто карты спутал?

— Ты о чем? — спросил я.

Егор кашлянул.

— Как бы воспаление легких не получить, я хоть и в термобелье лежал, но ведь на столь длительное время не рассчитывал. Ты один пришел?

— Да, — заверил я, еле живой от переполнявших меня эмоций.

— Никому не натрепал?

— Кому же такое рассказать можно? — изумился я. — В психушку сразу упекут!

Егор потряс головой.

— Кружится, — констатировал он.

— Тебе надо срочно к врачу!

— Нет, это карзол, скоро пройдет.

— Кто?

— Ваня, надо торопиться, — стал командовать Егор, — значит, так, мне плоховато, придется тебе снова работать лопатой, да быстро!

Не знаю, откуда у меня взялись силы, но я лихо

вернул крышку на место и со скоростью экскаватора забросал яму землей.

— Венки установи, — командовал Егор, — могила должна выглядеть нетронутой.

Я, не чувствуя усталости, выполнил и эту просьбу и даже уложил поверх венков букеты.

— Класс, — сказал Дружинин, — где машина?

— У ворот, — ответил я, пытаясь унять дрожь в коленях.

— Пошли, — велел Егор.

Ощущая себя героем голливудского триллера, я двинулся за уверенно шагающим другом. Внезапно Дружинин покачнулся, я бросился к нему.

— Осторожно!

Егор замер, потом поднял правую ступню и показал пальцем.

— Видишь?

— Нога, — закивал я, — вполне здоровая.

— На ботинок взгляни.

— Хорошая обувь, только слишком легкая для... ой, подметка отвалилась.

Егор опустил ногу на землю, поднял другую, потряс ею и констатировал:

— И здесь отпала, видишь?

— Да, — протянул я, — качество никуда! Как же ты дойдешь до машины? Хочешь, я попробую дотащить тебя на спине.

— Нас... — выпалил Егор, — так дойду. Это все объясняет.

— Что? — я окончательно перестал понимать происходящее.

Но приятель уже мчался вперед.

Очутившись в машине, Дружинин стащил с себя мокрые грязные носки и пробормотал:

— Так, так, милый зайка! Ошибся ты! Ладненько, теперь будем играть по моим правилам.

— Куда едем? — с фальшивой бодростью воскликнул я.

— Хороший вопрос, — сказал Егор, — действительно, куда?

— Наверное, лучше в больницу, к врачу, — предложил я, — в клинику, как ее... «Айболит», к Юрию Трофимову.

— Ни в коем случае!

— Домой?

— Исключено, там же Ленка и мама!

— Ты хочешь оставить жену в неведении?

— Угу.

— А Ольгушку?

— И ее тоже.

— Но это жестоко! — вырвалось у меня.

— Почему? — спросил Егор, разглядывая свои голые пятки.

— И жена, и мать так переживают, они...

— Знаешь, где находится район Красной Пресни? — перебил меня Дружинин.

— Конечно!

— Рули туда, там дальше покажу.

— Но...

— Ваня, — устало сказал Егор, — меня хотели убить. Правда, до последнего я в этом сомневался, но, когда увидел отлетевшие подметки, сразу понял: Юрка знал, что мне в этих ботиночках не ходить, сэкономил, гад. Кто его перекупил? Сам бы он побоялся. Кто автор затеи? Сечешь?

Я ничего не понимал.

— Прости, Егор, но пока я теряюсь в догадках, не мог бы ты ввести меня в курс дела?

— Никому нельзя верить, — буркнул Дружинин, — вообще! Вон как все повернулось! Под подозрением все, кроме тебя.

— Спасибо, конечно, — усмехнулся я, — но чем я заслужил такое доверие?

Егор усмехнулся.

— Эх, Ваня, ладно, слушай.

Я уже рассказывал о любви Егора к экстремальным развлечениям. В свое время приятель перепробовал многое — в частности, гонял по Москве, наплевав на знаки и дорожные правила. Это называется «бензиновый оргазм». Собирается пяток ненормальных парней, ставят на кон по небольшой сумме, и вперед. Кто быстрей всех доберется из пункта А в пункт Б, тот и получит призовой фонд. Но на самом деле деньги тут играют минимальную роль, главное — азарт. Разбив пару машин и сломав руку, Егор охладел к гонкам и увлекся прыжками с парашютом. Чего он только не выделывал! Последней его фенькой стало приземление в седле велосипеда. И опять Егор потерял интерес и к этому увлечению. Чтобы вновь ощутить кайф, Егор катался с гор на скейтборде и внутри огромного шара, носился по пустыне, плавал в озере с крокодилами, ел жаркое из грибов, куда были добавлены мухоморы, пробовал играть в русскую рулетку. В обычное казино он не ходил, там Дружинину было скучно. Вот полет на тарзанке вдоль шоссе, забитого грузовиками, приятно пощекотал ему нервы.

Испробовав все более или менее опасные забавы, Егор впал в депрессию. Ну не мог он жить как все: дом — работа — дом, а по выходным поход в кино. Дружинину легче было удавиться, чем превратиться в добропорядочного буржуа, тихо радующегося расширению бизнеса, заботливой жене и милым деткам.

— Я хочу гореть, а не чадить, — упорно повторял друг, жалуясь мне на скуку незадолго до последних событий, — этак скоро начну огурцы сажать.

— Займись чем-нибудь, — неосторожно предложил я тогда, — ну, к примеру... э... дайвингом.

— Не смеши, все уже было! — отмахнулся Егор. — Где мой адреналин?

И тут супругу на помощь пришла Лена, такая же безголовая, как и муженек. Еще до свадьбы девица рассказывала Егору, как, будучи студенткой, поспорила с однокурсниками, что проедет на велосипеде голой по Тверской в шесть часов вечера, в погожий летний день. Однокашники не сомневались: Лена струхнет. Ан нет, в назначенный час девушка, совершенно обнаженная, без всякого смущения села на велик и бойко порулила по центральной магистрали столицы.

Очевидно, от растерянности служба ГАИ не словила мышей, и экзальтированной красотке удалось под восторженные крики и свист прохожих добраться до Центрального телеграфа.

Леночка оказалась достойной спутницей Егора, она устроила супругу восхитительный день рождения в деревне Брусникино.

Дружинин оценил ее шутку и замучил жену вопросами:

— Кто помог тебе устроить пиршество? Привез угощенье? Музыкантов?

Леночка сначала загадочно молчала, но потом раскололась. Оказывается, в столице существует некое агентство, оно организует дни рождения, свадьбы, корпоративные вечеринки. Но дополнительно, за немалые деньги, клиентам предлагают невероятные развлечения-розыгрыши. Например, один мужик захотел удивить свою тещу, и знаете что он придумал?

Каждое утро, когда мать его жены в халате выходила на балкон загородного дома, перед ее взором представал слон, мирно купающийся в фонтане. Пенсионерка с криком:

— Там элефант! — бросалась в дом, тут же появлялась прислуга и констатировала: никакого животного с хоботом во дворе нет.

В какую сумму обошлись услуги дрессировщика, прокорм четырехногого великана и сколько отвалил зять, чтобы восстановить психическое здоровье бабуси после того, как ей открыли истину, история умалчивает. Интересно другое: служащие агентства брались осуществить любые прихоти клиента, вопрос был лишь в сумме, которую тот мог заплатить за свою причуду.

Егор пришел в восторг от новости и встретился с Юрием Трофимовым, одним из основных креативщиков конторы.

— Я хочу устроить такую первоапрельскую шутку, чтобы запомнилась навсегда, — захлебывался в экстазе Дружинин, — нечто грандиозно-невероятное! Эпохальное! Фантастическое!

Трофимов принялся фонтанировать идеями, но ни одна из них не пришлась Егору по вкусу. Тогда Юрий взял тайм-аут на неделю, а потом предложил такое, от чего у Дружинина захватило дух.

Егору предстояло умереть. Юрий брался устроить все: свидетельство о смерти, организацию похорон и поминки. Гроб будет с секретом: дорогая конструкция с подачей свежего воздуха из искусно спрятанного в днище баллона и переговорным устройством. Сценарий вкратце выглядел так. Вечером, около восьми, Егор должен был пожаловаться на боли в сердце и вызвать врача, под видом которого в дом приедет Юрий. Вместе с Трофимовым явятся еще два сотрудника агентства, им отведена роль санитаров или медбратьев. «Доктор» встревоженным тоном скажет Лене:

— Не нравится мне его состояние, посижу у вас некоторое время.

Лена, естественно, отведет «медиков» в столовую и предложит им чаю. Около десяти Юрий пойдет в спальню и констатирует «смерть» Егора. Санитары немедленно погрузят «тело» на носилки и увезут в «морг», а именно на конспиративную квартиру, где Егор будет ждать дня похорон.

Юрий же останется утешать Лену, он возьмет на себя все хлопоты по организации погребения. В сценарии имелись определенные шероховатости, но Егор надеялся, что плачущая жена не станет задавать лишних вопросов.

Рано утром первого апреля Егора уложат в гроб, который будет оснащен крышкой, приоткрывающей лишь лицо и плечи. В принципе, Дружинин мог бы при желании осторожно пошевелиться, но чтобы избежать ненужных эксцессов, Трофимов предложил сделать ему укол карзола.

— Это вполне безобидное средство, — пояснил Юрий, — его используют для перевозки нелегальных иммигрантов[1]. Человек не испытывает после инъекции никаких потребностей: ему не нужно в

---

[1] Действие лекарства описано правильно, название изменено по этическим причинам.

туалет, он не чувствует голода, не чихнет случайно, а главное, совершенно спокойно переносит неподвижность. При обычных условиях мы часто меняем позу, но после укола карзола без напряга можем пролежать на спине двенадцать часов. Это состояние напоминает сон наяву. Очень эффективное средство, но дорогое.

Егор согласился на укол.

— Лицо густо замажем тоном, пудрим, губы накрасим, — загибал пальцы Юрий, — нарисуем румянец, такой покойничек выйдет, пальчики оближешь. Глаза слегка подклеим, чтобы веки не дрожали, и букеты к гробу запретим подносить, чтобы аллергию не спровоцировать, ну и я не разрешу «труп» целовать. Дескать, такова последняя воля усопшего, не желает он ничьих прикосновений! Даже матери с женой отворот!

Когда крышку опустят, Егор включит систему кондиционирования, и гроб зароют в землю. Толпа отправится на поминки, а спустя час сотрудники агентства отроют «покойного». На случай форс-мажорных обстоятельств в домовину положат два мобильных, Егор легко сумеет соединиться с Юрием.

Представляете лица людей, когда в самый разгар поминок в зале появится абсолютно живой и здоровый мертвец?

— Вот это прикол! — завершил друг рассказ и глянул на меня: — Скажи, Ваня, стебная идея!

Глава 6

Я в ужасе уставился на ухмыляющегося Егора. Он что, идиот? Псих? Дебил? Как еще можно назвать человека, способного на подобную шуточку?

Дружинин подумал о жене, матери, обо мне? В конце концов, о приятелях, которые непременно придут помянуть нашего экстремальщика? Сколько инфарктов, инсультов, гипертонических кризов могло произойти после явления «трупа» народу в зале ресторана? Какое количество людей лишилось бы чувств при виде ожившего покойничка?

— Такую шутку испортили, — сокрушался Егор, — народ бы никогда ее не забыл.

Я крякнул, вот это замечание в самую точку. Думаю, ни Лена, ни Ольгушка не простили бы мужу и сыну «милую забаву», да и большинство приятелей прекратило бы общаться с Егором.

— Но не удался фокус, — кручинился Дружинин, — факир был пьян. Ты меня слушаешь?

Я мрачно кивнул:

— Очень внимательно. И где же случилась осечка?

— А ты еще не понял?

— Пока нет.

— Ваня, ты того? Да? Кто меня откапывал?

— Ну я.

— Верно. А куда делся Юрка?

Я пожал плечами:

— Бог его знает! А где он должен был быть?

— Ваня! Каким местом ты меня слушал? — возмутился Егор. — По договоренности именно Трофимов должен был отрыть клиента.

— Действительно! — ахнул я. — Но почему он этого не сделал?

Дружинин уставился в окно автомобиля, помолчал пару минут, а затем протянул:

— Да уж. Что я пережил! Врагу не пожелаешь. Ну, давай по порядку.

Мало кто из людей может похвастаться фактом

присутствия на своих похоронах. Вернее, человек всегда является центром внимания в момент прощания с ним друзей и родственников, но вот можно ли назвать это присутствием? Мы никогда не услышим слов скорби, не увидим слез на глазах у тех, кого считали врагами, не сядем за стол, не выпьем за упокой собственной души. Похороны — это нечто вроде рождения, человек уходит в иной мир и не способен поучаствовать в своем последнем бенефисе. Впрочем, может, оно и к лучшему, поскольку кое-кого поджидают не слишком приятные сюрпризы.

Итак, первая часть — «смерть» и отъезд из дома — прошла как по маслу. Егор лежал в своей спальне, вслушиваясь в то, что происходит за закрытыми дверями, но там отчего-то стояла напряженная тишина. Потом появился Юрий и шепнул:

— Теперь не шевелись, положим тебя в мешок, но ты не волнуйся, там дырки есть, воздуха хватит! Лена упала в обморок, с ней сейчас подруга, Маша Королева.

— Это соседка, — невесть зачем поправил Егор.

— Ш-ш-ш, — прошипел Юрий, — ты покойник, забыл? Молчи!

В «морге» Егор плотно поужинал и лег спать, следующий день он провел, смотря телевизор, и страшно возгордился, услыхав, как один из каналов сообщил в новостях о его кончине.

Рано утром в день погребения Юрий сделал Егору укол. К тому моменту Дружинин был совершенно готов для роли покойника. Он надел шикарный костюм, белую сорочку, повязал галстук. Одежду Егор выбирал очень тщательно, он-то знал, что предстоит довольно долго лежать в тесном ящике, а потом мчаться на поминки. Гладить наряд времени не будет.

Дружинин хотел появиться на поминках, когда народ еще не напился и не собрался расползаться по домам.

Так вот, облачившись в шикарную пиджачную пару, Дружинин приблизился к гробу, внимательно изучил, как включать кондиционер, занес ногу, чтобы влезть в ящик, и тут сообразил: ботинки!

— Мы забыли про обувь! — воскликнул «покойник». — Не могу же я появиться перед людьми в домашних тапках!

Юрий хлопнул себя по лбу:

— Блин! Ну как я мог! Офигеть! Ладно, ложись, сейчас пошлю за штиблетами.

Егор, все-таки слегка нервничавший, лег в гроб. Несмотря на то, что Трофимов рассказывал о лекарстве, инъекция подействовала на Дружинина слегка одурманивающе. Нет, он не лишился чувств, довольно легко двигался, вполне нормально мог поддерживать беседу, вот только делал все медленнее, чем обычно, а в голове клубился туман.

Очень скоро Юрий вернулся с ботинками и обул Егора, потом сказал:

— Ну, поехали, закрывай глаза.

Егор смежил очи и почувствовал легкие прикосновения: Трофимов, как и обещал, подклеил ему веки — теперь Дружинин выглядел почти натуральным покойником. Для восприятия действительности у него остался только слух, увы, видеть происходящее наш шутник не мог.

Приключение внезапно показалось ему не слишком веселым, но очень скоро приступ депрессии прошел, потому что Егор получил истинное удовольствие: началась панихида. Вот уж когда «покойничек» повеселился, слушая речи заклятых друзей и конкурентов по бизнесу. Какую чушь несли люди! Оказывается, абсолютное большинство из них считало Егора потрясающим, честным, умным, великим, замечательным...

Оставалось лишь удивляться, почему присутствующие ранее столь тщательно скрывали свою любовь и по какой причине подставляли при каждом удобном случае бизнесмену подножку.

Дружинин искренне наслаждался панихидой, ему было тепло: под костюм он надел замечательное термобелье, а дно гроба было устлано специальным электрическим матрасом, работающим на аккумуляторе. Трофимов, похоже, предусмотрел все, единственное, что он не сумел организовать, так это хорошую погоду. Неожиданная для апреля гроза разразилась в самом конце церемонии. На лицо Егора упали тяжелые капли, послышался визг, и свет погас. Сначала Дружинин насторожился, но потом ощутил толчки и сообразил: гроб закрыли и увозят в помещение.

Так оно и было, чьи-то руки откинули крышку, и Егор услышал голос Ивана Павловича...

— Дальше можешь не рассказывать, — перебил я друга.

— Ты так искренне расстраивался, — воскликнул Дружинин, — что я был готов сесть и сказать: «Ваня, не плачь». Остановило меня лишь одно: ты бы...

— ...точно заработал инфаркт, — закончил я за него.

Дружинин хмыкнул.

— Нет, я подумал, что ты закричишь, выскочишь на площадь и испортишь мне всю малину.

Я прикусил нижнюю губу. Интересно, отчего никогда раньше я не замечал, насколько эгоистичен мой друг? Я наивно полагал, что он испугался за мое здоровье, но нет — Егора волновал лишь идиотский розыгрыш.

— Знаешь, что случилось после того, как ты сунул мне мобильный, авторучку и расческу? — спросил Егор.

— Нет, мне стало плохо.

— Вошел Трофимов, — словно не слыша моего ответа, продолжал Дружинин, — и, как я понимаю, сделал тебе укол. Во всяком случае, до моего слуха долетел странный звук, такой издает падающий мешок.

Затем Юрий заорал:

— Эй, сюда, человеку плохо!

Зашаркали ноги, раздались голоса.

— Осторожно, кладите его на носилки.

— Ой, это Иван Павлович.

— Вы его знаете?

— Конечно, конечно.

— Сейчас мы его домой отвезем.

— Бедняжка, он перенервничал.

— Никогда не был мужиком, вот и хлопнулся в обморок.

— Во, блин, идиот!..

Потом суматоха стихла, некоторое время царило молчание. Затем кто-то толкнул каталку вперед, Егор понял, что его везут к могиле. Когда крышка опустилась на гроб, Дружинин нажал нужную кнопку и услышал ровное гудение кондиционера. Оставалась последняя часть игры: скоро за «покойничком» должны прийти люди Трофимова.

Термобелье замечательно грело, электрический

матрас бесперебойно работал, вокруг царила полнейшая тишина, и Егор неожиданно заснул.

Вам это кажется странным? А вот мне совсем даже нет. Дружинин — человек с железными нервами, один раз его накрыло в горах лавиной, тогда погибла вся группа лыжников, кроме Егора. В отличие от остальных, он не запаниковал, а, спокойно высвободив одну руку, сначала разрыл снег, чтобы открыть себе доступ воздуха, а потом ждал спасателей.

— Ты сделан из железа! — воскликнул я, услышав рассказ друга о снежном плене. — Почему не начал пробиваться наверх?

— При сходе лавины человек легко теряет ориентацию, — пояснил Дружинин, — тратит последние силы, пытаясь, как ему кажется, вылезти на поверхность, но на самом деле закапывается еще глубже. Если уж тебя занесло, освободи чуток место вокруг лица и жди, не рыпайся. Не спи, не плачь, не ори, твердо верь — тебя спасут.

Он так вел себя, не имея никакой уверенности в том, что спасатели начали поиски. Так почему же Дружинин должен был нервничать в гробу с кондиционером, отоплением и двумя мобильниками? Вы бы сошли с ума от тревоги? Я тоже. Но ведь ни вам, ни мне не пришла в голову славная идейка инсценировать собственную смерть!

Проснулся Егор в кромешной тьме, он сразу вспомнил, где находится, и удивился отсутствию Юрия. Некоторое время Дружинин осмысливал ситуацию, а потом осторожно отковырял пальцем клей от век и посмотрел на светящийся циферблат часов. Тут уместно сказать, что, собираясь в «последний путь», Егор велел оборудовать для себя очень большой и просторный гроб.

Стрелки показали... полночь. Егор не поверил своим глазам, зажмурился, потом снова уставился на циферблат. Вот длинная палочка с остреньким носиком чуть скакнула вперед и остановилась на отметке «12.04». Первоапрельская шутка по какой-то причине не удалась, поминки давно закончились, народ разъехался по домам, а те, кто еще сидит в шикарном ресторане, скорей всего, набрались по самые брови. В хорошо спланированном спектакле произошел сбой.

Дружинину стало не по себе. Что могло случиться? Но Егор был не из породы паникеров, поэтому он начал искать мобильники. Ему под руку попался аппарат, но это была не та трубка, которую приобрел Дружинин для связи с внешним миром. Егор — человек обстоятельный, поэтому велел Трофимову купить навороченные модели, которые гарантированно смогли бы послать сигнал сквозь толщу земли, не разрядились бы сразу.

Сообразив, что держит в руке последний подарок Подушкина, Егор умилился и, решив после воскрешения подарить приятелю самый крутой мобильник, начал поиски других телефонов.

Он их не нашел! Ни одного! В душе поселилась тревога. Егор отогнал ее прочь и решил попытать счастья при помощи моего телефона. Если честно, надежды на то, что простенькая модель начнет работать в гробу, у него не было. Но все же Егор набрал номер Трофимова и услышал: «Абонент находится вне зоны действия сети».

Егор повторил попытку, в ухе раздался все тот же вежливый женский голос.

Вот тут страх охватил Дружинина. Ему в голову пришла жуткая мысль: что, если Юрий умер? Ну случился с ним сердечный приступ, и каюк! Кто, кроме организатора «похорон», в курсе того, что в гробу ждет освобождения живой человек? Да и сообщил ли Трофимов кому-нибудь правду? Оформляя договор, Егор строго предупредил Юрия:

— Никакой утечки информации!

— Исключено, — заверил его тот.

Значит, если с Трофимовым случилась беда, за Дружининым никто не явится. И, наверное, так оно и есть, иначе почему его до сих пор не вытащили?

Дружинин в отчаянии позвонил мне...

— Хорошо, хоть ты подошел, — мрачно говорил он сейчас, — иначе бы приключение закончилось грустно.

— Кхм, — дипломатично кашлянул я, — да уж... Что же теперь ты станешь делать? И почему не хочешь ехать домой?

Егор поднял ногу.

— А вот поэтому!

— Почему? — растерялся я.

— Не понял?

— Нет.

— Объясняю для умственно отсталых: в доме, где я пережидал время до дня похорон, есть бюро ритуальных услуг. Я еще усмехнулся, когда увидел вывеску, очень смешным показалось мне такое совпадение. Юрий, мерзавец, купил мне там обувь для покойника, с картонной подметкой, сэкономил, гад! Я вручил сволочи тысячу баксов, понимаешь, не могу ходить в дешевой обуви. А этот... зарулил в магазин для мертвецов, приобрел хрен знает что, рублей за пятьсот, и разницу положил в карман!

— Но это же глупо!

Дружинин прищурился.

— Да? Ты так считаешь?

— Конечно, — засмеялся я, — неужели Трофимов такой дурак! Он что, не понимал: «покойничка» вынут из гроба, он сделает пару шагов, и все! Господин Дружинин устроит ему вселенский скандал.

— Ты попал в самую точку! — махнул рукой Егор.

— Что ты имеешь в виду?

— А то! Трофимов знал, что клиент не обнаружит обмана!

— Хочешь сказать... — ахнул я, — что он... тебя...

— Ага, — закивал Егор, — именно так! Думаю, дело обстояло просто. Трофимов, несмотря на мой строжайший запрет, сообщил кому-то о первоапрельской шутке. А этот некто предложил мерзавцу огромные деньги, миллион баксов, к примеру, и Юрка дрогнул и согласился изменить сценарий.

— Как? — оторопев, поинтересовался я.

Дружинин скривился.

— Ваня! Одного не могу понять, каким образом ты успешно справляешься с ролью частного детектива! Покрути мозгами! Как подправить сценарий? Да не выкопать меня! Оставить в гробу! Идеальное убийство. Трофимов-то уже все устроил: свидетельство о смерти отдано вдове, ни Лена, ни моя мать ничего не заподозрили, похороны состоялись, водка на поминках выпита... Вот почему у меня не оказалось мобильных, и вот по какой причине Трофимов не побоялся подсунуть мне обувь для покойника. Юрий отлично знал — я навсегда останусь в гробу... Нам налево, здесь поверни!

Я машинально крутанул руль.

— Стой, — велел Егор, — там проезда нет, пошли пешком.

Глава 7

Увы, я не принадлежу к тем людям, которые, испытав стресс, мгновенно приходят в себя. Мне требуется некоторое время для осмысления событий, а вот Егор моментально подстраивается под обстоятельства.

Он весьма бойко, правда, не так быстро, как всегда, шагал вперед, я плелся за ним, спотыкаясь о куски битого кирпича и торчащие из земли железные прутья. В голове гудело, уши словно заткнули ватой.

— Сюда, — приказал Дружинин, — второй подъезд, пятый этаж.

Я окинул взглядом затрапезную пятиэтажку и только сейчас догадался спросить:

— К кому мы приехали?

— Ко мне, — ответил Егор и, толкнув дверь, вошел в загаженное парадное.

— К тебе? — изумился я. — Хочешь сказать, что имеешь тут квартиру?

Дружинин спросил:

— Белкина помнишь? Фотографа?

— Семена? Конечно, но он умер, или... ой... он тоже?

— Не ерунди, — буркнул Егор, поднимаясь по заплеванным ступенькам, — Сенька спился. Последний год вообще плохой был, у него опухоль нашли, злокачественную.

— Я не знал.

— А никто не знал, — перебил меня Егор, — с Семеном люди давно общаться перестали, я на него случайно наткнулся, в метро.

— Ты? В подземке?

Дружинин кивнул.

— Я тогда в пробку попал, почти час простоял, понял — опоздаю на важную встречу, ну и спустился в метро, гляжу: на скамейке Сенька сидит. Поговорили мы. Он, как про болячку узнал, бухать бросил, да поздно. Денег нет, а бесплатная медицина сам знаешь какая. В общем, я его в клинику устроил, где он и умер в хороших условиях. Как человек ушел, и не под табличкой с номером лежит, а честь по чести, в личной могиле, с памятником.

Я воззрился на Егора, ей-богу, он не устает меня поражать! Он не подумал о десятках людей, которые схватятся за сердце при виде ожившего покойника, и пожалел Белкина, абсолютно маргинального субъекта, которому никто бы руки не подал!

— А после его смерти выяснилось, — слегка запыхавшись, сообщил Егор, — что Сенька мне квартирку завещал, так сказать, в благодарность. Че с ней делать, ума не приложу. Продать? Так она две копейки стоит, и вообще, чтобы продать, жилище в порядок привести следует, а мне недосуг ерундой заниматься. И вот сейчас халупа пригодилась, о ней никто не знает. Входи, Ваньша!

Егор остановился у обшарпанной двери.

— Она заперта, — сказал я.

Приятель пожал плечами:

— Вышибем, если ключа нет.

С этими словами он поднял руку и легко оторвал наличник, за ним открылась полость, я увидел гвоздик, а на нем колечко с ключом.

— Во, — констатировал Дружинин, — пожалуйста, висит себе. Семен придумал захоронку, потому что терял постоянно по пьяни ключи.

Очутившись в небольшой комнатенке, Егор плюхнулся на продавленный диван и велел:

— Значит, так, Ваня! Слушай внимательно! Я все обдумал и решил! Поживу тут!

— В этой грязной норе?! Но это невозможно!

— Почему?

— Ну... потому!

— Замечательный аргумент, — усмехнулся Егор, — сделай одолжение, не перебивай. Мне нужно во что бы то ни стало выяснить, кто задумал похоронить живьем господина Дружинина. Кто у нас такой кровожадный, а? Но для того, чтобы ты, Ваня, мог спокойно работать, я должен считаться покойником. Пусть организатор преступления чувствует себя в полнейшей безопасности: Егор на том свете, все получилось шоколадно. Квартира Белкина — лучшее место в подобной ситуации. Во-первых, о ней никто не знает, во-вторых, район непрестижный, сюда наши общие знакомые не заруливают, в-третьих, соседи всегда пьяные, им наплевать на окружающих. Продукты я куплю... Кстати, Ваньша, насчет денег! Съездишь в одну контору, назовешь пароль — и тебе выдадут конверт. Не бойся, вопросов задавать не станут, ребята специализируются на выполнении деликатных просьб. Гонорар тебе заплачу отличный.

— Прости, не понимаю, о чем ты? — спросил я.

Егор потер нос.

— Фу, воняет тут, надо проветрить. О чем я веду речь? Есть офис, где у меня притырены денежки, так, на всякий случай, если понадобится энную сумму взять, не светясь. Ты получишь тугрики и купишь мне кое-что: спортивный костюм, белье, еду, книги, телик, а то я с ума от скуки сойду. Надеюсь, ты недолго провозишься!

— Если дашь список, то за день я управлюсь!

— Я не о покупках!

— А о чем?

— Ваня, найди моего убийцу!

— Но ты жив и...

— Ваня! Меня хотели убить!

— Навряд ли я сумею...

— Сможешь, я тебе помогу.

— Однако...

— Иван Павлович, — вздохнул Егор, — насколько я знаю, в твоей жизни есть одна проблема.

— Увы, их много!

— Глобальная!

— Какую ты имеешь в виду?

— Квартиру, — пояснил Егор, — наличие собственной жилплощади.

Я вздрогнул, вот уж не в бровь, а в глаз. Егор насыпал соли в открытую рану. Я, по сути, бомж. Нет, у меня имеется московская прописка, я родился в столице и всю жизнь живу здесь, но маленькая деталь: мои родные пенаты — это отцовская квартира, где проживает моя матушка Николетта. Основным побудительным мотивом для устройства на службу к Элеоноре было предложение ею мне личной комнаты. Существовать под одной крышей с маменькой я категорически не способен. Все годы секретарства я пытаюсь собрать деньги на личную нору, но, увы, цены на квадратные метры растут намного быстрее, чем моя зарплата. Иногда в голову закрадывается подлая мысль: что, если с Норой, не дай бог, случится неприятность, куда денусь я?

— Я бы с удовольствием купил тебе квартиру, — улыбаясь, словно змей-искуситель, продолжал Егор, — но ведь ты не примешь подарок.

— Огромное спасибо, — сказал я, — нет. Мы с

тобой находимся в равных весовых категориях. Если я получу жилплощадь, то должен достойно отдарить, например, пригнать тебе «Бентли», но, к сожалению, у меня нет возможности делать столь щедрые подарки.

— Вот-вот, — закивал Егор, — зная тебя, зануду, я иное и не ожидал услышать, поэтому предлагаю: найдешь организатора покушения — и получишь в качестве гонорара двушку!

— Мне и однокомнатной хватит, — машинально ответил я.

— Не спорь, — нахмурился Егор, — значит, по рукам!

Я покачал головой:

— Нет.

— Ваня! — изумленно воскликнул Дружинин. — Ты не хочешь мне помочь? Что тебе мешает? Элеоноры нет, ты сидишь один, времени полно. Боишься не справиться? Так я помогу, надо начать с Юрия, прижать ему хвост и выяснить, почему он меня не откопал! Ваня, мне некому помочь! Я доверяю только тебе, знаешь, твой мобильный телефон, засунутый в гроб, убедил меня: ты никоим образом не причастен...

— Наверное, я неправильно высказался, — остановил я Дружинина, — попробую разобраться в этой истории. И считаю, что в первую очередь следует нанести визит Юрию Трофимову. Но я не приму квартиру и не возьму никакого гонорара.

— Ваня, — вскипел Егор, — ты идиот! Частный детектив берет за работу бабки!

— Я не владею агентством «Ниро», хозяйкой является Нора, она и решает, каким делом заняться.

Кстати, я никогда не обсуждаю с заказчиком финансовые вопросы, это прерогатива Элеоноры.

— Но сейчас ты в отпуске, и я не простой клиент, а, смею надеяться, твой лучший друг, — вконец рассердился Егор, — попавший в беду! Неужели ты мне откажешь? Ей-богу, в этом случае я изменю свое мнение о человечестве.

— Безусловно, я прямо сейчас займусь этим вопросом, — улыбнулся я, — только, как ты правильно заметил, я в отпуске, следовательно, не могу брать гонорар.

— Глупости! Да это полнейшее...

— Егор, — пресек я излияния Дружинина, — неужели ты считаешь меня человеком, который способен взять вознаграждение за помощь другу?

Приятель осекся, потом встал, подошел к окну, посмотрел вниз и нервно воскликнул:

— И как только люди тут живут? С видом на помойку?!

— Многие были бы счастливы получить даже такую квартиру, — мягко возразил я, — если тут сделать ремонт, все будет не так уж плохо.

Дружинин побарабанил пальцами по подоконнику.

— Извини, Ваня! Если всерьез занимаешься бизнесом, рано или поздно начинаешь меняться, нечто в тебе появляется этакое...

— Думаю, ты абсолютно прав! — воскликнул я. — Давай мне координаты Трофимова, попытаюсь его найти в кратчайшие сроки. Кстати, в этой норе есть телефон?

Дружинин указал глазами на аппарат доисторического вида, громоздкий, черный, с наборным диском.

— Раритетная вещь! — восхитился я. — Интересно, он работает?

Дружинин снял трубку.

— Гудит, я оплатил телефон за год вперед вместе с коммунальными и прочими услугами.

— Давай номер.

— Я его не знаю, — растерялся Егор, — вернее, наизусть не помню, записан где-то. Вот что, сначала добудешь деньги, купишь мне сотовый...

Через час, обсудив в мельчайших подробностях план действий, я оставил приятеля в квартире, а сам спустился к машине, воткнул в свой вернувшийся с того света мобильный зарядку, завел мотор и тут же услыхал звонок.

— Вава! — закричала Николетта. — Ну сколько можно спать! Немедленно приезжай. Мы с Сонечкой хотим...

— Прости, я занят!

— Чем? — завопила маменька. — Нора уехала, у тебя отпуск! Нет, это просто безобразие! Что ты себе позволяешь? Я несчастная, брошенная, жду не дождусь, когда у тебя появится минутка для матери.

— Уже еду, — сломался я.

«Несчастная, брошенная» Николетта встретила меня на пороге, одетая в изящную шубку из щипаной норки.

— Мы с Сонечкой хотим пойти в магазин! — тут же воскликнула маменька. — Отвезешь нас в центр, да, милая?

Сонечка, натягивавшая туфли, закивала.

— Боюсь, у меня нет времени на поход по лавкам, — ляпнул я и съежился.

Сейчас Николетта откроет рот, и оттуда полетят

ядовитые стрелы, но маменька неожиданно ответила:

— Ты нам не нужен! Добросишь до магазина, и адью!

— Назад можно и такси взять, — воскликнула Сонечка.

— Потом разберемся, — заявила Николетта. — Пошли, Вава, сколько можно тебя ждать, я в шубе! Жарко ведь!

— На улице чудесная погода, — напомнил я, — тепло, солнечно, меховая доха тебе ни к чему!

Николетта скривилась.

— А меня знобит! И потом, манто не из целиковых пластин, оно связано.

— Как это? — удивился я.

Николетта махнула рукой, а Сонечка, надевая красивое черное пальто, воскликнула:

— Очень просто! Берут шкурки, обрабатывают их особым образом, потом нарезают на полоски и вяжут на специальных спицах. Получается легкое изделие, его можно даже летом надевать.

— Но зачем такие сложности? — недоумевал я. — Не проще ли купить трикотажную куртку?

Сонечка засмеялась, а Николетта воскликнула:

— Ну, что я тебе говорила, детка? Вава просто первый день творения. Подожди, ангел мой, сбегаю за носовым платочком.

Повернувшись на каблуках, Николетта испарилась, Сонечка улыбнулась и, поправив длинную белокурую прядь, сказала:

— Похоже, мама вас обожает! Только и разговоров о сыне! Вы, оказывается, писатель?

Я начал судорожно кашлять, а Сонечка, наивная душа, продолжала:

— Николетта рассказала мне о вашей книге. Очень, очень интересный сюжет. Прямо дух захватывает, я чуть не разрыдалась от жалости к вашей героине. Как ей не повезло с мужем! Мерзкий занудливый старик! Ясное дело, Анна не выдержала и полюбила молодого, красивого военного! Изменила мужу! Впрочем, что тут особенного! Да и чего этот супруг хотел со своим возрастом и брюзгливым характером? Зачем вы сделали так, что она призналась? Бегала бы к любовнику тихонько. А то ведь никакого счастливого конца! Бросилась под поезд! Ужасно! Я бы на такое не решилась! Хотя... Каренин у жены сына отнял... Нет, вы дико талантливый! Надо одному человечку слово замолвить, вполне вероятно, что он захочет снять фильм по вашему роману.

На секунду я замер с открытым ртом, забыв о кашле, но тут из спальни Николетты раздался крик:

— Ваня, помоги, не могу открыть ящик!

Я помчался на помощь.

— Который из комодов заклинило? — деловито осведомился я, влетев в душное, застеленное коврами помещение.

Николетта приложила палец к губам:

— Тсс.

Я оглянулся и шепотом поинтересовался:

— Что стряслось?

Маменька округлила глаза.

— Специально позвала тебя сюда! Господь услышал мои молитвы! Знаешь, кто такая Сонечка?

— Дочка Розы, сестры Фани, подруги Зюки...

— Ее фамилия Моргенштерн.

— И что?

— Вава! МОРГЕНШТЕРН! Понимаешь?

— Насколько я помню из курса немецкого языка, — забубнил я, — морген — это утро, а штерн — звезда, утренняя звезда, очень красиво!

— Дурак! — выпалила маменька. — Сонечка — дочка Якова и внучка Исаака Моргенштерна.

Луч понимания забрезжил в голове.

— Погоди, погоди... Исаак Моргенштерн, коллекционер, много лет назад уехал в Израиль...

— Он сбежал в Америку, — с горящими глазами перебила меня маменька, — уж и не припомню в каком году! Я была совсем ребенком, еще в школу не пошла! Ой, какой скандал был! Павел пришел домой и говорит: «Исаак-то что учудил, таким правильным считался, член КПСС, по заграницам катался, и тут! Ба-бах! Поехал с делегацией в Венгрию, оторвался от группы и прямиком в американское посольство». Да уж! Полетели тогда головы! Все партруководство Союза писателей разогнали, не уследили за Исааком! Проморгали врага! «Голоса» долго выли: «Моргенштерн выбрал свободу. Автор поэмы «Рабочий и колхозница» сбежал в США»[1].

Мне стало смешно. Николетта в своем духе. Только что спокойно заявила, что во время побега Исаака была почти пеленочным младенцем, и через пару секунд изложила разговор с моим отцом. Нестыковочка вышла. Либо маменька в те годы была неразумным дитятком, либо женой прозаика Павла Подушкина! А Николетта не замечала шероховатостей в своем рассказе и лихо неслась дальше.

Жена Исаака и его сын Яков остались в СССР, вот уж кто получил по полной программе, так это несчастная женщина с ребенком. Хорошо хоть к тому времени скончался Сталин и бедолаг не выслали

---

[1] Под голосами Николетта имеет в виду радиостанции «Свобода» и «Голос Америки».

в лагерь, как семью врага народа. В конце концов жизнь потихоньку наладилась, особенно после перестройки. Исаак, которого мучила совесть, приехал в Москву, он буквально засыпал свою семью подарками. В средствах Моргенштерн не нуждался, петербургские сплетники, закатывая глаза, рассказывали об уникальной коллекции картин Исаака и о его богатстве. А после смерти старика весь немалый капитал достался его единственной внучке Сонечке.

— Девочка наивна, — шептала Николетта, — ее одну никуда не отпускают, боятся. И правильно, я бы тоже берегла бутон стоимостью во много миллионов долларов. Больше всего Фаня с Розой опасаются, что Сонечка найдет себе неподобающего жениха, кого-нибудь из этих... современных жиголо, а тот объяснит девочке, что она имеет полное право самостоятельно распоряжаться капиталом. Вот где беда!

— Сколько же лет детке?

— Двадцать шесть.

— Она выглядит на девятнадцать!

— Верно, а ума у нее на десять! Ты только посмотри на это!

Маменька протянула мне правую руку, указательный палец украшало большое кольцо с синим камнем.

— Я похвалила перстень, — тараторила Николетта, — без всякой задней мысли, а Сонечка его сняла и говорит: «Николетта, дорогая, возьмите, мне он совершенно не нравится, носите на здоровье».

Я крякнул, да уж, девушку с подобными замашками лучше не выпускать из дома одну.

— Роза наняла дочери телохранителя, — вещала

маменька, — но Сонечка наотрез отказалась от мужлана. Возникла проблема, на этот раз ее согласился сопровождать в Москву Владимир Иванович, родной дядя, у него отпуск. Компренэ? Вава! Очнись! Слушай внимательно! Смотри мне в глаза!

Цепкой ручонкой маменька ухватилась за лацкан моего пиджака и прошипела:

— Сонечка невинная девушка, душой и телом! Она дала обет выйти замуж один раз и навсегда. Бережет себя для мужа! Тот, кто ее... ну того... получит капиталы Моргенштерна! Сонечка спокойно передоверит деньги супругу. Вава! Это наш шанс!

Глава 8

— Ты предлагаешь мне изнасиловать молодую особу и заставить ее таким образом выйти за меня замуж? — решил уточнить я. — Боюсь, подобная роль не для меня!

Маменька посмотрела на дверь.

— Вава! Ты кретин! Я поговорила с Розой, она от тебя в восторге, мы согласны на бракосочетание.

— Осталась маленькая деталь.

— Какая? — воскликнула Николетта.

— Надо, чтобы я и Сонечка захотели пойти в загс.

— Ну, тебя никто и спрашивать не будет! — забыв про необходимость соблюдать тишину, рявкнула маменька.

Да уж, в этом я не сомневался!

— Навряд ли Сонечка столь послушная дочь, — попытался я охладить пыл Николетты.

Сколько раз маменька пыталась женить меня! Ей-богу, я сбился со счету! Правда, до сих пор у нее ничего не получалось, но дело не во мне, хотя я совершенно не горел желанием заполучить штамп в паспорте. Просто каждый раз отношения заканчивались по инициативе невест. Но, если честно, девушка с таким приданым встретилась на моем жизненном пути впервые. И Сонечка, в отличие от прежних кандидатур, хороша собой, вот только, похоже, глупа как гусыня!

— Зачем ты соврала Соне про сына-писателя? — спросил я.

Николетта поправила взбитые парикмахером кудри и состроила брезгливую гримаску.

— Вава! Ты мой позор! Приличной работы не имеешь, сидишь у матери на шее!

Я возмутился! Получаю отличную зарплату, занимаюсь любимым делом, поверьте, и общество «Милосердие», ответственным секретарем которого я являюсь, и служба в качестве частного детектива приносят мне глубокое удовлетворение. И потом, кто содержит Николетту? Дает маменьке деньги? Покупает ей еду, одежду, обувь? Или вы полагаете, что Николетта безбедно существует на муниципальную пенсию?

— Конечно, — горько вздохнула маменька, — есть на свете счастливые женщины, которые по праву гордятся детьми, ставшими президентами, великими актерами, музыкантами. Я, увы, нахожусь среди тех немногих бедняжек, которые, отказывая себе во всем, несут в зубах сына, перетаскивают его через валуны житейских невзгод, не получая взамен ничего! Вот она, святая материнская любовь!

Я прислонился к комоду. Дело совсем плохо. До сих пор Николетта старательно замалчивала факт наличия у нее великовозрастного дитятки. Маменька упорно сообщает окружающим, что ей чуть больше тридцати, и я никак не вписываюсь в биографию юной дамы. Конечно, люди знают правду, тем не менее слово «сын» Николетта старается не произносить, а мамой она запретила себя называть еще тогда, когда я не умел разговаривать. Маленький Ванечка пытался называть родную мать: Колетта, Киколетта, Нилетта... Как только я не коверкал тяжелое в произношении имя, но слово «мама» не произносил. Потому что не хотел получить оплеуху, отпущенную надушенной ладошкой.

— Немедленно прекрати подпирать мебель! — шикнула маменька. — Это же подлинный Павел[1], с медальонами! Еще поцарапаешь! Да, мне пришлось сказать, что ты писатель, надеюсь, моя ложь сбудется и я смогу прямо смотреть людям в глаза, слыша за спиной: «Это мать популярного прозаика». Соня хочет выйти замуж за литератора, ей это кажется романтичным! Молчи, Вава, ты пень! Я буду действовать сама! Твоя задача не мешать мне! Кивай головой, соглашайся, выполняй мои приказы — и Сонечка со своими миллионами будет наша! Боже, я давно мечтала о небольшой вилле на юге Франции. Так, домишко без особых изысков, метров семьсот, не больше! Вава, кому сказано, отлепись от комода!

— Было глупо пересказывать девушке роман «Анна Каренина» Льва Толстого! — воскликнул я.

— Какой Толстой! — возмутилась Николетта. — Я сама выдумала сюжет! С тобой неимоверно тяжело! Хочешь иметь богатую жену?

— Нет!

— Что?!

— Я вообще не хочу жениться!

---

[1] Мебель времен императора Павла I.

— А придется! — ажитированно воскликнула Николетта. — Нельзя быть таким эгоистом, думать лишь о себе, в конце концов...

— Ванечка, Николетта, — донеслось из прихожей, — вы нашли носовой платок?

— Да, солнышко, — прочирикала маменька, — уже бежим!

Она ткнула меня острым кулачком в спину и прошипела:

— Соня — дурочка! Лучше уж пусть она нам достанется, чем какому-нибудь подлецу, который ограбит ее и бросит!

Высказавшись, Николетта схватила с комода флакон с духами, щедро попрыскала на себя и вынеслась в коридор.

Чихая и кашляя из-за душного запаха парфюма, я поплелся за маменькой. Не следует считать меня мямлей, неспособным возразить окружающим. Но, тесно общаясь с Николеттой, я усвоил одну простую истину: открытой войной ничего не добиться, нужно проявлять осторожность и хитрость. Я не хочу жениться на Сонечке, мне претит роль альфонса при богатой жене, не желаю носить за ней сумочки и шубы. Только Николетта, услышав от меня категорический отказ, взбеленится — и прощай тихая спокойная жизнь. Сейчас, поняв, что сопротивление сына сломлено, Николетта успокоилась и будет окучивать Сонечку. Я же получил возможность заниматься делом Егора. Николетта вспомнит обо мне, лишь старательно удобрив почву рассказами о моих гениальных произведениях. Похоже, Сонечка провела все школьные уроки в коме, и маменька может спокойно пересказывать дурочке «Войну и мир», «Воскресенье» и т. п., потом плавно перейдет на Достоевского, Чехова, Бунина... Ладно, о том, что будет потом, я подумаю завтра, незачем сегодня портить себе жизнь, думая о предстоящих трудностях. Мне всегда нравился анекдот про грузина, который, сидя в ресторане и поедая вкуснейший шашлык, услышал вопль приятеля:

— Гиви! Твоя теща умирает!

— Что ты говоришь, — покачал головой Гиви, — маме совсем плохо?

— Вай, вай, — закивал приятель, — сказали, завтра умрет!

Гиви спокойно доел мясо, запил его вином и покачал головой:

— Ай, ай, ай! Вот завтра горе будет! Вместе плакать станем! А сейчас, дорогой, ешь шашлык, пей вино, сегодня все хорошо! Горе у нас завтра!

Оставив Николетту и Сонечку в огромном торговом центре, я съездил в контору, получил деньги, потом отправился в сторону Дмитровского шоссе, нашел удобное место для парковки и набрал номер Трофимова. В ответ раздались длинные гудки.

Юрий не спешил к трубке, но аппарат явно находился в зоне досягаемости. Так и не дождавшись результата, я выкурил сигарету и поехал в фирму, устраивающую для своих клиентов экстремальные праздники.

Дела у конторы явно шли хорошо, офис выглядел пафосно, дорогая дверь из цельного массива дуба, латунная ручка, холл, выложенный полированным гранитом, помпезная хрустальная люстра и штук пять секьюрити в безукоризненных черных костюмах. Ни один из охранников не остановил меня, парни просто пробежались по фигуре потенциального клиента цепкими взглядами и ничего не сказали. Впрочем, пройти внутрь здания, минуя рецепшен, оказалось невозможно. За стойкой сидела очень красивая негритянка, облаченная в строгий офисный костюм. Чопорность наряда убивал его цвет, пронзительно голубой, кажется, у художников подобный колер называется «берлинская лазурь».

Темнокожая девушка оторвала взор от стола, и я ахнул, у нее были невероятной красоты глаза: глубокого фиалкового цвета, с большим зрачком.

— Чем могу помочь? — ласково пропела красотка. — Меня зовут Мальвина.

— Девочка с голубыми волосами, — вырвалось у меня.

— Скорей уж с голубыми глазами, — засмеялась Мальвина.

Понимая всю неприличность своего поведения, я, разинув рот, продолжал пялиться на негритянку. Есть мужчины, которые теряют рассудок при виде африканок, другие обожают азиаток, но я принадлежу к обширному отряду лиц сильного пола, вполне довольных общением с девицами европейского типа. Впервые в жизни меня поразила красота темнокожей девушки, до сих пор я не понимал истерики вокруг супермодели Наоми Кемпбелл. Слишком тощая жердь с неприятно толстыми губами и хищным взглядом избалованной кошки, нет, такая красота не по мне. Но от Мальвины невозможно было оторвать глаз.

Внезапно мне вспомнилась история, случившаяся очень давно, когда я, студент второго курса института, решив подработать, пристроился в строительный отряд. Рабочий из меня был никакой, гвоздь от шурупа я отличить не мог и особой физической силой тоже не обладал. В отряд комсомольца Подушкина взяли за редкостное умение договариваться с колхозниками, вернее, сельскими бабами раннего климактерического возраста, которые сидели в местных сельсоветах, занимая посты главных бухгалтеров или председателей колхозов. Мужики повсеместно пили водку, тетки были надежны и работоспособны, как владимирские тяжеловозы. Уж не знаю, по какой причине они расцветали улыбками, заметив на пороге долговязую фигуру студента Подушкина. Может, им нравился бисквитный торт, который я не ленился прихватить с собой, или восторгала моя манера общения? Приблизившись к столу начальницы, я шаркал ножкой и говорил:

— Здравствуйте, девушка, простите, я комиссар ССО[1], зовут меня Ваней. Как можно встретиться с председательницей, Марией Ивановной?

Стокилограммовая нимфа краснела.

— Слушаю вас.

Я делал шаг назад и восклицал:

— Простите, бога ради, но вы такая молодая! Я думал, девушка-секретарь сидит! Извините, не хотел вас обидеть!

После этой обычной светской любезности мне удавалось подписать самый выгодный договор на постройку коровника или возведение километрового забора.

Если же при постройке «особняка» для буренок кто-нибудь из студентов начинал возмущаться моей леворукостью, командир немедленно орал:

— Заткнись! Гвозди всякий заколачивать умеет, а

---

[1] ССО — студенческий строительный отряд.

с бабьем дано беседовать только Ване! Ну, подумаешь, уронил тебе он на башку пару кирпичей, эка беда, глупей, чем есть, все равно не станешь.

Так вот, мы построили какие-то сараи в деревне под Тамбовом и решили отдохнуть. Благодарные пейзане принесли нам самогон и нехитрую закусь. Граненый стакан мутной жидкости мигом свалил меня с ног. Впрочем, командир отряда Федя Бурлаков тоже продержался недолго.

Очнулся я в душной избе, в спертом воздухе злобно звенели мухи, а ватное одеяло впечатало меня в матрас. Охая и держась за разрывающуюся от боли голову, я поднялся и увидел Федьку, который сидел в той же позе на топчане, стоявшем у печки.

— Чего, сыночки, плохо? — с искренним состраданием пробасил кто-то.

Мы с Федором, не сговариваясь, повернулись к окну, откуда шел звук, и замерли.

— Это белая горячка, — прошептал Бурлаков, — надо бросать кирять! В дурку пора!

Я начал судорожно икать. У маленького окошка с цветастыми ситцевыми занавесочками стоял стол, накрытый клеенкой. В центре была досочка, на ней черная чугунная сковородка с жареной картошкой, луком и салом, рядом на расстеленной газетке стояла банка с солеными огурчиками, чуть поодаль высилась бутылка. Меня сначала затошнило, но потом я увидел человека, который лакомился картошкой, и, не в силах совладать с собой, взвизгнул:

— Черт!

Огромный черный мужик положил на клеенку гнутую вилку и прогудел:

— Между прочим, мне обидно. Я не черт, а Михаил Иваныч.

— Ты его тоже видишь? — дрожащим тенорком проблеял Федор.

— Ага, — простонал я.

— Значит, это не галлюцинация, — перешел на шепот Федька, — двоим одно и то же не привидится.

Ответить командиру я не успел, лишь тупо смотрел на антрацитно черного дядьку. Меньше всего я ожидал встретить в деревне под Тамбовом негра, преспокойно лопающего жареху.

— Папка, — заорали из сеней, и в комнату влетел прехорошенький негритеночек, — тама баба Мотя радио сломала! Починишь?

— Сейчас, Лешенька, — ласково сказал Михаил Иваныч, встал и, почти касаясь курчавыми волосами потолка, с укоризной произнес: — Чаво уставились? У нас интернационал! Не черт я, а зоотехник. Мою прабабушку барин местный в том веке из Эфиопии выписал, очень уж ему хотелось в горничных арапку иметь. Сколько лет прошло, а кровь не разбавилась. Нас тут все знают. А вам за воротник меньше лить надо, студенты! Тьфу!

Тяжело ступая, Михаил Иваныч ушел, мы с Федькой обвалились на матрасы.

— Уф, — выдохнул командир, — я думал, в ад попал! Нет, правда, хватит ханку жрать. Решено, возвращаюсь в Москву, женюсь — и никаких бутылок.

Я же сделал другой вывод из случившегося: любое, даже самое невероятное явление, как правило, имеет простое объяснение, но людям свойственно умничать, от того и неприятности.

— Чем могу помочь? — колокольчиком прозвенела Мальвина.

— Простите, — я вынырнул из пучины воспоминаний, — я ищу Юрия Трофимова, вроде он ваш директор.

— Трофимов? — сдвинула тоненькие бровки красавица. — Юрий? Не припомню такого.

— Он тут начальник.

— Нет, нет, — снова заулыбалась Мальвина, — фирмой руководит Олег Валерьевич, в заместителях у него Анечка и Леня. Никаких Юриев. Может, он в отделе рекламы работает? Одну минуточку.

Изящная смуглая ручка щелкнула рычажком. Я с удивлением отметил, что ладошка у Мальвины не розовая, а тоже темная, почти черная.

— Слушаю, — прохрипело из селектора.

— Леонид Михайлович, это Мальвина.

— Понял.

— Тут клиент пришел.

— Замечательно.

— Не знаю, к кому его направить.

— Спросите у него, какова цель визита, и отведите в соответствующий отдел. Если ему нужен детский праздник, то это к Родиону, он на время болезни замещает Лену.

— Клиент ищет Юрия Трофимова.

— Кого? — искренне изумился Леонид.

— Юрия Трофимова, — слегка сбавив тон, повторила Мальвина, — говорит, что он наш директор.

Из переговорного устройства понесся то ли смех, то ли кашель.

— Проводите его ко мне, — велело наконец начальство.

Мальвина вскочила, она оказалась очень высокой, всего чуть ниже меня.

— Проходите, — пропела девушка, — вон туда, за

зеленую дверку, окажетесь в большом холле, сделаете пару шагов и упретесь в дверь с табличкой «Л. Никодимов».

Глава 9

Леонид приветственно поднялся навстречу мне.

— Прошу вас, устраивайтесь. Чай, кофе?

— Не откажусь, — улыбнулся я, — если можно чай.

— У нас отличный кофе.

— Извините, но я не люблю растворимые напитки, — я играл роль капризного клиента.

В конце концов, если человек решил заказать в этой конторе собственные похороны или нанять слона, дабы довести до сердечного приступа обожаемую тещу, он имеет право потребовать от администрации качественный напиток.

— Обижаете, — улыбнулся Леонид и склонился к переговорному устройству: — Мальва, кофе, для самых лучших заказчиков.

— Поняла, — пропищал динамик, — уже варю, на песке!

— Во! — поднял вверх палец Леонид. — Абсолютно верно! Настоящую арабику нельзя ставить на газ!

— Вы правы, — кивнул я, — песок — лучшая «грелка» для кофе.

— Что привело вас к нам? — мгновенно перешел к делу собеседник. — Вроде вы ищете кого-то?

— Вообще-то я хотел устроить бракосочетание. Событие, как вы понимаете, незаурядное, вот я и решил организовать его самым запоминающимся образом.

— Вы пришли по нужному адресу, — подскочил Леонид, — мы имеем огромный опыт по этой части. Господи, чего только мы не делали! Женили людей под водой, в самолете, на вулкане... Только в космос еще не летали, но лишь потому, что пока никто не заказывал подобное. Да! Ха-ха-ха! А разрешите полюбопытствовать, каков масштаб действа?

— Я не слишком богатый человек, — ответил я, — это должна быть скромная церемония, гостей, этак на...

Тут в кабинет, покачиваясь на высоченных каблуках, вплыла Мальвина. Красавица поставила поднос на край стола и начала снимать с него чашки.

— Если небольшой бюджет, то это лучше к Филиппу! — воскликнул Леонид. — Он у нас специалист по камерным церемониям. Ваша свадьба пройдет в лучшем виде.

Мальвина водрузила передо мной фарфоровую емкость, из которой шел восхитительный аромат.

— ...тысячи две, — спокойно завершил я начатую фразу. — Естественно, спецсамолеты, еда. С детства мечтал провести свадебную церемонию на Гоа. Понадобится отель, но еще раз подчеркиваю, я человек скромных привычек, невеста разделяет мои аскетичные взгляды, хотим гулять всего десять дней и ничего особого не потребуем. Естественно, для гостей все включено, типа напитков и услуг, а еще пусть будет фейерверк, торт, катание на слонах, в общем, никаких новорусских изысков. Думаю уложиться в пару-тройку миллионов. Долларов.

Леонид поперхнулся кофе.

— Многоуважаемый... э...

— Иван Павлович.

— Дорогой Иван Павлович, мы с огромной радо-

стью возьмемся за решение проблемы! Когда торжество?

— Через три дня.

Леонид снова закашлялся.

— Но поймите меня правильно... визы... самолеты...

— Я плачу деньги. Хорошо, согласен увеличить
оплату.

Мальвина, слегка покраснев, застыла посреди
кабинета.

— Мальва, ступай на место! — рявкнул начальник.

— Поэтому я и обратился к вам, — нежно пропел
я, — мне посоветовал один знакомый. Сказал, здесь
служит Юрий Трофимов — настоящий кудесник!

— Ваш приятель ошибся, — слишком быстро заявил Леонид, — господин с подобным именем никогда не переступал порога этого офиса.

— Вполне вероятно, — прищурился я, — что вы
просто не знаете всех служащих по именам!

— У нас не так уж много специалистов, — заулы-
бался Леонид, — они выдают креативные идеи, пишут сценарии. Мы привлекаем к осуществлению
идей много внештатников. Постоянные сотрудники — абсолютно проверенные люди, я лично изучал
и проверял анкету каждого. Понимаете, нам неприятности не нужны. Ваш знакомый ошибся, у нас нет
Юрия Трофимова.

— Странно, — протянул я, — он специалист по
экстремальным забавам.

— Что вы имеете в виду? — напрягся собеседник.

— Ну... об Юрии мне рассказывала еще одна подруга. Она решила устроить мужу супер день рождения. Позвонила супругу, сообщила, что ее якобы

похитили, муж ринулся в заброшенную деревню, вошел в покосившуюся избенку, и тут вспыхнул свет, в комнате оказался стол, гости...

— Вполне обычная шутка, — с явным облегчением заявил Леонид. — Нечто подобное мы совершали многократно, идея одна: внезапность торжества в неожиданном месте, вот только исполнение разное. Пару дней назад мы выполнили заказ одной дамы. Ее супруг проснулся и ничего не понимает. Отошел ко сну в своей спальне, а открыл глаза в замке семнадцатого века! Кровать с балдахином, горит камин, перед ним медвежья шкура, вместо унитаза у ложа, пардон, горшок. Вошла горничная в домотканом платье, говорит на невесть каком языке, вместо завтрака принесла невероятный набор: мясо, вино и куски серого хлеба. Из окна видны поля и крепостная стена, во дворе замка рыцари на лошадях. Через час клиент окончательно поверил: он чудесным образом оказался в Средневековье. А еще был заказ на гарем! Восточные красотки, бассейн, халва. Почему-то подобные забавы особенно нравятся дамам. Я уже говорил: мы выполним любой ваш каприз.

— Отлично! Хочу, чтобы мою свадьбу организовывал Трофимов!

Леонид крякнул.

— Милый Иван Павлович, забудьте об этом человеке, он не профессионал.

— Значит, вы слышали о Юрии!

— Конечно, нет, — мигом спохватился Никодимов.

— Но почему вы тогда заявляете о его дилетантстве? — я решил подловить сладко улыбающегося мужика.

— Э... ну... если он не служит в нашем агентстве,

то, значит, не обладает необходимым набором качеств, мы собрали всех самых лучших, — вывернулся Леонид, — уж поверьте мне!

— Но друзья сказали, что круче Трофимова нет, — тупо повторял я, — а я привык пользоваться только VIP-услугами. Мне дешевки за свои деньги не надо.

— Вы ошиблись, — не дрогнул Леонид, — у нас Трофимова нет!

— Хорошо, — пошел я на попятный, — сейчас съезжу к приятелю и возьму у него визитку этого Трифонова!

— Секунду назад вы называли парня Трофимовым, — с легким торжеством отметил Леонид.

— Не смейте мне указывать! — «вскипел» я. — Прощайте. Если не способны выполнить простую просьбу, незачем хвастаться своими потрясающими вечеринками. Эка невидаль, припереть во двор слона! Да у меня в домашнем зоопарке два живут!

Леонид растекся в фальшивой улыбке.

— Уважаемый Иван Павлович, желание клиента для нас закон. Но мы еще и честные люди. Насколько я понимаю, вы никогда не видели Юрия?

— Ну... нет, — не понимая, куда клонит собеседник, ответил я.

— Сейчас я мог бы со спокойной совестью вызвать сюда одного из сотрудников и сказать: «Вот Юра, он волшебник», — ухмылялся Леонид, — но я никогда не вру заказчикам, у нас на фирме полная прозрачность отношений, как личная, так и финансовая. Поэтому утверждаю: с Трофимовым я незнаком!

— Вы потеряли клиента, — торжественно заявил я.

— Мы будем счастливы вам помочь.

— Я обращусь в другое агентство!

— Будьте осторожны, не все профессиональны.

— Если не хотите иметь дело со скромным бюджетом в пару миллионов долларов, то сказали бы прямо: для нас такой праздник мелок, — «доставал» я Леонида. — И вы не можете организовать визы и билеты...

— Нет, нет, это легко, просто цена заказа немного возрастет.

— Значит, проблем в организации моего бракосочетания не будет?

— Конечно, нет! Через трое суток самолеты с гостями возьмут курс на Индию, — потер руки Леонид, — поскольку время поджимает, я сию секунду соберу совещание. Вы можете пока пообедать в нашем ресторане, естественно, бесплатно, а потом изучите план мероприятий. Единственное, что потребуется, это внести задаток, половину суммы. Сразу предупреждаю, бюджет приблизительный, точная цифра до копейки выяснится после переговоров с Гоа.

Во мне проснулась маленькая Николетта.

— Нет проблем, голубчик, — заявил я, — как лучше провести сумму: безналом или купюрами?

— Лучше налом, — деловито ответил Леонид.

— Хорошо, — закивал я, — сейчас звякну секретарю, он привезет. Да, еще передайте этому Юрию...

— Кому?

— Юрию Трофимову! Ведь я уже говорил, что хочу видеть его организатором действа.

— У нас такой не работает! — устало ответил Леонид.

— А где он работает?

— Понятия не имею!

— Я хочу иметь дело только с Трофимовым.

— Увы, тут я бессилен.

— Нет Юрия, нет заказа!

— Право, очень жаль, — сказал Никодимов, — мы бы устроили вам шикарное мероприятие. Но раз вы настаиваете на кандидатуре мифического Юрия, то ничего не получится!

В глубочайшем удивлении я вышел из кабинета и побрел по коридору. Надо же, я потерпел полнейшее фиаско. Может, я наивно полагал, что заказчику, который готов потратить два-три миллиона долларов на «скромную» свадебку, окажут небывалый прием, уважение и сразу вызовут в кабинет этого прощелыгу Юрия. Но Леонид отчего-то уперся и предпочел потерять выгодного клиента. Почему? «Жених» выглядел достойно: на нем дорогой костюм, отличная рубашка, великолепный галстук и шикарная кожаная обувь ручной работы, его лицо идеально выбрито, а часы, на мой взгляд, даже слишком хороши. Брегет подарила мне на день рождения Нора, а хозяйка всегда покупает только эксклюзивные вещи, она отвратительно расточительна.

Так по какой же причине Леонид решил не знакомить меня с Юрием? Если поговорка про одежку верна, мужик должен был проникнуться ко мне полнейшим доверием.

Теряясь в догадках, я добрел до рецепшен и увидел улыбающуюся Мальвину.

— Вы нас уже покидаете? — огорченно поинтересовалась она.

— Увы, — ответил я, — тороплюсь.

— Домой, к деткам?

— К сожалению, я пока не имею семьи, — ответил я.

Мальвина протянула мне визитную карточку:

— Возьмите, может, пригодится.

— Что это?

— Наши координаты.

— Спасибо, но я вряд ли приду сюда еще раз, — с гордым достоинством ответил я.

— И все же возьмите.

— Лучше отдайте это другому клиенту.

Мальвина посмотрела на мрачных охранников и, педалируя каждое слово, громко произнесла:

— Захватите карточку. В мои обязанности входит непременно давать их каждому, кто к нам пришел, таков приказ начальства. Я могу получить выговор, если не выполню его.

Стараясь скрыть свое раздражение, я взял визитку и небрежно сунул в карман. Сейчас выйду на улицу и швырну ее в ближайшую урну.

— Обязательно прочтите текст, — словно подслушав мои мысли, велела Мальвина, — там то, что вам нужно.

— Непременно, — церемонно кивнул я и вышел из офиса.

На улице ярко светило солнце, весна, очевидно желая взять реванш за излишне суровую зиму, старалась изо всех сил. Такая теплая, безветренная и недождливая погода бывает в столице крайне редко.

Я поискал урну. Кстати, вы не обращали внимания на такую странность: по Москве развешаны плакаты «Сделаем наш город чистым», а урны для мусора исчезли как класс. Понимаю резон столичных властей: в урну легко сунуть бомбу, но, с другой стороны, куда швырять отходы?

Так и не избавившись от визитки, я влез в автомобиль и решил бросить ее в бардачок, который и без того был переполнен всяким барахлом. Вытащив карточку, я машинально начал читать текст. «Сидорова Мальвина, секретарь». Далее шли телефоны, два были напечатаны в типографии, третий, очевидно мобильный, приписан от руки, ниже была фраза: «Сегодня, 15.00, кафе «Джил», могу дать координаты Трофимова».

Я вздрогнул и посмотрел на часы. До назначенной Мальвиной встречи оставалось не так уж много времени. Я хорошо знаю, где находится пафосная ресторация «Джил», пусть вас не смущает слово «кафе», которое употребила Мальвина. На самом деле «Джил» — это дорогое место, где собираются знаменитости, богачи и те, кто изо всех сил пытается быть причисленным к небожителям. Кстати, попасть на службу в «Джил» считается огромной удачей. Во-первых, тут неплохие оклады и посетители не скупятся на чаевые, во-вторых, приятно обслуживать тех, чьи лица часто мелькают на экране телевизора, а потом небрежно сообщать подружкам: «Сегодня приходил этот, ну как его, блондинчик из сериала «Ментяры», так, ничего особенного, рыбу ел». А в-третьих, иногда официантки, бармены и администраторы заводят романы с посетителями. Естественно, хозяин «Джил» строго-настрого запрещает панибратство с клиентами, но это лишь на словах, а на деле ему нравится, когда какая-нибудь «Желтуха» кричит со своих страниц:

«Елена Кузовкина, владелица крупнейшего холдинга, живет с двадцатилетним красавцем Костей, официантом из «Джил». Бизнесвумен уже купила любовнику квартиру и «Порше».

Прочитав статейку, кое-кто побежит в «Джил», чтобы полюбоваться на смазливого жиголо, и получит коктейль из наманикюренных лапок профессионального альфонса.

Николетта любит бывать в «Джил», они с Зюкой способны часами сидеть за столиком, грызть пирожные и сплетничать. Да уж, не лучшее место для беседы выбрала Мальвина, надо попытаться передоговориться.

Я набрал номер ее мобильного.

— Абонент временно недоступен, — раздалось в ответ.

Что ж, все верно, Мальвина находится на работе, скорей всего, ей не разрешают пользоваться личным телефоном. Может, посидеть в машине и подкараулить девушку? Хотя вдруг у них тут несколько выходов?

Тяжело вздохнув, я порулил в сторону центра. Три часа дня — нетусовочное время для светских личностей, наверное, сейчас в «Джил» пусто, народ начинает собираться там после семи. Очень надеюсь, что не наткнусь на Маку, Люку или Пупсика, мирно вкушающих шоколад со взбитыми сливками.

Глава 10

К счастью, знакомых в «Джил» не оказалось, зато метрдотель Дима бросился ко мне со всех ног.

— Иван Павлович! Как я рад! Вы один? Николетта здорова? Давненько она нас не посещала. Кстати, мы поменяли повара! Новый прямо из Италии! Готовит умопомрачительно, сногсшибательно, феерически.

Я хмыкнул, «сногсшибательно» — не лучшая характеристика для кулинара, съешь салатик, а он тебя свалит с ног!

— Сюда, сюда, — кудахтал Дима, потряхивая «химическими» кудрями и сверкая бриллиантовой серёжкой. — Кстати, как вам моя рубашка?

— Она прелестна, — покривил я душой.

— Правда? Мне тоже показалась супер! А цвет? Ничего, что интенсивно-розовый?

— Вам очень идет.

— Ах, Иван Павлович, спасибо. Где желаете устроиться?

— В тихом уголке, я жду даму.

— Понимаю, понимаю, но тогда во втором зале. Заказ сделаете позднее?

— Давайте пока кофе и ваши булочки.

— Боже, как я вам завидую, — закатил подкрашенные глаза Дима, — можете спокойно есть выпечку и не толстеете. Фигура супер! Я же, несчастный, лишь понюхаю пирожок, и сразу растет живот!

— Право, Дима, вы к себе суровы, на вас и грамма жира нет, — польстил ему я.

— Иван Павлович, вы просто хорошо воспитаны, — не упустил случая пококетничать администратор. — Сейчас заказ принесут. Да, как выглядит ваша дама? Увижу ее и сразу приведу. Лучше будет, если вы назовете ее имя, а то эти девушки все, простите, блондинки.

Легкое презрение к лицам дамского пола исказило физиономию Димы.

— Имя не потребуется, — усмехнулся я, — моя гостья негритянка, почти с меня ростом.

Дима взвизгнул.

— Вау, Иван Павлович! Я всегда знал, что вы нестандартная личность!

Быстро повернувшись на каблуках, метрдотель исчез в лабиринтах служебных помещений, облако дорогого французского парфюма, оставленного парнем, поползло в сторону окна.

Интересно, отчего большинство лиц мужского пола не любит геев? Дима мил, приветлив и, зная о моей традиционной ориентации, никогда не делает никаких двусмысленных намеков. Кстати, когда у меня от мороза по лицу пошли какие-то странные пятна, Дмитрий, смущенно кашлянув, сказал:

— Простите, Иван Павлович, боюсь показаться навязчивым, но ваша небольшая проблема легко решается при помощи крема. Увы, средство дорогое, но оно того стоит. Вот тут я написал его название и адрес магазина.

Я прислушался к его совету и забыл о дерматологическом казусе. С тех пор считаю себя в долгу перед Димой. С какой стати мне ненавидеть улыбчивого метрдотеля? В конце концов, человек имеет полное право распоряжаться своим телом по собственному усмотрению. На мой взгляд, пьяный кабан, бьющий жену и детей, представляет для общества настоящую опасность, а гомосексуалист, вежливый и тихий, никому не мешает. Меня отталкивают личности, которые ненавидят людей по национальному признаку или сексуальной ориентации. Если вы терпеть не можете еврея только за то, что он еврей, а не потому, что он подлец и мерзавец, если брезгливо морщитесь при виде «химического» Димы лишь по причине его бьющей в глаза «голубизны», а не из-за хамства, которое он допустил по отношению к клиенту, то, скорей всего, вы испытываете глубочайший комплекс неполноценности, и вам нечем гордиться, ничего в жизни вы не добились, ни успеха, ни карьеры, вот и брюзжите на более удачливых:

— Ясное дело, у них повсюду свои, вот и пролезли наверх.

Только думается, дело не в мировом сионизме и заговоре геев, а в вашей лени, отсутствии инициативы, профессиональной безграмотности и глупости. Может, надо перестать ненавидеть окружающих и заняться самообразованием и своим воспитанием? Тогда вы перестанете быть ущербным, обретете способность понимать других, сделаете карьеру, заработаете деньги...

— Привет, — колокольчиком прозвенел милый голос.

Я встрепенулся и увидел незаметно подошедшую к столику девушку. Незнакомку сложно было назвать красавицей. Обычное личико со светлой кожей и широко расставленными серо-голубыми глазами. Да еще дурочка, следуя нелепой моде, побрилась почти наголо, длина ее серо-пепельных волос едва ли достигала сантиметра, и мне сначала показалось, что на ней вязаная шапочка.

— С удовольствием выпью латте, — бесцеремонно плюхнувшись на стул, заявила девица, — только без сиропа и сахара.

Я, удерживая на лице безразлично-вежливую улыбку, попытался сообразить, где встречал милашку. На какой-нибудь вечеринке, куда меня приволокла Николетта? Убей бог, не помню. Дима прав, основная масса молодых женщин сейчас выглядит удручающе одинаково.

— Что вы на меня уставились? — глупо хихикнула незваная гостья. — Не узнали?

Я, поколебавшись секунду, воскликнул:

— Бога ради, простите, но нет! Не могли бы вы напомнить, где мы с вами встречались?

Отчего-то эта фраза вызвала у незнакомки приступ истерического смеха. Закончив хохотать, она воскликнула:

— Ой, ну конечно, я дура!

Что я мог сказать, чтобы поддержать никчемный разговор? Мой отец, обучая меня хорошим манерам, говорил: «Ваня, с человеком следует соглашаться, только тогда окружающие будут считать тебя воспитанным, достойным всяческих похвал юношей. Ну, допустим, Зюка говорит: «Ах, на улице солнышко!» Ты бросаешь взгляд в окно, видишь черные тучи, дождь и подхватываешь: «Вы правы». Есть лишь одна ситуация, когда подобное поведение невозможно, — если твой визави[1] восклицает: «Я дурак», ни в коем случае нельзя отвечать: «Совершенно верно!»

— Я Мальвина, — улыбнулась девушка.

— Кто? — забыв о светском воспитании, ляпнул я.

— Мальвина, — спокойно повторила экстремально стриженная девица, — мы же договорились с вами о встрече в «Джил».

— Деточка, — сердито ответил я, — уж не знаю, по какой причине вам пришла в голову идея прикинуться Мальвиной! Знаете анекдот об агенте ЦРУ, который, досконально изучив русский язык и наши обычаи, был заброшен в таежный угол, где располагался страшно засекреченный НИИ?

— Расскажите! — радостно взвизгнула блондинка.

— Вышел суперподготовленный американец на окраину местечка и спросил у старушки:

— Слышь, мать, заплутал я, выпил вчера, вот память и отшибло. Как мне к горсовету пройти?

---

[1] В и з а в и — дословно — сидящий на виду, в данном контексте — собеседник.

А бабка вместо ответа заорала:

— Спасите, шпион!

Агента схватили, и он, недоумевая, спросил у сотрудников КГБ:

— Почему старуха меня вычислила? Одежда ваша, говорю по-русски безупречно, подготовлен идеально.

— Эх, дорогой, — похлопал его по плечу кагэбэшник, — в зеркало посмотри: ты же негр.

— Ну и к чему эта история? — удивилась девушка.

— А к тому, что Мальвина негритянка!

Незнакомка хихикнула.

— Да я это! Вот паспорт! Мальвина Сидорова. Спасибо маме, более дурацкого имени и не придумать. Ладно бы фамилия была Санчес или там Фортунатто! Так нет же, Сидорова! Ваще!

Я растерянно воскликнул:

— Что-то я не понимаю!

— О господи! — закатила глаза Мальвина. — Вот поэтому я и решила с вами поговорить, там один обман!

— Где? — я окончательно потерял нить беседы.

— В нашем офисе, — объяснила Мальвина, — контора принадлежит Леониду.

— Но я понял, что он всего лишь занимает одну из руководящих должностей!

— Нет, — засмеялась Мальвина, — Ленька брешет. Ему так удобней, если надо клиенту отказать, он поет: «С огромным бы удовольствием выполнил ваш заказ, но хозяин против, я всего лишь наемный служащий». Гениально придумал.

— Согласен, — кивнул я.

— А как вам наше помещение? Шикарное?

— Действительно, офис поражает размахом, одних секьюрити пятеро.

— Четверо.

— Все равно много, и роскошный интерьер. Правда, в глубь конторы я не ходил, только зашел в кабинет к Леониду.

— А никакой глуби и нет! — радостно возвестила Мальвина.

— Извините?

Девушка вытащила изящный портсигар.

— Леня хитрец. Наша контора состоит из шикарного холла, рецепшен, коридора и трех комнатенок. В одной, наиболее оборудованной, сидит сам Ленька, в другой в жуткой тесноте ютится десяток сотрудников.

— Но из холла в разные стороны вело по крайней мере пять дверей.

— А, это имитация. Они просто прибиты к стене, не открываются, но нужный антураж создают, как и охранники. Ленька понимает, как пыль в глаза пустить. Войдет человек с улицы, увидит этих дураков в костюмах, полированный гранит, двери с золотыми ручками и думает: «Да! Хорошо у них дела идут, шикарная контора».

Именно эта мысль и пришла мне в голову, едва я переступил порог пафосного офиса.

— А в качестве основной фишки — негритянка, — фыркнула Мальвина, — то есть я! Знаете, почему я согласилась каждый день почти все тело гримом мазать, в парике и в линзах париться? Леонид обещал мне процент с заказов. Ну, допустим, вы десять тысяч долларов оставляете, из них сто моих, плюс оклад. Очень привлекательно показалось, только Ленька обманул. Два раза он мне, правда, конвертик сунул, но потом стал увиливать, каждую зарплату одно и то же поет: «Извини, Мальва, сейчас у нас временные трудности. Я свои долги помню, все запишу и в конце года верну». Суперски, да?

— Разное в бизнесе бывает, — дипломатично ответил я, — иногда для получения поощрения требуется проявить некоторое понимание и терпение. В конце концов хозяин оценит вашу неконфликтность и...

— ...выгонит вон, — стукнула кулачком по столу Мальвина, — у меня хороший слух! Совершенно случайно я оказалась на днях около кабинета Леньки, хотела его спросить, не желает ли кофе. Встала под дверью и слышу разговор, по телефону босс треплется, как вы думаете, с кем?

— И предположить не могу, — улыбнулся я.

— А с очередной претенденткой на место секретаря, — взвизгнула Мальва, — решил меня бортануть и другую на мой стул посадить! Все я расчудесно слышала, он щебетал, как соловей: «У нас отличный оклад, процент и нормированный рабочий день, приходите на собеседование в субботу». Ага! В мой выходной!

Задохнувшись от гнева, Мальвина закашлялась и, почти не владея собой, схватила мою чашку и залпом допила кофе.

Я покачал головой. Конечно, Леонид еще тот фрукт, но ведь подслушивать под дверью некрасиво!

— Вот я и решила, — продолжала Мальвина, — сама уйду, не дожидаясь, пока меня Ленька вытурит. Пусть без «негритянки» попрыгает, стебно ему показалось «шоколадку» у двери иметь! Эх, дура я, дура! Но напоследок хлопну дверью! Вы, похоже, человек со средствами?

Я пожал плечами:

— Не олигарх.

— Ой, ладно вам, — отмахнулась Мальвина, — я все поджидала такого. Чай не дура!

Я постарался скрыть усмешку, девушке явно следует трезво оценить свои умственные способности.

— Я отлично понимаю, в чем дело, — возбужденно говорила Мальвина, — никакой свадьбы нет, верно?

— Отчего вы пришли к такому выводу? — насторожился я.

— Насмотрелась я в офисе на разных идиотов, — засмеялась Мальвина. — Но таких, чтобы за три дня до акции приходили, не встречала! Даже болван заранее свои дурости планирует, хотя бы за месяц, понимает: сразу не получится. Ну допустим, вы того, дебил! Но ведь невеста есть, родственники... Нет, вам Юрка нужен. Че, обманул он вас?

— Трифонов — мошенник?

— Ха! Его поэтому и выперли! На махинациях со счетами поймали. Только Ленька никогда не признается, что обманщика у себя держал, и вас с Юркой не сведет.

— Если у вас есть его координаты, — попросил я, — дайте, пожалуйста.

— Сколько? — деловито поинтересовалась Мальвина. — Мне деньги нужны! Очень!

— Я охотно расстанусь с приличной суммой, — закивал я, вынул портмоне, выудил из него зеленую бумажку и положил на стол: — Вот, держите.

— Это чегой-то? — разинула рот псевдонегритянка.

— Сто долларов.

— Вы что, офигели?

— Если вас не устраивает американская валюта, я легко поменяю ее на рубли, пожалуйста, вот наши российские.

Мальвина прищурилась:

— Двадцать тысяч! На меньшее я не согласна!

— Деточка, столько я не ношу с собой.

— Ясное дело, подожду, пока вы в банк смотаетесь.

— Думается, номер телефона не стоит семисот долларов, — начал торговаться я, — понимаете... э... Мальва, существует соответствие между услугой и ее ценой. Попробую пояснить вам сию мысль на примере шоу-бизнеса. Допустим, некая фирма зовет на новогодний концерт Ларису Долину и певичку Пупкину. Долина получит за ту же работу в десять раз больше, чем ее непопулярная коллега, так как...

— Наводка на Юрку стоит двадцать тысяч баксов, — перебила меня Мальвина.

— Ты с ума сошла! — ахнул я.

— Хозяин барин. Цена объявлена.

— Право, вам лучше согласиться на синицу в руках, чем надеяться на бешеные деньги, — попытался я образумить Мальвину. — Подумайте, дорогая, сто долларов вполне достойная цена за номер телефона.

— Двадцать тысяч зеленых, и я расскажу вам все!

— Сразу выдадите информацию? — уточнил я.

— То есть?

— Я привожу деньги, и вы мгновенно сообщаете мне координаты Юрия, или придется ждать, пока вы смотаетесь домой и пороетесь в бумажках?

Мальвина бросила быстрый взгляд на свою сумочку.

— Никуда ездить не надо, даете грины — получаете информейшн, а еще я отвечу на ваши вопросы. На все!

Ладно, на войне как на войне, в конце концов, я ищу того, кто либо сам решил убить Егора, либо является исполнителем воли человека, задумавшего преступление.

— Хорошо, — кивнул я, — раз у нас пошел откровенный разговор, то вы правы, эти сведения стоят дороже. Но я не могу так быстро решить вопрос об изъятии двадцати тысяч американских рублей со счета.

— Ясное дело, — буркнула Мальвина.

— Сейчас схожу в машину, у меня там мобильник остался.

— Я подожду! — хищно воскликнула девица.

Я вышел в холл.

— Что-то не так? — кинулся ко мне Дима.

Я быстро оглянулся по сторонам, халдеи занимались своим делом, никто не обращал на нас с метрдотелем внимания.

— Дима, мне срочно нужна ваша помощь.

— Сделаю все, — быстрым шепотом отозвался он, — для вас, Иван Павлович, сережку из уха выну.

В другой момент меня бы рассмешило это заявление, но сейчас мне нужно было торопиться.

— Просьба некрасивая, — предостерег я его. — За моим столиком сидит девушка.

— Мальва?

— Знаете ее?

— Заглядывает к нам порой, — тактично ответил Дима, — думаю, вам она не пара, ищет богатого мужа.

Высказавшись, метрдотель спохватился.

— Не обижайтесь, Иван Павлович, я вовсе не считаю вас нищим, просто...

— Нормально, — успокоил я парня, — не владею «Газпромом», всего лишь работаю секретарем Норы. Так вот, сейчас я выйду к своей машине, посижу в ней пять минут и вернусь, а вам надо за это время каким-то образом завладеть сотовым Мальвины.

— Спереть? — уточнил он.

— Ну... можно и так выразиться, — замямлил я, — хотя... это не совсем воровство... понимаете... мне крайне необходимо порыться в ее телефонной книжке, а когда она снова придет в «Джил», можно вернуть ей телефончик и сказать, э... э... э... что его уборщица под столом нашла. Только операцию нужно провести без шума, осторожно...

Дима поправил воротник слишком яркой рубашки.

— Без проблем, Иван Павлович, все сделаю как надо.

Испытывая угрызения совести, я ступил на тротуар и подошел к верному коню, тосковавшему у большого окна «Джил». Внезапно я почувствовал чей-то взгляд, обернулся и увидел Мальвину, внимательно наблюдавшую за мной через чисто вымытое стекло. Весело помахав ей рукой, я сел на водительское сиденье и сделал вид, будто роюсь в бардачке. Руки бесцельно перекладывали груду бумажек, в первый раз я пожалел о том, что не затонировал стекла в машине.

Спустя некоторое время я захлопнул крышку, открыл дверцу машины и замер. На тротуаре стояла раскрасневшаяся Мальвина.

— Ну что? — напряженным голосом спросила она. — Позвонили в банк?

— Да, да, обо всем договорились, — закивал я.

Мальвина хлопнула сильно накрашенными ресницами и очень тихо сказала:

— Номер не прошел! В костюмчик тебя обрядили, часы человеческие повесили, а вот с машиной промахнулись. Да ни один уважающий себя мужик на подобном металлоломе не поедет. Свадьба за два миллиона баксов на Гоа! Проверочку мне устроили? Ну, погодите! Ленька решил выяснить, где Юрка?

Я не успел даже вздохнуть, как Мальвина с силой пнула ногой дверь моей «десятки», а потом, выругавшись, мгновенно исчезла в подземном переходе.

Глава 11

— Вот змеюка! — с возмущением воскликнул Дима, выбегая на крыльцо. — Посмотрите, вмятины не осталось? С чего она так обозлилась? Дрянь размалеванная!

— Мальвине не откажешь в наблюдательности, — задумчиво сказал я, — десятая модель «Жигулей» совсем даже неплохой вариант. Одно время, правда, я ездил на иномарке и понял, что слишком много денег уходит на ее содержание, вот и вернулся к птенцу отечественного автопрома.

— Какая разница, на чем ездить, — дипломатично сказал Дима, — главное, чтоб человек хороший был.

— Это верно, — кивнул я, — но большинство окружающих придерживается другого мнения: в России колеса еще и вопрос престижа. Ясное дело, бизнесмен, задумавший шикарную свадьбу, просто обязан иметь иномарку, причем новую, люкс-класса.

— Вы о чем, Иван Павлович? — удивился Дима.

— Да так, болтаю глупости, — хмуро ответил я, — простите, пойду расплачусь.

— Кофе за счет заведения, — заявил метрдотель.

— Право, неудобно.

— Ерунда, мне приятно вас угостить.

— Спасибо.

— И вот сотовый, — быстро шепнул Дима, — официанты у нас любопытные, сейчас небось кто-нибудь в окно смотрит, стойте спокойно.

Я почувствовал легкое прикосновение.

— Я в карман пиджака мобильник положил, — продолжал метрдотель.

— Давайте я зайду в туалет, — так же тихо проговорил я, — а вы последуете за мной.

— Если мы с вами в сортире закроемся, — развеселился Дима, — мигом слухи поползут. Оно нам надо?

— Хочу отблагодарить вас за мобильник.

Дима отступил на шаг.

— Я считал вас своим другом, потому и помог. Извините, но я не тырю телефоны за бабки.

Что-то ты, Иван Павлович, перестал мышей ловить! Я вздрогнул и протянул метрдотелю руку.

— Простите, Дима, голова с утра раскалывается.

Парень осторожно пожал мою ладонь.

— Ерунда, Иван Павлович, давление скачет, погода идиотская! На днях гроза была, виданное ли дело в апреле?

Я моментально вспомнил тяжелые капли, падающие на полированную крышку гроба, сел в машину и быстро поехал куда глаза глядят. Изучать содержимое украденного телефона я предпочел подальше от кафе.

Мобильный у Мальвины оказался самого отвратительного вида, хозяйка разукрасила откидывающуюся крышку наклейками котят, а снизу прицепила целый пучок цепочек с висюльками в виде собачек, куколок, кококольчиков. В общем, оживший кошмар, а не функциональная вещь, призванная обеспечивать бесперебойную связь.

В записной книжке моего мобильника царит полнейший порядок. Ну, допустим: Воронов Максим — и тут же все необходимые номера, домашний, рабочий, сотовый. У Мальвины же был полный хаос: «А» — Алексас, Асюта, Арго... «Б» — Бельчонок, Булки, Ботинки. «В» — Вазы, Волька, Винт.

Я начал просматривать записи. Для начала отметем всяких «кисуль» и «заек», ясно, что Юрия Трофимова среди них нет. «Спина» — это явно массажист, «зубы» — стоматолог. А что такое «К-1»? Может, козел первый номер?

Я потыкал пальцем в кнопки.

— Слушаю, — пробасил незнакомый голос.

— Будьте добры Юрия.

— Которого?

— Трофимова.

— Здесь таких нет.

— Вы уверены.

— Ваще, блин, здесь я!

— Извините, но Мальвина дала этот номер и сказала...

— Ах она ...! — заорал парень, — ...! ...! Коза! Не смей мне трезвонить! Устроила концерт! Передай ей...! Поймаю, глаз на ж... натяну!

Я быстро отсоединился. Понятно, это ее бывшая любовь. Тогда кто скрывается под «К-2»? Козел два? Вдруг это и есть Юрий!

— Алле, — услышал я из наушника.

— Позовите Юру.

— Юру? Какого Юру? — занервничала дама. — Юр тут нету! Вы кто? А? Отвечайте!

— Наверное, я ошибся номером.

— Нет уж, говорите, — настаивала собеседница. — Откуда у вас мой телефон?

— Произошла досадная оплошность.

— Не врите! Кто дал вам этот номер? — завизжала дама.

— Я случайно перепутал кнопки, хотел поговорить с Юрием.

— Юрой?

— Да. Трофимовым.

— Откуда вы его знаете?

Я насторожился.

— Вам известна эта фамилия?

— Нет!!! Кто дал вам мой номер?

— Извините, я ошибся.

— Врешь! Я все знаю! Это Ленка! Сука! Так и скажи ей, что Маша против! Маша против.

Я нажал на красную кнопку и пожал плечами. «К-2» тоже отпадает.

Через два часа безостановочной болтовни с разными людьми у меня остались неохваченными лишь три человека: «Сюслик», «Хрюш» и «Мяу». Людей с этими кличками я оставил на самый конец.

Отчего я не бросил поиски? Почему был уверен в том, что телефон Юрия записан в книжке Мальвины? Да просто я хорошо запомнил ее цепкий взгляд, брошенный на сумочку после того, как я спросил:

«Много ли времени понадобится вам, чтобы найти координаты Трофимова?»

Хотя... может, Мальвина собиралась позвонить

человеку, который даст сведения о Трофимове? До-
думавшись до этой простой мысли, я застонал, но,
вспомнив, что надежда умирает последней, решил
довести начатое до конца. Кто-то из троих: «Сюслик», «Хрюш» или «Мяу» — должен отозваться на
имя «Юра». Если же я снова окажусь в пролете, то
примусь с начала всех обзванивать. Кстати, кое-кто
из абонентов не отозвался, вполне вероятно, что
Трофимов среди них.

«Сюслик» не снял трубку, я мысленно занес его в
список тех, кому следует звонить после девяти вечера, и решил закурить. Может, я зря стараюсь? Вдруг
я ошибся и на свою сумочку Мальвина посмотрела,
потому что захотела напудрить носик?

Вдруг телефон «негритянки» затрезвонил, я взял
трубку и деловито произнес:

— Алло!

В ухо тут же полетели короткие гудки, человек,
ожидавший услышать голос Мальвины, подумал,
что ошибся, и отсоединился, сейчас небось перезвонит. Мое предположение оказалось верным. Аппарат снова ожил.

— Алло, — отозвался я.

— Э... э... простите, — загудело хриплое меццо, —
это ваш телефон?

— Что вы имеете в виду? — прикинулся я идиотом.

— Второй раз на вас нарываюсь!

— Кто вам нужен?

— Мальвина, — кокетливо сказал голос, — Сидорова.

— Вы ее хорошо знаете?

— Ага, замечательно!

— Можете назвать ее домашний адрес?

— Слушай, ты кто? Почему отвечаешь по телефону Мальвы?

— Понимаете, я пришел в кафе «Джил», сел за столик, смотрю — аппаратик лежит, розовый, весь в наклейках. Ясное дело, кто-то из посетительниц забыл. Решил отдать его администратору, и тут звонок, вот я и подумал, вдруг это сама Маша-растеряша звонит?

— Мальва вечно все теряет, — перебила меня звонившая, — скоро голову свою где-нибудь оставит. Хотя, с другой стороны, зачем ей башка? Мальва пользуется только нижней половиной туловища. Адрес Мальвы могу дать легко, только вы туда не поедете, она на краю света живет. Лучше оставьте ее мобильный в «Джил», метрдотеля знаете?

— Диму?

— Да, да, скажите ему, что аппарат Мальва потеряла.

— Вы уже не первая, кто мне это советует, — притворно вздохнул я, — только Димы сегодня нет.

— Куда ж он подевался? — искренне поразилась собеседница.

— Говорят, простудился, — протянул я, — кстати, до вас еще один человек звонил, такой странный!

— Почему?

— Услышал, что я нашел телефон Мальвины, и... ни за что не догадаетесь, как он отреагировал.

— Ну? — поинтересовалась собеседница.

— Сначала он радостно засмеялся, а потом заявил: «Да вышвырните его в унитаз!»

— Козел! — возмутилась девушка. — А кто это такой?

— Назвался Юрием, я только трубку к уху поднес

и сразу услышал: «Привет, Юра беспокоит, Трофимов».

— Скажите, пожалуйста, — искренне удивилась незнакомка, — а мне врет, будто они больше не общаются!

— Кто с кем? — спросил я.

— Ну, Мальва с Юрасиком. Он тот еще тип! Приличной девушке с ним лучше не связываться: врун, мошенник и постоянно без денег. И при этом шикарно одет, рулит на классной тачке, а в кафе заплатить за чай нечем!

— Может, он просто жадный? — предположил я.

— Ха! Это точно! — воскликнула дама. — За рубль с крыши сиганет! А вы деньги спокойно тратите?

— Ради дамы я готов на все.

— Давайте встретимся, — предложила она, — вас как зовут? Меня, кстати, Неля.

— Иван Павлович.

— Ой, как сурово! Вы что, совсем старый?

— Вовсе нет, — обиделся я, — и я не женат! Рост почти два метра, фигура спортивная.

— Я пониже вас буду, — фыркнула Неля. — У меня сегодня свободный день. Могу притопать в «Джил», съедим по салатику. Потом возьму у вас мобильник и сама его Мальве отдам!

— Отлично! Только зачем нам «Джил», пошли лучше в «Ягуар», он тоже в центре, пока вы приедете, я закажу столик.

В трубке повисло молчание, потом Неля пробормотала:

— Я в «Ягуаре» не бывала!

Ясное дело, сам туда заглядываю лишь в крайних обстоятельствах, да и кто в нормальном уме и твердой памяти пойдет в харчевню, где чашечка пустого чая стоит пятьдесят долларов?

— Так в чем дело? — принялся я соблазнять Нелю. — Предлагаю вам посмотреть на «Ягуар» изнутри, странно, что вы его до сих пор не посещали. Все мои друзья только там и тусуются! Ну? Давайте!

— Супер, — согласилась Неля. — А как я вас узнаю?

Вместо того чтобы сказать глупышке правду: «В «Ягуаре» сейчас, скорей всего, сидят три старухи, обвешанные бриллиантами, и сопровождающие их юные жиголо», я начал сочинять:

— Знаете, Нелечка, на днях я договаривался о встрече с одной дамой. Чисто рабочая ситуация, ничего личного, я совершенно свободный мужчина, никаких обязательств ни перед кем не имею. Так вот, я задал ей вопрос: «Простите, как мне вас узнать?» Надо учесть, что свидание должно было состояться на вокзале. И слышу ответ: «Я невысокая, рост метр сорок, вес сто кило, на мне розовое пальто, зеленая шляпа, синие сапоги. Не так давно я сломала ногу, поэтому приду на костылях. А чтобы вы узнали меня в толпе, в правой руке я буду держать газету «Желтуха», по ней вы меня и вычислите!

Секунду из трубки не раздавалось ни звука, потом Неля звонко рассмеялась.

— Ой, врете!

— Честное слово!

— Ой, не могу! Да на вокзале все с «Желтухой». Ой, правда? — веселилась Неля.

— Стопудово, — щегольнул я знанием сленга.

— Ну, супер. Лечу в «Ягуар». Думаю, узнаю вас! По голосу!

— Жду с нетерпением, — заверил я.

Глава 12

В «Ягуаре» было пусто — наверное, даже любве-обильные бабушки в раритетных украшениях стали считать ресторан слишком дорогим местом для обеда.

Я устроился за столиком у окна. Передо мной висел плазменный телевизор. От нечего делать я стал смотреть очередное «умное» ток-шоу.

— Значит, Виктор Петрович, вы считаете, что в воспитании молодого поколения много недостатков? — с самым серьезным видом спросил ведущий, мужчина лет сорока, с круглым, полным лицом.

— Верно, верно, — закивал гость, — нужно вернуть в школы такую, ныне забытую дисциплину, как начальная военная подготовка. От этих уроков у детей и патриотизм появится, и здоровья прибавится!

— Вы полагаете? — удивился журналист.

— Вне всяких сомнений, — заверил гость, — вот научится школьник автомат Калашникова собирать-разбирать, согласитесь, во взрослой жизни это всегда пригодится!

Последний аргумент просто убил меня! Ну и будущее ожидает несчастных детей, если им понадобится автомат Калашникова. Кстати, в нашей школе как раз был урок военного дела. Проводил его вечно пьяненький Сергей Никитович, уж не знаю, где нашла его директриса. Глупости, которые нес военрук, мы хором цитировали родителям. Один раз отец, услыхав мой рассказ, долго смеялся, а потом, вытерев глаза платком, сообщил:

— Ванечка, если человеку далеко за тридцать, это не значит, что он автоматически обрел мудрость. Чем раньше ты поймешь сей факт, тем легче тебе будет ориентироваться в мире взрослых. Сергей Никитович делает благое дело, он наглядное пособие того, как не надо себя вести. Тебе военрук нравится?

— Нет, конечно, — хихикнул я, — он идиот!

— Ну, во-первых, о тех, кто старше тебя, так говорить не следует, — отец не упустил случая повоспитывать меня, — а во-вторых, сделай выводы и постарайся никогда не вести себя так, как твой военрук. И не спорь с ним, такие люди злопамятны.

Я закивал, а на следующий день был пойман Сергеем Никитовичем, который торжественно вручил мне лом и велел:

— Иди почисти ступеньки у входа в школу.

— После уроков? — испугался я.

— Нет, сейчас.

— У нас математика через пять минут, — напомнил я.

— Шагом марш, — обозлился Сергей Никитович, — приказы не обсуждаются.

И тут до меня дошло: вместо того чтобы сидеть в душном классе и засыпать под монотонное бормотание математички, я получу отдых на свежем воздухе, а если кто-то из учителей попытается обвинить меня в прогуле, мигом сошлюсь на приказ военрука. Схватив тяжелый лом, я рысью выскочил на крыльцо и чуть не заорал от счастья. Ласковое солнышко улыбалось с неба, сугробы в школьном дворе осели, семимильными шагами по земле шла весна. Значит, скоро пролетит последняя четверть, а там и лето! Свобода! Я зажмурился, всей грудью вдохнул пьянящий воздух и тут же услыхал рык военрука:

— Подушкин!

Хорошее настроение как водой смыло, я поднял

глаза, из окна учительской высовывался Сергей Никитович.

— Подушкин! — сердито повторил он. — Хватит мечтать, ворон считать! Живо скалывай лед, а то он к обеду растает!

И что я мог ответить на это мудрое замечание? Какой смысл долбить ломом по ступенькам, если теплое солнце скоро само растопит ледяную корку? Боюсь, Сергей Никитович не сумел бы по достоинству оценить столь простой аргумент и вывел бы в моем дневнике: «Хамил педагогу».

— Меня здесь ждет мужчина, — послышалось издалека хрипловатое меццо-сопрано.

Я быстро встал из-за столика, сделал пару шагов по направлению к двери, и тут в зал впорхнуло существо, одетое самым нелепым образом. Тоненькие ножки утопали в белых сапогах-ботфортах, украшенных цепочками. Там, где заканчивалось голенище, начиналась крохотная ярко-красная юбчонка, попугайский наряд венчал зеленый свитерок. Лицо дамы терялось на фоне пожара красок, только волосы, естественно, светлые, глянцево-блестящие, привлекали внимание буйностью мелкозавитых кудрей.

— Вы, очевидно, Иван Павлович, — низким голосом спросила Неля.

Я расплылся в улыбке.

— Совершенно верно, садитесь, пожалуйста!

Первые четверть часа встречи мы болтали ни о чем, выбирали еду и заказывали напитки. Потом я протянул девушке телефон:

— Вот, держите, передайте Мальвине, надеюсь, это ее мобильник!

Неля скорчила гримаску.

— Ну кто еще может купить подобный прибамбас? Только Мальва!

— По-моему, милая вещица, — подлил я масла в огонь, — как раз для девушки!

— Фу, — скривилась Неля, — ладно, для пятнадцатилетней он сойдет, но если тебе исполнилось двадцать, нужно быть солидней. Вот, смотрите...

Показав в улыбке идеально ровные белые зубки, собеседница вытащила из своей сумочки дорогой телефон, реклама которого заполонила стены всех домов столицы.

— Вот! У меня клевый аппарат, — явно гордясь собой, заявила Неля.

— Вполне, — согласился я. — Но не слишком ли он солиден для юной дамы? Может, я не прав, однако всегда считал, что дорогие вещи подобает носить после тридцати. Всякие соболиные шубы в пол, серьги с бриллиантами в двадцать карат, пиджачки и юбки из кожи зеленой змеи плохо смотрятся на молоденьких, им к лицу короткие курточки, стразы и...

— Я люблю качественные вещи, — бесцеремонно перебила меня Неля, потом она выставила в проход свою ножку в белом сапожке и спросила: — Ну, сколько, по-вашему, эти ботфорты стоят?

— Право, я не знаю, — ответил я.

— Тысяча баксов, — гордо возвестила глупышка.

Я подавил вздох. Может, она и не врет. Вполне вероятно, что Неля приобрела свои сапожки именно за озвученную ею цену. Хотя многие дамы, чтобы ошеломить окружающих, беззастенчиво лгут.

— Если девушка хорошо одета, — разглагольствовала тем временем Неля, — она умеет ценить солидных мужчин. Мне нравятся кавалеры, которые приглашают меня в «Ягуар».

— Мало кто любит походы в забегаловки у метро, — улыбнулся я, глядя, как Неля неумело пытается справиться с лобстером.

— Почему же? — фыркнула девушка. — А Мальвина?

— Неужели?

— Дешевка, — кивнула Неля, — ни ума, ни манер, нос скатертью вытирает! Лучше оглядитесь, вокруг много настоящих леди, вот я, например! Хотите, о музыке поговорим? Можно обсудить концерт «Песня года», я его по телику видела. Или кино! Я сериалы не смотрю! Только настоящие фильмы! «Тупой, еще тупее»! Очень смешно. Между прочим, я владею английским! «Хау дуду? Май нэйм из Неля». Мальва же только глупо хихикает! Ну чего можно ожидать от девки, которая на работе негритянку изображает! Кроме того, она влюблена в Юрку как кошка, в рот ему смотрит, все его прихоти исполняет! Но сейчас Мальва в очередной раз поцапалась с Юриком. Они так ругаются! Жуть! Юрка Мальве в грызло насует и бросит ее, а та на другого мужика кидается, продемонстрировать хочет: фиолетово мне! Только спустя пару месяцев они снова вместе. Сейчас у Мальвы период ломки, ее Юрик бортанул. Вчера мне звонила, слезы лила!

Неля оставила попытки справиться с лобстером.

— Наверное, Трофимов богат, удачлив и хорош собой, если так зацепил Мальвину.

Неля засмеялась.

— Видела я этого рыцаря всего лишь раз! Ясное дело, одет хорошо, машина суперская... только он кент.

— Мент? — не понял я. — В смысле сотрудник милиции?

— Кент, — еще больше развеселилась Неля. — Неужели не слышали о таких?

— Нет, — признался я.

— Кент — это парень, который пускает пыль в глаза, — принялась просвещать меня Неля, — одевается с иголочки, только сам шмотки не покупает, где-нибудь достает. Приятели богатые отдают, или попросту тырит их в магазинах. На машине катается суперской, но она ему не принадлежит, у людей на время попросил или воспользовался тем, что приятель в отпуск уехал, и ездит без спроса. В общем, пальцы веером, а денег пшик. Я сразу поняла, что Мальвин распрекрасный Юрик из этих самых кентов.

— Почему? — совершенно искренне заинтересовался я.

Неля принялась нанизывать на вилку тушеные овощи.

— А сейчас поймете! — воскликнула она. — Полгода назад Мальва заболела, сопли потекли, ерунда, конечно, но лучше из дома не выходить. Звонит она мне в истерике и кричит:

— Нелька, помоги!

Я человек добрый, поэтому ответила:

— Не волнуйся, объясни, в чем дело?

Проблема оказалась пустяковой.

— Отвези Юрке пакет, — шмыгала носом Мальва, — мне надо ему срочно бумаги передать, да вот заболела!

— Пусть он сам к тебе приедет, — попыталась отбиться Неля.

— Ты че? — заорала Мальвина. — Представляешь, в каком я виде? Нос распух, голова не мыта!

Последний аргумент убедил Нелю. Действительно, не стоит показываться на глаза парню в разобранном виде, в особенности если планируешь серьезные длительные отношения.

— Ну ладно, — сдалась она. — Сейчас приеду.

Вид Мальвины, открывшей дверь, ее впечатлил, подруга выглядела ужасно.

— Вот, — просипела она, протягивая Неле тщательно заклеенный конверт, — сунь его в почтовый ящик, адрес я на бумажке написала. Только очень прошу, сразу уходи, не задерживайся в подъезде.

— Может, еще бежать мне предложишь? — обозлилась Неля. — Не оглядываясь?

— Нелечка, — зашептала Мальва, — Юрик, он... такой... нервный! Не дай бог увидит, что не я привезла конверт, и скандал закатит! А мы только с ним помирились! Ну плиз, не попадись ему на глаза с этим конвертом. Увидит, как ты его в ящик суешь, и мне звездец.

— Я не знаю, как Юрий выглядит, — напомнила Неля, — да и он со мной незнаком.

— Шикарно! — воскликнула Мальва. — Он красавец! Ну... такой... супер! Сунь в ящик конвертик и деру! Только непременно проверни все до трех дня.

— Почему? — начала злиться Неля, у которой были на утро иные планы. — Я собиралась выполнить твою просьбу вечером!

— Ой, ой, ой, — замахала руками Мальва, — Юрчик в отъезде, он вернется на поезде, который прибывает в полтретьего, домой доберется к четырем, конверт уже должен ждать его. Ну Нелечка! Миленькая, родненькая, кисонька!

И что оставалось делать Неле? Злясь на себя, девушка поехала на край света. Дом Юрия находился на окраине Москвы, смотрел окнами на шумную МКАД. В подъезде Нелю ждал сюрприз. Нет, ее не удивили отсутствие кодового замка и отвратительный запах. Самое ужасное — почтовых ящиков на стене не было. Неля даже поднялась на второй этаж, думая, что они висят там. Ан нет, похоже, жильцы дома были лишены возможности получать газеты, журналы и открытки. В недоумении Неля уставилась на обшарпанную стену, и тут в парадное вошла женщина с сумками.

— Простите, — кинулась к ней девушка, — вы местная?

Тетка кивнула.

— А где находятся ваши почтовые ящики?

Баба ничтоже сумняшеся бухнула набитые торбы на пол.

— Сняли их, — пояснила она, — утром рано. Вчера кто-то из местных уродов почту поджег, пожарных вызывали, вон, видите, сажа! Теперь газеты на подоконник ложить будут, только их сопрут. А зачем вам ящики?

Неля растерянно показала конверт:

— Велели доставить в первую квартиру.

Тетка усмехнулась.

— А вы под дверь подсуньте, вон она, прямо у лифта. Там раньше баба Клава жила, да померла, теперь тут парень поселился, весь такой расфуфыренный. Только никакого ремонта он делать не стал, живет в старых стенах, на Клавкины обои любуется. А там между полом и створкой такая щель! Не то что письмо, книга пролезет. И ведь не холодно ему!

Послышалось шипение, приехавший лифт раскрыл двери. Баба, шумно дыша, втащила в кабину торбы и нажала на кнопку. Неля осталась одна, долго мучиться раздумьями она не стала. Какая разница? В ящик бросить письмо или сунуть его через щель в квартиру?

Неля распахнула стеклянную дверь, сделала пару шагов по узенькому коридорчику, увидела затрапезную дверь с косо прибитой цифрой «1» и присела на корточки. Баба не соврала, щель внизу была знатной, при желании сквозь нее могла пролезть тощая кошка. Оставалось удивляться, отчего Юрий, по словам Мальвы, богатый, ни в чем себе не отказывающий мужик, живет в доме с видом на МКАД, на первом этаже, и даже не удосужился сделать ремонт в квартире.

Неля вытащила из сумочки письмо и попыталась осторожно засунуть его под дверь. Сначала все шло гладко, потом конверт уперся в некую преграду и не желал двигаться дальше. Неля принялась заталкивать его в щель, и тут случилось непредвиденное. Дверь внезапно распахнулась.

— Ты че тут делаешь? — весьма сердито спросил мужской голос.

Неля быстро поднялась. Перед ней стоял мужчина в шикарном костюме. За спиной хозяина открывался вид на квартиру. Неля даже испугалась, настолько он не соответствовал облику Юрия: обшарпанные стены с оторванными обоями, протертый линолеум, трехрожковая затрапезная люстра с надколотым плафоном, вешалка и калошница из некрашеной, черной от грязи и времени сосны...

— Вы Юрий? — выдавила из себя Неля.

— Ну, допустим, да, — кивнул красавчик.

— Трофимов?

— Тебе паспорт показать? — издевательски изогнул бровь хозяин. — Что надо? Откуда адрес узнала?

— Вот письмо, от Мальвины, — забормотала Неля, понимая, что случилась накладка, очевидно, Юрий вернулся из командировки раньше, чем предполагал. Похоже, он вошел в квартиру минут за пять до появления Нели, потому что у вешалки стоял дорогой чемодан, смотревшийся на фоне отвратительных обоев как арабский скакун в коровнике.

Юрий выхватил у Нели конверт.

— Вот дура! — в сердцах воскликнул он и хлопнул дверью.

— Ясное дело, — завершила свой рассказ девушка, — я встречала таких! Разодет, надушен, но это лишь внешний вид, квартира у него — бомжатник. Чистой воды кент. Вот и делай людям после этого добро! Сначала меня дурой обозвали...

— Наверное, обидные слова относились к Мальвине, — улыбнулся я.

— Но услышала их я! Потом Мальва истерику закатила, визжала, словно ей голову прищемили: «За фигом ты поперлась в квартиру?» Да уж, верно говорят, не хочешь себе зла, не делай людям добра. Хорош женишок у Мальвины.

— Многие не любят жить в центре!

— Но ведь не на улице же Загогульского, — в раздражении воскликнула Неля, — я этот адрес на всю жизнь запомнила, он мне теперь точкой отсчета служит. Как только речь о квартирах заходит, я постоянно думаю: это лучше Загогульского или хуже? Видели бы вы этот дом! Умереть не встать!

— Что же в нем смешного? — Я решил во что бы то ни стало выяснить точный адрес. Улицу знаю, квартиру тоже, осталось только номер дома узнать.

Неля рассмеялась.

— А там раньше, в советские времена, похоже, лозунг наверху написан был, типа «Слава родной КПСС». Буковки-то замазали и вместо них намалевали рекламу фирмы «Голд», а слова «родной КПСС» сквозь замазку проступили. Вот и вышло: «Голд родной КПСС», классно получилось. Действительно, полный Голд[1].

Глава 13

Заплатив в «Ягуаре» за скромную трапезу целое состояние, я избавился от желавшей во что бы то ни стало зазвать меня к себе Нели и решил ехать в убежище к Егору.

Если честно, я считал себя почти героем. Адрес Юрия я добыл в тяжелой борьбе, сейчас отчитаюсь перед Дружининым, а потом отправлюсь к Трофимову. Обращали ли вы внимание на то, как по-разному порой течет время? Иногда день пролетает со скоростью сверхзвукового самолета, не успеешь глазом моргнуть, уже вечер, а бывает, тянется жвачкой, столько всего переделаешь, а еще и трех не пробило. Вот и сегодня выдался подобный денек, конца и края ему не видно.

Я включил радио и, бездумно слушая глупую болтовню ведущей, порулил в супермаркет. Нужно купить другу продукты, а заодно и прихватить всякие мелочи вроде зубной щетки, пасты, мыла и одноразовых брите.

Дотащив до квартиры пакеты, я повесил один на

---

[1] Реальный случай. Автор лично видела данный казус в одном московском районе. Название фирмы в тексте романа изменено из этических соображений.

привинченный к стене крючок и позвонил. Егор не спешил открывать. На всякий случай я придвинул лицо к двери и отчетливо произнес:

— Открывай, это Ваня.

Честно говоря, я полагал, что друг стоит в прихожей и пытается понять, кто нажимает на звонок, «глазка» тут нет, видеодомофона, ясное дело, тоже.

— Открывай! — повысил я голос.

В ответ — молчание.

— Егор!

Нет ответа. Внезапно у меня похолодели руки, я поднатужился, нажал что есть силы на хлипкую дверь, услышал тихий треск и чуть не упал. Створка распахнулась. Швырнув пакеты на пол, я ринулся в комнату и помертвел. На диване с закрытыми глазами лежал Егор.

Я бросился к другу и начал трясти его.

— Что с тобой?

Дружинин с трудом приоткрыл глаза и прохрипел:

— Мне плохо!

Я пощупал его лоб, похоже, у Егора высокая температура.

— Лежи, лежи, — засуетился я и схватился за телефон.

«Скорая» прибыла на удивление быстро. Две усталые женщины: одна лет сорока пяти с виду, другая вдвое моложе, развернули бурную деятельность. Мерили Егору давление, температуру, делали уколы.

— Похоже на двустороннее воспаление легких, — вынесла вердикт старшая, — в подобных случаях мы рекомендуем госпитализацию.

— Он, наверное, сильно застудился, — влезла со

своими комментариями медсестра, — ходил без шапки!

— Замолчи, Марина, — сердито велела врач.

«Егор пролежал ночь в могиле, хоть и в термобелье, и на специальной подстилке, но, очевидно, этих предосторожностей оказалось мало», — чуть было не ляпнул я, но вовремя прикусил язык и быстро спросил:

— А дома его оставить нельзя?

Врач поправила очки.

— Естественно, насильно мы его не увезем, но вы сумеете обеспечить ему уход? Регулярные инъекции? Воспаление легких — это серьезно.

— Да, да, — закивал я, — лучше в больницу.

— Вы попробуете сами дойти до машины? — наклонилась над Егором доктор.

Ответа не последовало, эскулапша нахмурилась и посмотрела на медсестру, та загремела железным чемоданом.

— Ему совсем плохо? — испугался я, увидев, как девушка снова отламывает головки ампул.

— Значит, увозим? — вопросом на вопрос ответила врач и, не дождавшись моего ответа, велела: — Давайте его паспорт и полис с собой прихватите, он в клинике понадобится.

— У него только справка о смерти имеется, да и та у жены осталась, — брякнул я.

Медсестра уронила шприц, я моментально захлопнул рот и стал мысленно ругать себя за оплошность.

— Вам не кажется глупым шутить подобным образом? — возмутилась врач. — Живо ищите паспорт!

— Сейчас, сейчас, — закивал я, пошел на кухню,

вынул из барсетки свой документ и вернулся в комнату, — вот, прошу.

Не надо считать меня идиотом. Мы с Егором похожи, оба темноволосые, никаких особых примет не имеем. Только я намного выше ростом, но по фотографии этого не определить. Фото на паспорте, как правило, ужасное, я сам там себя не узнаю, да и не станет врач изучать снимок, ей нужны лишь общие данные плюс прописка.

— Подушкин Иван Павлович, — с удивлением воскликнула врач, — я в свое время увлекалась романами Павла Подушкина, замечательные книги писал. Он меня от смерти спас.

— Кто? — удивился я.

Докторица отложила ручку.

— Мне в четырнадцать лет поставили страшный диагноз: саркома, и положили в клинику. Сами догадываетесь, какое у меня настроение было! Вокруг бабы в слезах, страх просто! И тут кто-то дал мне роман Подушкина, и я увлеклась, перестала думать о самоубийстве. Там как раз речь шла о мальчике, которого все считали безнадежным, семнадцатый век, медицина не развита. А он выжил... название книги вот забыла.

— «Свет чужой звезды», — машинально напомнил я.

— Верно, — обрадовалась врач, — а потом выяснилось, что саркомы у меня нет. Вот я и решила стать врачом. Этот Иван Павлович не родственник ли писателя?

— Сын, — осторожно ответил я.

— Ну и ну! — возмутилась докторица. — И в такой нищете живет! Погодите-ка!

Не успел я охнуть, как врач вытащила мобильный, набрала номер и воскликнула:

— Татьяна Михайловна? Зоя Васильевна беспокоит. Да ничего, скриплю. Спасибо, он уже в институт поступил, нет, насмотрелся на мать, иностранные языки учить решил. Танечка, возьмешь одного моего больного? Очень надо! Понимаю, конечно, но крайняя необходимость. Это сын писателя Подушкина. Что ты! Хорошо! Ну спасибо.

Быстро сунув телефон на место, Зоя Васильевна повернулась ко мне:

— Не стойте столбом, ищите мужчин, чтобы с носилками помогли, соседей позовите или с улицы кого. Пристроила я Ивана Павловича в великолепное место, к Татьяне Михайловне, она врач от бога. Уж поверьте мне, все сделает.

— Это муниципальная больница? Я могу заплатить за хорошую клинику, — сказал я.

На лице Зои Васильевны появилось выражение откровенного негодования.

— Да не в красоте палат дело! Не в паркете и телевизоре! А во враче! Иной в трехкомнатных апартаментах за бешеные деньги лежит без толку, не лечат его, а калечат. Хватит болтать, действуйте.

Через час Егор очнулся в палате на шестерых. Несмотря на скученность, тут ничем противным не пахло, белье на постели оказалось целым, одеяло теплым, подушка мягкой. А по тому, какую активность проявлял медперсонал, я понял, что Зоя Васильевна меня не обманула.

Татьяна Михайловна категорически отказалась брать деньги.

— Вот выпишется ваш Иван Павлович здоровеньким, тогда и посмотрим, — улыбнулась она, —

не волнуйтесь, мы и не таких выхаживали, полис только привезите.

Я пообещал завтра непременно доставить полис и решил еще раз заглянуть к Егору. Симпатичная медсестра ставила Дружинину капельницу.

— И как вы только больных не путаете? — улыбнулся я.

Девушка показала пальцем на спинку кровати.

— У нас порядок. Видите — в специальной рамочке листочек висит. Подушкин Иван Павлович, год рождения, диагноз.

— Как вас зовут? — я решил поближе познакомиться с девочкой.

— Надя, — ответила сестричка.

Я быстро сунул ей в карман халата купюру.

— Надюша, присмотрите за Его... то есть за Иваном Павловичем.

— Спасибо, — смущенно пролепетала она, — но денег не надо, я и так выполню свои обязанности. Вы не переживайте, у Татьяны Михайловны мертвый встанет!

Слегка успокоенный, я спустился на первый этаж, пошел к выходу и услышал шум, потом крик.

— Эй, помогите кто-нибудь, посетительнице плохо.

Я машинально повернул голову и увидел стройную женщину в ярко-красном костюме. Отчего-то дама, лежавшая в обмороке на банкетке, показалась мне знакомой.

— Молодой человек, — воскликнула пожилая санитарка со шваброй, — постой тут, а я пока за врачом сношусь, вишь, без чувств грохнулася. Вошла вся зеленая, села, я ей чаю предложила из термоса своего, а она записку писать стала...

— Да, да, конечно, — пробормотал я, не испытывая ни малейшего желания сидеть возле больной. Но куда, скажите, было деваться?

— Ну, я побегла, — сообщила старуха и медленно двинулась по коридору.

С опаской я приблизился к банкетке и ахнул, на ней лежала... Лена Дружинина, жена Егора, одетая самым неподобающим для безутешной вдовы образом — в ярко-красный костюм и белую блузку. Не успел я прийти в себя от изумления, как из коридора вышел молодой парень в халате и со стетоскопом на шее.

— Вы родственник? — раздраженно поинтересовался он.

— Нет, — промямлил я.

— Тогда нечего тут разинув рот стоять, уходите, — приказал врач, — здесь не цирк!

Я машинально повиновался, вышел во двор, выкурил сигаретку, потом кинулся назад. Банкетка оказалась пуста, справочное окошко закрыто, в холле не было ни одного человека. Я вновь поднялся на четвертый этаж и увидел знакомую медсестру, сидевшую на посту.

— Ну какой вы тревожный! — воскликнула она. — Спит ваш Иван Павлович. Поправится он, не дергайтесь. Вот Шебалину, тому сильно плохо! Не обратили внимания? Слева от вашего Подушкина он лежит. Ему прямо совсем худо... а родственники не беспокоятся! Жена у него есть, дочь, так не приходят, разок заглянули и прощай!

— Надюша, — ласково попросил я, — не окажете мне услугу?

— Какую? — округлила небесно-голубые глаза медсестра.

— Только что внизу, в холле, стало плохо женщине. Ее зовут Елена Дружинина. Думаю, у нее в сумочке есть паспорт. Если нет, то вот ее описание: симпатичная, молодая, одета в ярко-красный костюм с белой блузкой.

— И чего? — насторожилась Надя. — К нам такую не привозили.

— Вы предвосхитили мой вопрос, — улыбнулся я, — нельзя ли уточнить, в какое отделение ее отвезли и почему она упала без чувств?

— А кто она вам? — поинтересовалась Надя.

— Понимаете, душенька, — протянул я ей купюру, — эта Лена бывшая жена Ивана Павловича. Мой приятель очень переживал развод, и вот нате! Они оказались в одной клинике. Мне бы хотелось помешать случайной встрече Лены и Вани. Я, как вы уже поняли, человек мнительный, ночь точно спать не стану. Если у Лены ничего серьезного нет и она отправилась домой, то я успокоюсь.

— Отчего бы вам самому не поискать ее? — удивилась Надя.

— Елена меня просто ненавидит, считает, что я приложил много сил, чтобы развести ее и Ваню. Не дай бог мы столкнемся в коридоре, скандал гарантирован. Вот небольшой гонорар вам за услугу.

— Уберите деньги, — решительно заявила Надя, — и так выше крыши насыпали. Схожу выясню, но не сейчас.

— А когда?

— Ну... часа через два, я одна осталась, Вика поесть отошла, а Карина заснула, не положено, конечно, но у нее вторые сутки. У вас телефон есть?

— Конечно.

— Давайте номер, звякну вам. И не волнуйтесь, вашему Ивану Павловичу уколов наставили, загрузили по макушку, он спать будет, из палаты не выйдет. Присмотрю за ним и никого к Подушкину не подпущу, — пообещала девушка. — Я человек ответственный, деньги отработаю.

— Ни минуты не сомневаюсь в вашей честности, дружочек, — кивнул я и пошел к выходу.

Конечно, воспаление легких — неприятная вещь, но у симпатичной Татьяны Михайловны состояние Егора особой тревоги не вызвало, значит, я могу спокойно заниматься поисками Юрия.

Не успел я сесть в машину, как ожил мой мобильный.

— Вава, — кокетливо прочирикала Николетта, — отчего ты до сих пор не тут?

— Где? — опасливо осведомился я.

— Здесь, у меня.

— Разве мы договаривались о встрече? — удивился я.

— Вава, — торжественно заявила Николетта, — немедленно приезжай.

Я тяжело вздохнул и завел мотор, спорить с маменькой пустое дело. И потом, может, лучше, наплевав на приличия, прибыть к Юрию совсем поздно? Тогда он обязательно окажется дома.

Дверь мне открыла... Кока.

— Ах, Вава, — заломила она костлявые, унизанные кольцами лапки, — скажи, ты счастлив?

— Ну... в принципе да, — осторожно ответил я, не очень понимая, чем вызван интерес ко мне заклятой маменькиной подружки.

Взгляд упал на вешалку, забитую верхней одеждой, я уловил громкие голоса, доносящиеся из большой комнаты, и удивился: по какому поводу вечеринка? Я общался с Николеттой утром, и она ни о чем таком не говорила!

— Вава, какой ты неспешный, — возмутилась Кока, — ну же, пошевеливайся, дружочек, без тебя никак!

— Что значит «никак»? — поинтересовался я, поправляя галстук.

— Только тебя и ждем, — засмеялась Кока.

Мне стало совсем не по себе.

— Зачем?

— Сюрпри-из, — противно протянула Кока, и тут в переднюю выскочила Мака, разодетая в ярко-синее платье, отороченное розовым мехом.

— Пришел! — подпрыгнула она и забила в ладоши: — Браво, браво, браво!

Даже учитывая всегдашнюю экзальтированность Маки, ее поведение слегка настораживало.

— Дорогая, — ледяным тоном заявила Кока, — оставь Ваву в покое.

— Но подобное случается лишь раз в жизни, — захныкала Мака, — я просто радуюсь за нашего мальчика!

— Ванечка, — заорала Люка, врываясь в прихожую, — ей-богу, тебе страшно повезло! Такая радость, мы сразу приехали! О! О! О! Она красавица!

— Кто? — тупо поинтересовался я.

— Да невеста же, — вновь заскакала Мака, а потом, как обычно, изображая из себя дошкольницу, засюсюкала: — Класавица, класавица!

Мою голову будто сжал невидимый железный обруч, чья-то безжалостная рука принялась закручивать гайки, виски стиснуло. Невеста? Чья? Что тут готовится?

— Он оцепенел! — констатировала Люка.

— От счастья, — вздохнула Кока.

— Смотлите, смотлите, — кривлялась Мака, — Ванечка лыдает от ладости!

Цепкие пальцы появившегося Пусика вонзились в мое предплечье.

— Ванечка, — шепнул мне в ухо дедок, — поверь, это лучший выход. Я — старый полковой конь, понимаю, каково тебе сейчас, но мужайся! В конце концов, мы живем на свете для продолжения рода!

У меня закружилась голова, ноги сами по себе направились к двери, но вырваться из толпы беснующихся дам было совершенно невозможно. Меня впихнули в гостиную.

— Ну как? — взвизгнула Люка. — Она шикарна?

— Ты рад? — Кока ткнула меня в бок остреньким кулачком. — Ой, мы идиотки! Ведь невеста должна выйти под звуки марша Мендельсона, мы же все отрепетировали! Пусик, дорогой, немедленно заводи, и ОНА появится.

— Классно, классно, — засучила ножонками Мака, — ах, обожаю свадьбы. Может, мне тоже расписаться?

— С кем? — испепелила взглядом не в меру расшалившуюся подружку Кока. — С кем ТЫ можешь пойти под венец?

— Ну... с Андреем Львовичем, — сбавила тон Мака.

— Он женат, — напомнила Кока.

— Тогда с Лешей!

— Шофером! С ума сойти!!! — взвизгнула Люка. — Мака! Это нонсенс!

— Я же не собираюсь с ним жить, — принялась оправдываться дама, — просто хочется белое платье, фату, праздник, а потом разведусь.

— Пусик, — возмутилась Кока, — сколько можно возиться!

— Сейчас, дорогая, быстро только неприятности случаются, — ответил тот из угла, и тут же под сводами гостиной грянула торжественная музыка.

Я, презрев все приличия, рухнул в кресло.

— Посиди, Вава, — милостиво разрешила Кока, — я очень хорошо тебя понимаю, от радости ноги дрожат.

Дверь, ведущая в спальню Николетты, распахнулась, из нее торжественно вышла стройная девушка в подвенечном платье. Белый наряд из шелка полностью закрывал ноги, голову укутывала кружевная фата. Макушку Сонечки, а это, ясное дело, была она, украшали мелкие белые цветочки, из них же был составлен букет, который невеста держала в руках, затянутых в перчатки.

Около невесты топтался красный от волнения Владимир Иванович. Ради торжественности момента он разоделся женихом: черный костюм, рубашка с кружевным жабо и большой бриллиант вместо бабочки. Парочка двигалась медленным шагом под звуки отвратительной музыки. Кто сказал, что мелодия, написанная Мендельсоном, радостная? Для меня она звучала похоронным маршем, потому что я наконец понял, что тут происходит: официальная помолвка Ивана Павловича и Сонечки. Ох, чуяло мое сердце, не хотел я идти к Николетте! Значит, маменька ухитрилась ловко обстряпать дело, ей страстно хочется стать свекровью богатой невестки! Ну, Иван Павлович, попал ты, дружок, словно заяц в бульон. Впрочем, в пословице говорится про кура, но в моем случае замена птички на длинноухого не меняет расклада. Или петух не птица? Кто он, этот несчастный, вынужденный существовать в одиночестве среди жирных, глупых куриц? Отчего не улетает прочь?

Я попытался встать, но морщинистая лапка Коки резко опустилась на мое плечо, вдавив в кресло.

— Вава, — повелительно и торжественно сказала дама, — ты же счастлив?

По щеке Коки медленно сползла слеза.

— Она прекрасна! — дрожащим голосом продолжала она.

Все присутствующие разом зашмыгали носами. Владимир Иванович вытащил огромный носовой платок с монограммой и прикрыл им лицо.

— Не верю, — прошептал он, — пока не верю!

— Вава, — возвестила Кока, — поднимись и протяни руку невесте.

Глава 14

Я вцепился в кресло, глубоко вздохнул, задержал дыхание, а потом, словно скатываясь с обрыва в ледяную воду, резко ответил:

— Нет!

На душе сразу стало спокойно, в гостиной повеяло свежим воздухом. Невеста выронила букет. Мака быстрее кошки схватила цветы, перевязанные атласной лентой.

— Ага! — торжествующе воскликнула она. — Мне следующей замуж идти.

— Неправильно, — запищала Люка, — букет швыряют в толпу!

— Вот-вот, — изо всех сил сжимая несчастные розочки, закивала Мака, — их кинули!

— Просто уронили!

— Бросили, — со слезами в голосе ринулась в бой Мака, потом она повернулась к Сонечке, безмолвно стоящей около меня: — Дорогая, тебе же не трудно швырнуть букетик по новой? Только на этот раз проделай все как положено! Повернись к подружкам спиной и...

— Что значит «нет», Вава? — громовым голосом заорала Кока.

— Нет. Я не готов к подобному повороту событий, — с решимостью партизана ответил я.

Сонечка отступила на шаг назад и стала заваливаться на бок, Владимир Иванович подхватил ее.

— Дорогая, — закурлыкал он, — умоляю, не плачь. В конце концов, мнение Ивана Павловича никого не волнует. Хочет он этого или нет, документы уже оформлены, штампы стоят. Конечно, мне хотелось с ним подружиться, но, если...

— Документы? — воскликнул я, окончательно потеряв самообладание. — Вы что, без меня сходили в загс?

Владимир Иванович бережно усадил Сонечку в кресло, повернулся ко мне и сердито заявил:

— За каким шутом ты нам там нужен?

Мне стало плохо, впрочем, будучи сотрудником агентства «Ниро», я хорошо знаю, какой властью обладают деньги. За определенную сумму нечистые на руку людишки оформят брак без вашего согласия и даже похоронят вас. Кто-то же выдал свидетельство о смерти Егора?

— Имейте в виду, я подам в суд! Добьюсь признания бракосочетания недействительным! — взвился я.

— Боже, — заломила ручонки Мака, — ну просто Шекспир! Мы присутствуем при трагедии! «Медея».

— Там мать убила детей, — продемонстрировал образованность Пусик, — сейчас перед нами разыгрывается скорей... э... «Царь Эдип», хотя не в каноническом варианте.

— Вава, прекрати! — засучила ногами Кока. — Вот уж не ожидала от тебя такого поступка! Возьми себя в руки, подойди к невесте и отведи ее к свадебному торту, не омрачай людям радость!

Я посмотрел вокруг и заметил то, на что сразу не обратил внимания. В нише, около трехстворчатого окна, на большом столе высился бело-розовый кремовый торт, украшенный двумя марципановыми фигурками. На головах жениха и невесты, вылепленных умелой рукой кондитера, сидели два голубя, вырезанных из зефира. Более дурацкую композицию и представить себе трудно. Мое богатое воображение мигом нарисовало картину: вот один голубок задирает хвост и оставляет на плече женишка «визитную карточку».

Внезапно из головы вымело все мысли, потому что я узнал в молодой женщине, стоявшей около торта... Сонечку.

— Э... э... э, — замычал я, — о... о... о, а... а... а?

— Что это с Ваней? — насторожилась Кока.

— Инсульт, — безапелляционно заявила Мака, — когда Лиза Тропилло выходила замуж, ее папу паралич схватил!

— Там Сонечка? — наконец выдавил я из себя.

— Бедный Вава, — всхлипнула Кока, — инсульт у ребенка — беда! Николетта этого не переживет!

— Там Соня! — повторил я. — Она там? Соня там?!

— Вава, возьми себя в руки! — рявкнула Кока. —

Непостижимо, во что мужики превращаются на свадьбе!

— Если Соня стоит у торта, — медленно въезжал я в ситуацию, — то кто тогда под фатой?

— Ясное дело, Николетта! — взвизгнула Кока. — Ваня, очнись! У нас такая радость!

На секунду я вновь потерял дар речи, но потом, еле-еле ворочая языком, пролепетал:

— Вы решили женить сына на собственной матери, но это нонсенс!

Кока быстрым шагом подошла к креслу и пощупала мой лоб.

— Душенька, — заявила она, — ты не болен, просто дурак. Попытайся прийти в себя, раз, два, три, послушай меня внимательно, я попробую объяснить.

— Вечно ты вперед лезешь, — надулась Люка. — Может, я лучше растолкую?

Кока свысока посмотрела на подружку.

— Дорогая, мой опыт дрессировки мужчин несравним ни с чьим. Поверь, с ними следует говорить на особом языке, простыми, доходчивыми фразами, тщательно подбирая слова. Вава! Смотреть мне в лицо!

Я машинально уставился на Коку.

— Это кто? — гарпия указала пальцем на невесту.

— Николетта, — ошарашенно ответил я.

— Кем она тебе приходится?

— Матерью.

— Ты можешь на ней жениться?

— Нет, — заорал я, — никогда!

— Отлично, — кивнула Кока, — никто этого тебе и не предлагает.

— Но... вы... хотели, — пробормотал я.

— Вава! Смотреть в глаза! Это кто?

— Владимир Иванович.

— Кем он приходится Николетте?

— Знакомым.

— Не родственником?

— Нет.

— Есть препятствия к их браку?

— Нет.

— Фу, — выдохнула Кока, — вот так, используя самые простые понятия, я сумела объяснить Ваве суть дела.

И тут словно кто-то вылил мне на голову ушат холодной воды.

— Это не моя свадьба?!

— Боже, кому ты нужен! — фыркнула Кока.

— Ну не скажи, — воскликнула Люка, — кое-кто бы согласился!

— Николетта вышла замуж за дядю Сонечки! — заорал я.

— Дошло наконец! Слава тебе господи, докумекал, — засмеялась Кока, — экий ты, Вава, несообразительный.

— При его росте это неудивительно, — съязвил Пусик.

— Но они же почти незнакомы, — простонал я, — и потом, с утра ни о каком бракосочетании речи не было. Нет, вы меня обманываете! Это не Николетта! Там, под фатой, другая женщина!

Руки, затянутые в белые перчатки, резко подняли край фаты, открылось личико маменьки с крепко сжатыми губами.

— Почему она молчит? — насторожился я.

Мака запрыгала от восторга.

— Ах, Ванечка, это примета! Если девушка, выходящая замуж, имеет сына, то она обязана молчать, пока мальчик не возьмет маму за руку и не поцелует ее! Иначе счастья не будет!

— Навряд ли женщину, родившую ребенка, можно назвать девушкой, — машинально поправил я Маку.

Кока топнула ногой:

— Вава! Целуй Николетту!

Я нехотя повиновался.

— Ура! — заорали присутствующие. — Ура! ура! ура!

— Вава, смотри, — заверещала маменька, — это подарки Вольдемара! Вот! Кольцо! Шикарный бриллиант! Ожерелье! Браслет! Камни редкой воды! Дайте мне чаю! Вольдемар, дорогой, не пей коньяк, он тебя не достоин.

Владимир Иванович улыбнулся и вытащил из кармана черную бархатную коробочку.

— Тут еще перстенек.

— Вау!

— О-о-о!

— Дайте глянуть!

— Это изумруд!

— Невероятно!

Издавая звуки, которым могли бы позавидовать сирены, дамы кинулись рассматривать новый презент.

— Видишь, Нико, — взвизгнула Кока, — я всегда считала, что в награду за сына-балбеса ты заслужила счастье! Конечно, мои камни лучше, но этот на втором месте!

Я вздрогнул и подошел к стоящей в стороне Сонечке.

— Что тут происходит?

Девушка хихикнула.

— Дядя влюбился в Николетту, она ответила ему взаимностью. Правда, сначала мне казалось, что Нико не готова к замужеству, но потом дело уладилось.

— Они ухитрились оформить отношения?

— Ну да! Дядечка пошептался с кем надо в загсе, и им поставили штамп. Сейчас, так сказать, просто чай, настоящую свадьбу сыграют позднее. Нико хочет устроить торжество по первому разряду.

Мой бедный бумажник вспотел в ожидании неминуемых трат.

— И дядюшка пообещал ей все-все, — улыбалась Сонечка, — завтра они с Нико начнут разрабатывать план торжества. Кстати, Ванечка, ты не против, если я тоже тут поживу? Все-таки я племянница жениха!

«По-моему, ты и так уже здесь поселилась», — чуть было бестактно не ответил я, но тут внезапно до меня дошло. Николетта вышла замуж! Официально! В ее паспорте стоит необходимая отметка! А маменька при всей своей внешней легкомысленности очень расчетлива, она из тех людей, которые бросаются в омут, просчитав предварительно его глубину, ширину и поставив на краю МЧС в полном составе. Почему же Николетта моментально понеслась в загс?

— Какой рубин! — взвизгнула Мака.

— Да, хорош, — грустно признала Кока.

Вот вам и ответ на вопрос! Владимир Иванович богат, он засыпал Николетту драгоценностями, и маменька решила не упускать шанса! Действительно, если девушке «немного за тридцать», сорок, пятьдесят, шестьдесят, то «надежда выйти замуж за принца» резко уменьшается. Но почему Владимир

Иванович остановил свой выбор на Николетте? Положа руку на сердце, она не похожа на идеальную спутницу жизни!

— Ванечка, ты расстроился? — нежным колокольчиком прозвенела Соня. — Зря, дядя Володя очень хороший человек, и он обеспечен. Думаю, Нико теперь не будет нуждаться! Ей не придется, как раньше, весь день горбиться со спицами в руках, вывязывая на продажу кружевные салфетки!

Я вытаращил глаза. Николетта и спицы? Волк и пюре из шпината? Заяц, танцующий на сцене Большого театра? Есть ли на свете более нереальная вещь, чем маменька, занимающаяся рукоделием? Вот, значит, каким образом Николетта купила простоватого Владимира Ивановича! Наплела ему небылиц про свою тяжелую, полную страданий жизнь.

— Конечно, — не обращая внимания на мое вытянувшееся лицо, вещала Сонечка, — ей пришлось туго. Я чуть не заплакала, слушая рассказ о судьбе Нико. В четырнадцать лет родители выдали ее замуж за старого мужика, который искал не столько супругу, сколько мать своему сыну Ивану.

— То есть мне? — уточнил я.

— Конечно, — закивала наивная дурочка, — Нико человек ответственный, вот и тянула воз, терпела унижения, иногда побои, голодала, но вывела мальчика в люди, не бросила его после кончины отца, выучила в институте, пристроила на работу и до сих пор подсовывает ему деньги, отрывает от пенсии, отказывает себе во всем! Дядя Володя заплакал, когда она призналась ему, что мечтает о простой золотой цепочке! Ясное дело, он схватил Николетту в охапку и...

— ...скупил для бедняжки весь магазин, — договорил за нее я.

— Ваня! А ты бы поступил иначе? — укоризненно осведомилась Сонечка. — Знаешь, дядя Володя последнее время стал такой грустный, ему просто не о ком было заботиться. Ну не покупать же бывшим женам по третьему дому и восьмой машине! Ладно бы семь лимузинов, это хоть как-то оправданно: в понедельник едешь на «БМВ», во вторник на «Мерседесе», но восьмой-то куда девать? Нонсенс! А тут Нико! Несчастная! Бедная! Со стертыми в кровь от вязания пальцами! Эта убогая квартирка! Автомобиля у нее нет! Сын... ну ладно, оставим эту тему!

Я слушал Сонечку и, как пловец на дальнюю дистанцию, внимательно следил за своим дыханием: вдох—выдох. Наверное, регулярное поступление кислорода в мозг сделало мой ум острым. Минуточку! Николетте на жизненном пути попался очень богатый дядька. Значит, теперь о маменьке будет заботиться муж! Это ему придется терпеть ее истерики и капризы. А еще Николетта оставит мысль о женитьбе сына на Сонечке, она вообще перестанет вешать на меня ярмо брака. Боже, я свободен!

— Ваня, — вещала тем временем Соня, — конечно, ты можешь встать в позу, но учти, дядя Володя настроен серьезно, он...

— Сонечка, — перебил я глупышку, — разрешите поцеловать вас? По-родственному, в щечку. Мы же теперь... э... если Владимир Иванович вам дядя, то Николетта тетя, а я... кем вам прихожусь я?

— Двоюродным братцем, — хихикнула девушка, — кузеном.

— Вава, — заорала Кока, протягивая мне тарелку с куском бисквитного торта, — скажи, ты счастлив?

— Очень! — с жаром воскликнул я. — До такой степени, что даже готов съесть этот оковалок!

Остаток вечера я, мучаясь изжогой, провел у двери квартиры Юрия. Неля не соврала, ни дом, ни обшарпанная створка совершенно не соответствовали мужчине столь импозантного вида. Трофимов в день фальшивых похорон Егора щеголял в дорогом костюме от пафосной фирмы, а на его пальце посверкивал тяжелый перстень, на мой взгляд, вульгарный. Сильной половине человечества не пристало украшать себя каменьями, эту слабость лучше оставить нежным дамам. Но я не настроен обвинять Юрия в отсутствии вкуса, просто отмечаю: если ты имеешь дорогие вещи, то, скорей всего, и живешь не в грязной норе, но в отношении Трофимова это правило не сработало.

В полнейшей тоске я мерил шагами крохотное пространство. Когда стрелки часов подобрались к девяти, меня охватило беспокойство. А почему я решил, что Трофимов вернется домой? Небось у него есть девушка, у которой он и остался ночевать.

Не успел я укорить себя за глупость, как стеклянная дверь, отделявшая крохотный коридорчик от общего холла, хлопнула, и передо мной возникла тетка лет сорока пяти, усталая, бедно одетая особа с потертой сумкой.

— Не бойтесь, — быстро сказал я, — я не грабитель, не маньяк. Просто жду приятеля, Юрия Трофимова, он в первой квартире живет.

— Никого я не опасаюсь, — бесцветным голосом ответила баба, — красть у меня нечего, изнасиловать захочешь, так сопротивляться не стану, все-таки приключение, а то не жизнь, а тьма кромешная. Юрия же не жди, съехал он.

— Куда? Когда? Это не его жилплощадь? — обрушил я на нее шквал вопросов.

Тетка вытащила из сумки связку ключей, сунула один в замочную скважину, быстро его повернула и без всякого страха или стеснения предложила:

— Проходи, меня Тоней зовут.

— Иван Павлович, — машинально представился я и втиснулся в крохотную прихожую. — Ну и тесно у вас!

— Да уж, — согласилась Тоня, — разгуляться негде, кухня зато хорошая, целых восемь метров, и комната замечательная — в ней почти пятнадцать. Нестандартная фатерка, она для домоуправления предназначалась, но вот досталась мне. Куда Юрий подался, я понятия не имею и к нему не в претензии. Тихий парень, неприятностей от него ноль, платил аккуратно, не шумел, соседи не жаловались. Он мне за апрель деньги отдал, а первого числа, поздно вечером позвонила баба и сказала: «Юра купил квартиру, можете нового жильца пускать». Я было о деньгах заикнулась, а она перебила меня: «Юра спешно покинул снятое жилье, вас не предупредил, это деньги за апрель». А я что? Мне лишь прибыль. Пущу новенького, вот только помою полы, получится за один месяц двойной барыш!

Перспектива получить неожиданные деньги настолько вдохновила Тоню, что она вдруг улыбнулась и, очень похорошев от этого, предложила:

— Хотите чаю?

— Не откажусь, — кашлянул я и прошел на кухню.

Глава 15

— Вы говорите, что звонила женщина? — спросил я, устроившись на жесткой табуретке.

— Ага, — кивнула Тоня и открыла воду.

— Вас не удивило, что жилец столь спешно эвакуировался?

— Не, — помотала головой хозяйка, — насмотрелась я на народ. Юрка честный, деньги заплатил, а другие просто так сматывались. Вон, до Трофимова девка жила, Нюся, вот давала стране угля! Каждый день зажигала, хорошо, квартира на первом этаже, но соседи все равно жаловались! Либо она сама пьяная у лифта лежит, либо ее гости в подъезде наблевали. Я уж решила ее вон гнать, да Нюська сама смылась! Денег мне за три месяца должна осталась и кофемолку стырила. А Юрик расплатился, тридцатого числа передал мне баксы и сказал: «За апрель, Тонечка, мы в расчете, теперь в конце месяца встретимся». Очень аккуратный человек, как решили, что в последние дни месяца я плату беру, так он ни разу не опоздал, сам беспокоился. Я порой из головы мысль о тугриках выброшу, а утречком Юра звонит: «Тонечка, денежки при мне». Жаль такого жильца терять, но, с другой стороны, пусть ему счастье будет в своей квартире.

— Вы паспорт Трофимова видели? — спросил я.

Тоня не усмотрела в вопросе ничего странного.

— А как же! Ясное дело, проверила, москвич, с пропиской.

— Вы его в милиции регистрировали?

— Нет, — покраснела хозяйка, — кто ж такую глупость сделает? Охота мне налоги платить! Соседи у нас нормальные, сами хаты сдают, многие покомнатно, рынок рядом, всем здорово! Нам прибавка к доходам, а чурекам хорошие условия. Если случится чего, мы сами разберемся, без ментов. Участкового только вызови, мигом заведет: «А, сдаешь хоромы, значит, богатая, гони откупные!» Откажешь — так он же тебя и обвинит. Конечно, такого, как Юра, мне не сыскать. Во, гляди, он все оставил.

— В смысле? — встрепенулся я.

Тоня указала рукой на столик у окна.

— Электрочайник, тостер и кофеварку кинул, с собой не взял, не дешевые, кстати, вещи. Я теперь могу квартиру дороже сдать, потому что с техникой. Ой, интересно, а занавески!

Тоня вскочила и ринулась к окну, я пошел за ней.

— Не снял, — с радостью сообщила она, — во, шторы богатые. Он, когда въехал, попросил:

— Тонечка, ничего менять не буду, переставлять тоже, а вот стекла прикрыть хочу, вы не против, если я карниз повешу? Дырки проверететь придется!

Понимаете, какой деликатный! Ясное дело, я разрешила, наш дом впритык к другому стоит, голым по комнате не походишь. А Нюська, стерва, удирая, жалюзи сдернула, чтоб ей ногу сломать. Вот Юрик шторки и купил, богатые. Нет, точно на пятьдесят баксов цену подниму. Ой! И телик тута! Гляди! С плоским экраном! Вау! Сидюшик!

В полной эйфории Тоня принялась метаться по квартире, радостно восклицая:

— Постельное белье! Чашки! Полотенца! Одеколон в ванной! Во повезло!

— Вас не смутило, что москвич снимает квартиру? — прервал я вопли радости.

Тоня оторвала взор от дезодоранта и, пробормотав:

— Круг на унитаз новый прикрепил, — ответила: — Нет, не удивило. С женой Юрик развелся, она себе ихнюю квартиру и захапала, хоть и не покупала ее. Выжила мужика из родительских хором. Во какие стервы бывают. Еще в сказках про таких сказано: «Была у зайки избушка лубяная, а у лисы ледяная». А теперь Юра новую квартирку купил.

— А что за женщина вам звонила?

— Понятия не имею, — пожала плечами Тоня, — она не назвалась, просто разобъяснила все и заявила: «У вас же свои ключи есть? Вот и занимайте квартиру. Юра связку в прихожей оставит, на тумбочке, дверь просто захлопнет». Нет, надо мне снова у Любки помощи попросить!

Я осмотрелся и увидел на грязной, колченогой, крохотной консоли железное колечко, на котором висели два простых ключа, явно от обычных «английских» замков, и еще один черный, большой, с выпуклой серединкой, украшенной латинскими буквами. Сердце сжалось, а потом застучало как бешеное.

— Кто такая Люба? — спросил я, незаметно разглядывая ключи.

— Ща объясню, — охотно откликнулась Тоня, роясь в трехстворчатом гардеробе, занимавшем полкомнаты. — Эта квартира моя, от мужа мне досталась еще в незапамятные времена, он рано умер. А сама я живу с мамой. И есть у нас соседка Любка, молоденькая девка, она в загсе работает. В общем, звонит она в нашу дверь и говорит: «Тонь, ты квартиру сдаешь? Есть приличный человек, он с женой недавно развелся, она его на улицу выгнала, вот он жилье и хочет снять!» А у меня как раз Нюся, стерва, убегла! Все и срослось. Надо у Любки поспрашивать, авось, еще кого присоветует. Нет, какой человек! Все оставил! И денег дал! — завершила она и ушла на кухню.

— Скажите, Тоня!.. — крикнул я ей вслед.

— Аюшки, — откликнулась из кухни хозяйка, — тут полно хороших продуктов. Ну мужики, безалаберный народ! Затарил полки в холодильнике, всего накупил, не копеечного, и уехал! Ну зачем, спрашивается, так тратиться?

Я машинально кивнул. Вот-вот, и у меня возникли вопросы, очень уж странной показалась ситуация. Неужели Юра не знал точный день своего переезда в новую квартиру?

В это верится с трудом. Ведь не каждый же месяц Трофимов покупал себе новые апартаменты. Кстати, сейчас всем вручают ключи от так называемых голых стен, новоселам предстоят отделочные работы. Ладно, пусть Юра приобрел жилье на вторичном рынке, но все равно, хоть косметическое обновление надо сделать, приобрести мебель. Трофимову не было необходимости съезжать в пожарном порядке. Или он захотел сэкономить? Но он заплатил за апрель!

И отчего Юра оставил технику, дорогие электробытовые приборы, в ванной несколько флаконов с одеколоном, из них два нераспечатанных. Но не это самое интересное. Похоже, где-то во дворе стоит иномарка, ключ от которой я сейчас увидел на связке. Может, конечно, у Юры был запасной ключ, а про тот, что висит на колечке, он забыл...

— И йогурты, семь штук, и ветчина дорогая, — захлебывалась от радости Тоня.

Я задумался. Что за женщина сообщила хозяйке о переезде Трофимова? И куда он подевался на самом деле? Похоже, с Трофимовым случилась беда,

либо он был вынужден бежать отсюда, не имея ни
секунды на сборы. Это больше смахивает на бегст-
во, чем на переезд в новое жилье.

— Тоня, — окликнул я хозяйку, — правильно ли
я понял? Вы сказали, что у вас подруга работает в
загсе?

— Люба, соседка она нам, — ответила Антонина,
выглядывая из кухни, — на одной площадке живем.
Продукты-то испортятся!

— Вы их с собой заберите, — посоветовал я.

— Тяжело, — покачала головой Антонина, — тут
сумки три наберется. Не допереть пехом.

— Далеко вы живете?

— Через две улицы.

— Давайте поступим так: я довезу вас до места, а
за это вы скажете адрес Любы. Мне нужна от нее небольшая услуга, — предложил я.

— Небось свидетельство какое потеряли, — хихикнула Тоня.

— Верно.

— Так Любка поможет, вы к ней зайдете и по-
просите, мы ж соседи! — напомнила Тоня.

— Сегодня уже поздно, — вспомнил я о прили-
чиях.

— Вовсе нет, — ответила Тоня и кинулась в кухню, — она позднехонько ложится, у нее мать пара-
лизованная. Требует от дочери: так поверни, сяк по-
ложи, до полуночи не успокаивается. Любка раньше и не пытается заснуть, какой смысл?

Спустя полчаса я усадил Тоню в машину и под ее
неумолчную болтовню покатил по узким переул-
кам. Не люблю дам, у которых язык без привязи, но
Антонину мне неожиданно стало жаль. Как же жизнь
должна побить тетку, чтобы она, как ребенок, радо-

валась доставшимся даром вещам и продуктам? Может, Тоня просто дурочка? Все указывает на отсутствие у нее ума: она моментально поверила в то, что я друг Юрия, а теперь совершенно спокойно показывает дорогу к своему дому. Что это — крайняя наивность, глупость? Или Тоня от свалившейся с неба удачи потеряла способность логически мыслить? Отчего ей в голову не пришел элементарный вопрос: почему «друг», то есть я, не знал, что Трофимов после развода лишился квартиры?

— Во! Тут, — скомандовала Тоня, подняла голову и показала на окна: — Гляньте, пятый этаж, лампа на подоконнике горит, не спит Любка. Ох и свезло мне сегодня! Еще и до дома с ветерком прокатили!

Выйдя из лифта, Тоня ничтоже сумняшеся ткнула корявым пальцем в кнопку звонка. Дверь с номером «139» приоткрылась, высунулась тоненькая, почти бестелесная, бледная девушка.

— Чего тебе? — спросила она.

— Человека привела, — затараторила Тоня, — вот он! Дело у него к тебе. Да не бойся, интеллигентный мужчина, я его знаю, он меня на своей машине привез. Ой, как свезло сегодня! Ладно, завтра расскажу!

— Можно войти? — тихо спросил я.

Люба окинула меня изучающим взглядом.

— Какое у вас дело? — хмуро поинтересовалась она.

— Денежное, — улыбнулся я, — принес вам сумму, не миллион на блюдечке, но вполне приличную, сто долларов.

— Он свидетельство потерял, — крикнула Тоня, скрываясь в своей квартире.

Лицо Любы разгладилось.

— Входите, — более приветливо предложила она, — только не слишком у нас приятно.

Я вошел в прихожую и постарался не измениться в лице, в нос ударил едкий запах.

— Воняет, да? — спросила Люба. — Мама у меня лежачая, полный паралич после инсульта. Утром переодену ее и на работу, вечером вернусь, ясное дело, море разливанное. Сколько ни стираю, ни кипячу, а толку никакого.

— Может, купить памперсы? — необдуманно предложил я.

Люба засмеялась.

— Вы хоть знаете, сколько они стоят? Моей зарплаты не хватит. Еще посоветуйте сиделку нанять! Много чего можно, если деньги в кошельке водятся! И одноразовые простыни, и матрасы специальные, и штанишки непромокаемые, а еще клиника имеется, платная, туда паралитиков берут, и кое-кого на ноги ставят. Ладно, в чем у вас проблема? Если сумею, помогу, мне деньги позарез нужны.

— Я ищу Юрия Трофимова.

Лицо Любы осталось непроницаемым.

— Кого? — равнодушно переспросила она.

— Юрия Трофимова.

— Не знаю такого.

— Как же! Вы порекомендовали его Тоне в качестве жильца.

— Ах, этот!

— Вспомнили! — обрадовался я.

— Угу, — кивнула Люба, — только мы незнакомы. В смысле не дружим. Трофимов пришел ко мне за бумагами... э... свидетельство о разводе оформлял. Вежливый, приятный мужчина, сразу видно, богатый. Мы с ним парой слов перекинулись, Трофимов пожаловался, что остался без квартиры, дескать, бывшая супруга его выгнала, теперь хочет снимать. Ну я про Тоню и вспомнила.

— Скажите, Любочка, — ласково попросил я, демонстративно вынимая из бумажника зеленую купюру, — не помните ли вы данные супруги Юрия и ее адрес?

— Нет, конечно.

— А нельзя найти эту информацию?

— Как?!

— Просто поискать в архиве.

— Не получится, — быстро ответила Люба.

— Почему? Я заплачу в два раза больше!

Девушка поправила тусклые волосы.

— Понимаете, мы с Трофимовым поболтали, а потом я занялась его бумагами и выяснила, что Юрий все перепутал. Мой загс расположен на Доброслободской улице, а ему надо в другой район.

— А куда следовало обратиться Трофимову? — дожимал я Любу.

— Не помню, — ответила та.

— Просто беда!

— Рада бы вам помочь, да не могу! До свидания, — твердо заявила Люба.

Пришлось мне уходить несолоно хлебавши.

Несмотря на поздний час, спать не хотелось совершенно. Очевидно, от усталости у меня заболела поясница, да так сильно, что я поднялся на полпролета вверх, сел на подоконник и вынул сигарету. Сейчас покурю, подожду, пока ломота пройдет. В голове не было ни одной мысли, перед глазами маячила толстая труба мусоропровода, на лестнице стояла тишина.

Вдруг послышался скрип двери, шарканье шагов, звонок, лязг замка, и голос Любы спросил:

— Чего к телефону не подходишь?

— Выключила его на фиг, — ответила Тоня. — Не спишь?

— У меня уснешь! Все ей плохо!

— Больная, вот и мается.

Люба протяжно вздохнула.

— Да уж! Ты где этого мужика нашла?

— Которого?

— Совсем плохая? Ну того, что ко мне привела!

— А че?

— Просто ответь.

— Он Юркин приятель.

— Неужели? — усомнилась Люба.

— Верняк, — отрубила Тоня, — хороший парень, не сомневайся! Ой, дай расскажу, как мне свезло!

И Антонина принялась самозабвенно вещать про чайник, тостер, белье, полотенца и полную оплату за непрожитый апрель.

В самом разгаре ее рассказа послышалось лязганье, и скрипучий старушечий голос вклинился в беседу соседок:

— Вы, девки, ума лишились? На часы гляньте! Спать давно пора, а они оруть на всю лестницу.

— Не злись, баба Катя, — воскликнула Тоня. — Лучше послушай, как мне свезло!

— С Петькой помирилась? — предположила старуха.

— Нужен он мне, пьянь подзаборная, — фыркнула Тоня, — не об нем речь! Жилец, Юрка...

— Ладно, пойду спать, — решила Люба.

— Ступай, — милостиво отпустила ее Тоня, — я пока бабе Кате про свою удачу расскажу.

Хлопнула дверь — очевидно, Люба вернулась к себе, а Тоню снова понесло по кочкам беседы.

— Заплатил мне за апрель и съехал!

— Охо-хо, — заскрипела бабка.

— Мало того! Кучу добра оставил. Тысяч на пять! Не меньше! Эй, баба Катя, очнись!

— Я-то очнутая, — зевнула старуха, — а ты, Тонька, как в детстве дурой была, так ей и осталась! Раскидай мозгами, с чего бы мужику все бросать! Нечистое это дело.

— Вечно ты зудишь, — возмутилась Тоня, — просто моему везению завидуешь.

— Лучше помойку выброси, а то воняет.

— Что?

— Ведро в мусорник опрокинь.

— Это не мое!

— А чье?

— Любка забыла!

— Странно, однако, — изумилась бабка.

— И чего удивительного в помоях?

— Любка вечно жалится, что денег нет!

— Верно, на копейки живет.

— Ты в отбросы глянь.

— И че?

— Сверху банка пустая, из-под икры.

— Ну и?

— Откуда у Любки средства на деликатесы?

— Ой, не могу, Джеймс Бонд нашелся, — захихикала Тоня. — Может, подарил кто?

— Кто?

— Мужик!

— Чейный?

— Ясное дело, Любкин, не твой же!

— Мои кавалеры давно перемерли, — отрезала

баба Катя, — а Любка страшнее голода, и не до парней ей. Откуда икра?

— Пойду спать, — бесцеремонно перебила старуху Тоня.

— А ведро?

— Оно не мое.

— Надо Любке позвонить, — заявила бабка.

— Не, — остановила соседку Тоня, — еще ее мамашку разбудим, та опять к себе Любку приставит. Пусть до утра стоит, никто его не сопрет.

— И то правда, — согласилась старуха, — дура ты, Тонька! Совсем головой не пользуешься. Нечистое дело с твоим жильцом!

— Да пошла ты, — огрызнулась Тоня.

Обе двери хлопнули почти одновременно. Я, совершенно забыв про внезапный приступ радикулита, подождал пару минут, потом на цыпочках спустился на лестничную площадку.

Глава 16

Красное помойное ведро сиротливо стояло у стены. На самом верху лежала жестяная синяя банка из-под черной икры, около нее виднелся смятый полиэтиленовый пакет с надписью «Памперсы для лежачих больных». Я ткнул пальцем в кнопку и вошел в лифт. Похоже, эта Люба завзятая врушка, только что жаловалась мне на вопиющую бедность, и вот, пожалуйста: икра да памперсы. Но мне нужно сказать Любе «спасибо». Я понял, где можно найти человека, который хорошо знаком с Трофимовым. Егора похоронили? А кто выписал свидетельство о смерти? Сотрудник загса! И просто так, за красивые глаза, справку не дадут. Кроме того, «покойного» не отпевал священнослужитель. Хоть Егор и не был верующим, но богохульствовать бы не стал. Мне бы, дураку, сразу сообразить, отчего священник не провожает покойного в последний путь. Только ведь в голову не могло прийти, какую шутку задумал приятель.

Утром я позвонил в дом Егора и со страхом спросил:

— Можно Ольгу Андреевну?

— Это я, — ответил хриплый голос.

Мне удалось скрыть удивление. Маму Егора все зовут Ольгушкой, причем фамильярно обращаться к ней начинают сразу же после знакомства. Кстати, она сама так представляется, протягивает тоненькую, как веточка, руку и говорит:

— Ольгушка.

Со спины старушку можно принять за девушку лет двадцати, веса в ней не наберется и сорока килограммов, одевается она в джинсы и свитера. Шубы Ольгушка не носит по идейным соображениям: раньше у нее в доме проживало четыре собаки и три кошки, теперь же остался лишь один перс, старый Базиль.

— Когда тебе перевалило за шестьдесят пять, — объяснила мне как-то Ольгушка, — аморально покупать щенка или котенка. Животные живут лет по пятнадцать, а кто даст гарантию, что я проскриплю еще столько же? И какова судьба собаки или киски после смерти хозяйки? Представляешь трагедию: выброшенное на улицу животное, приученное к комфортным условиям. Конечно, мне будет очень плохо без любимых пуделей и персов, но нельзя же проявлять эгоизм!

В этой фразе вся Ольгушка, о себе она думает в последнюю очередь. Иногда встречаются люди, насаждающие добро агрессивно, насильно заставляющие других вести правильный образ жизни. Хотя, что такое «правильно», на самом деле не знает никто. Всяк сверчок знает свой шесток, но, увы, эта простая мысль редко приходит людям в голову. Большинство из нас третирует домашних исключительно из желания сделать им хорошо. Мать семейства с желчным пузырем, набитым камнями, из лучших побуждений начинает потчевать семью протертыми супами и блюдами, сделанными на пару.

«Никакой колбасы, мяса и жареных кур, — вопит дама, выхватывая у мужа и детей «вредную» еду, — мне это доктор запретил».

Все так, но у других-то каменоломни в организме не обнаружены, они могут позволить себе жареные котлеты. Ан нет, хозяйка рьяно «оздоравливает» домашних и имеет в результате развод и скандал с детьми. Курить вредно! Но разве полезно грызть постоянно человека, который затравленно дымит на лестнице? «Опять сигареты! Ползарплаты искурил! Обо мне и детях подумал? Ты умрешь, кто о нас позаботится!» Помилуйте, чего больше в подобных высказываниях? Любви к мужу, заботы о нем либо страха за свое будущее и нежелания потерять заработок супруга?

Ольгушка никогда не была такой. Лет десять назад у нее диагностировали диабет. Другая бы слегла в кровать и заставила мир вертеться вокруг себя, постоянно упрекая домашних за их здоровье. Ольгушка просто стала соблюдать диету, при этом, учтите, она готовит еду для Егора и его жены, варит борщи со сладкой, запрещенной ей свеклой, печет потрясающие пироги, но сама ничего этого не ест.

Имеется еще одна причина, по которой я завидую Егору: Ольгушка обожает сына. Ее любовь не слепа, Дружинину частенько доставалось от нее за идиотские забавы типа спуска по веревке с верхнего этажа небоскреба, но если с Егором случалась беда, мать бросалась к нему на помощь, не раздумывая.

Я уже говорил, что мы с Егором познакомились в редакции журнала «Литературный Восток». Меня туда пристроил отец, это было последней услугой, которую Павел Подушкин оказал сыну. Если честно, наш коллектив почти полностью состоял из «детей» и «внуков». Главный редактор принимал на службу только своих и особо не утруждал сотрудников. Работа была не бей лежачего, приходили мы к одиннадцати, пили чай, болтали, потом немного читали чужие, чаще всего бездарные рукописи, обедали, вновь гоняли чаи и шли домой. Присутственных дней на неделе было три — понедельник, вторник и четверг. В среду и пятницу мы не приезжали в редакцию, работали дома, суббота и воскресенье были заслуженными выходными. Насколько я помню, платили мне сто восемьдесят рублей, замечательная зарплата по советским временам. А еще можно было оформить творческий отпуск. Единственная беда, омрачавшая прелесть этой службы, носила имя «коллеги». Такого количества зависти, желчи, сплетен и досужих разговоров я более никогда и нигде не встречал. Еще меня поражало редкостное двуличие сослуживцев. Очень хорошо помню, как мне удалось опубликовать пару собственных стихотворений в журнале «Москва». Гордый до невозможности, я, наивный юноша, притащил журнал на работу и начал хвастаться. На лицах коллег расцвели улыбки, из их уст посыпались поздравления и пожелания творческих удач.

— Это дело надо отметить, — потер жилистые ладони наш ответственный секретарь Марк Лавров, — обмыть восход новой поэтической звезды.

Я кинулся в магазин, набрал нехитрой закуски, водки и ринулся назад. В коридоре было пусто, дверь в родной отдел, где мы сидели восьмером, сразу открыть не удалось, мешали покупки. Я поставил сумки на пол и услышал из-за створки визгливый голос Марка:

— Обедать пойдем?

— Сейчас Подушкин жрачку припрет, — сказал Ярослав Петькин, — чего свои тратить, на чужие поедим!

— Как тебе его стишата? — полюбопытствовал Марк.

— Дерьмо, — емко ответил Ярослав.

— Графомания, — подхватила Рита Миронова.

— На мой взгляд, тошниловка, — согласилась с ней Наташа Пасюк, — у нас всегда так: дерьмо течет — дерьму дорогу.

Несмотря на высшее филологическое образование, мои сослуживцы частенько беседовали отнюдь не на литературном языке.

— ...! — коротко оценил Марк. — И почему его напечатали?

— Сумел пробиться, — хихикнул Ярослав.

— Зачем он работает? — протянула Наташа. — Небось Павлик припас для сына золотишка.

— По-моему, ребята, он пидор, — вдруг заявила молчавшая до сих пор Лиза Вергасова, — натуральный!

Все захихикали.

— И стишата у него пидорские, — подвел итог Марк, — но в нашей стране всплывает лишь то, что способно плавать, а талантливым и умным остается в стол работать.

Стряхнув оцепенение, я постучал.

— Ой, Ванечка пришел, — закричала Лиза, распахивая дверь, — давай помогу, милый!

После того как я подслушал разговор, мне стало невмоготу видеть «приятелей», а тут главный внезапно предложил:

— Иван Павлович, не хочешь переехать в комнату к Дружинину? Там, правда, места меньше, зато потише.

Я, сообразив, что один недоброжелатель лучше семерых, мигом перебрался за новый стол. Егора я знал плохо, просто раскланивался с ним в коридоре. Через полгода стало понятно: судьба послала мне замечательного друга, мы были очень похожи. Папенька Дружинина, впрочем, никогда не имел такой популярности, как Павел Подушкин, он переводил малоизвестных поэтов Кавказа на русский язык и умер довольно давно, я никогда не видел его книг. А вот Ольгушка являлась антиподом Николетты. Но это были все различия, в остальном, если отбросить любовь Егора к экстремальным развлечениям, мы совпадали полностью.

После краха советской системы я устроился на работу к Норе, а Дружинин основал собственное дело, деньги ему дала Ольгушка. Откуда у скромной учительницы русского языка и литературы нашлись «бешеные доллары»? Ольгушка продала элитную квартиру, которую в свое время построил ее супруг-

переводчик, и перебралась на плохо обустроенную
дачку, больше походившую на курятник.

— Господи, — не выдержал я, первый раз приехав к Дружининым в гости на фазенду, — Ольгушка, как ты тут живешь? От станции пять километров
пешком, сортир у забора, воды нет!

— Зато воздух свежий! — бодро ответила Ольгушка. — И тишина замечательная, я от шума в
школе чумею.

— Во сколько же тебе приходится вставать, чтобы к первому уроку поспеть? — обомлел я.

Было еще одно обстоятельство, о котором я забыл сказать. У Ольгушки больные ноги, не знаю,
что это за напасть, но она вынуждена носить специ-
альную ортопедическую обувь, отвратительные темно-синие ботинки, рант которых прошит белыми
нитками. Ольгушка ходит не хромая, но один раз
она сказала:

— Вот! Наказал меня господь! Шьют же для ин-
валидов гадость! Но в обычной обуви я моментально спотыкаюсь. А эта! Страх смотреть! Как гнали
одну модель двадцать лет назад, так и гонят до сих
пор. Представляешь, Ванечка, и деньги есть, а ничего удобного не купить! Все перепробовала, на заказ делала, но вот парадокс! Хорошо мне только в
этих, прости господи, за грубость, говнодавах! Но
ведь по-иному эти туфли и не назовешь!

Значит, Ольгушке, с ее больными ногами приходится носиться антилопой к поезду?!

— В пять встаю, — сообщила она, — очень здорово получается. В электричке мало народа, сижу как
королева, будто в такси качу! Ничего, скоро Егор
развернется, начнет зарабатывать, главное — дать

человеку шанс! Кушай, Ванечка, котлетки, только что навертела.

Помнится, именно в тот момент я испытал весьма редкостное для себя чувство зависти. Поймите меня правильно, я позавидовал Егору не из-за большой суммы, которую Ольгушка вручила сыну, а из-за того, что у него такая мать. Представляю себе, как бы заорала Николетта, предложи я ей сдуру такой вариант: продавай квартиру, переезжай в деревню, а я попытаюсь на вырученные деньги открыть фирму! Думаю, я бы услышал много интересного о себе.

— Ольгушка, — воскликнул я, прогнав воспоминания, — что случилось?

— Простыла я, — прохрипела она, — под дождь попала на кладбище, вымокла, и вот результат.

— Я сейчас приеду!

— Ой, не надо, я вполне хорошо себя чувствую, — возразила Ольгушка, — только охрипла, ни температуры, ни насморка нет!

— Все равно.

— Ванечка, не меняй своих планов, освободишься и заскочишь.

— Мне просто хочется тебя увидеть.

— Жду, дорогой, — мгновенно согласилась она.

Я, не задерживаясь, сел в машину и покатил по хорошо знакомой дороге. После того как Егор разбогател, он выкупил родительскую квартиру назад, и теперь она выглядит как раньше. Книжные шкафы начинаются от входной двери и тянутся в комнаты, коих немало: спальни Ольгушки, Егора и Лены, гостиная, кабинет.

— Извини, — быстро сказал я, снимая уличную

обувь, — кругом пробки, поэтому я долго добирался.

— Ничего, — улыбнулась Ольгушка, — я успела испечь твой любимый яблочный пирог, правда, он не остыл, только что вынула!

— Не следовало хлопотать у плиты.

— Ванечка, ты же обожаешь шарлотку, — засмеялась она, — садись к столу.

Мать Егора повернулась и быстрым шагом ушла на кухню, я опустился в обитое синим атласом старинное кресло.

Может, кого-то и удивит поведение матери, только что потерявшей сына, который являлся всем смыслом ее жизни. Но я очень хорошо знаю Ольгушку. Никогда она не продемонстрирует собственную боль и горе при посторонних, даже при мне стиснет зубы. Насколько я понял из обрывочных высказываний Егора, его мать любила отца, но ни одной фотографии Сергея Дружинина в доме вдовы не найдешь, она считает неприличным выставлять напоказ свою скорбь. Вот детские альбомы Егора она демонстрирует охотно, о Сергее же предпочитает не говорить вслух. И сегодня Ольгушка не станет рыдать, она слишком горда для этого. Кстати, куда подевалась хрипота из ее голоса? Скорей всего, Дружинина не простужалась, она просто рыдала по сыну, но не захотела сказать мне правду.

— Вот, — возвестила Ольгушка, вернувшись в гостиную с подносом, — как тебе пирог?

— Волшебно, — воскликнул я, — а пахнет еще лучше!

— Это корица. Давай отрежу кусочек, — захлопотала она.

Некоторое время мы беседовали о всяких пустяках, потом я осторожно спросил:

— Ты как?

— Нормально! — нарочито бодро воскликнула Ольгушка. — Вот решила на работу выйти.

— Зачем? — задал я совершенно идиотский вопрос.

— Сейчас в школах не хватает учителей, — пояснила мать Егора, — ну, наверное, полный рабочий день я не потяну, а вот группу продленного дня возьму с охотой. Второклашки чудесный народ...

Я не столько слушал рассказ Ольгушки о замечательных детях, сколько смотрел на нее. Похоже, она еще больше похудела, небось не ест ничего, личико осунулось, глаза провалились, руки нервно теребят скатерть. Из глубины души поднялась злость на Егора. Да как он посмел! Хороша первоапрельская шутка! Ольгушка могла умереть на похоронах сына. Почему он не предупредил фанатично преданную ему мать об идиотском плане? Боялся, что сорвется затея? И как Ольгушка перенесет известие о «воскрешении» Егора? Может, прямо сейчас открыть ей правду?

— Ой, сливки забыла! — подхватилась она и поспешила на кухню. — Не пей, Ванечка, кофе, он невкусный.

Я откинулся на спинку стула. Нет, нельзя поддаваться сердечным порывам, надо действовать рационально. Человек, задумавший преступление, сейчас уверен — его план удался. Вполне вероятно, что убийца общается с мамой Егора, является одним из тех, кто вхож в дом. Сумеет ли Ольгушка скрыть радость? У пожилой дамы много подруг, в частности,

Анна Ивановна Касьянова, крупный психиатр, Ванда Раковская, доктор исторических наук. Это те, кого я часто видел в доме Дружининых. Услышит Ольгушка счастливую весть и явно не удержится, кинется звонить «девочкам», те начнуть молоть языками, и убийца узнает, что жертва жива. Последствия моего поступка, пусть и продиктованного искренней жалостью к пожилой даме, могут оказаться ужасными. Человек, стоящий за этим преступлением, предпримет еще одну попытку, на этот раз удачную.

И тут мне в голову пришла новая мысль. Боже, какой я дурак! Трофимова просто купили, некий человек пообещал ему запредельную сумму, и Юрий не устоял. Но, думаю, воспользоваться полученным капиталом мерзавец не успел, его самого небось убили! Вот почему в квартире остались вещи и продукты. Надо отвечать не на вопрос: кто велел оставить Егора в гробу, а озаботиться другой проблемой: кому была выгодна смерть Дружинина? Деньги!

— Деньги? — вдруг воскликнула Ольгушка. — Ванечка, ты о чем?

Я потряс головой. Иван Павлович, не теряй разума! Я не услышал, как хозяйка вернулась с кухни, да еще принялся вслух озвучивать свои мысли.

— О каких деньгах ты толкуешь, Ванечка? — продолжала изумляться Ольгушка. — Кто и что получит? Право, странный вопрос ты задаешь.

— Ты меня неправильно поняла, — стал выкручиваться я, — вернее, я плохо сформулировал свою мысль. Хотел сказать... э... прости, конечно, но Егор был богат, неужели нужно работать, да еще в таком ужасном месте, как школа?

Ольгушка всплеснула руками.

— Конечно! С детьми молодеешь! Да, у меня все в порядке со средствами, но хочется быть полезной кому-то!

— Прости, я сказал чушь.

— И Леночка, несмотря на наследство, не станет сидеть дома.

— Какое наследство?

Ольгушка заморгала.

— Егор оставил ей свой бизнес.

— Весь?! — подскочил я.

— Естественно, — удивилась она.

— Ты хочешь сказать, что завещание составлено в пользу Лены?

— Конечно! Она жена!

— А что получишь ты?

— Я?

— Да!

Ольгушка вздрогнула.

— Я не задумывалась над этим вопросом.

— А сейчас попытайся, — велел я, ощущая себя почти негодяем.

— Квартиру, — принялась загибать пальцы Ольгушка, — библиотеку, кое-какие драгоценности...

— Это принадлежало тебе и раньше, а вот средства Егора, они куда пойдут?

— Леночке.

— С ума сойти!

— Почему?

— Егор ничего не оставил матери?

— Ванечка, мне недолго осталось на этом свете, — ответила Ольгушка, — меня больше на земле ничего не держит, а Леночка молодая, ей еще жить да жить. Она замечательная девочка, никогда меня не бросит. Только не стоит ей молодые годы гробить, детей у нее нет, пусть спокойно выходит замуж и, вспоминая Егора, говорит: «Спасибо рано ушедшему супругу». Знаешь, Ванечка, это, конечно, не секрет, но в молодости деньги играют большую роль, чем в старости. В двадцать лет всего хочется: машину, одежду, квартиру, а после шестидесяти материальные блага ни к чему! Мне всегда казалось, что пенсию государство должно платить до тридцати лет. Вот когда людям позарез нужно свободное время и деньги. А в старости пусть пашут без остановки, дольше проживут от ощущения собственной нужности, и государству польза. Бухгалтерша, справившая семидесятилетие, — ответственный человек, а двадцатидвухлетняя егоза разве о службе думает? Вот и пусть нагуляется сначала.

— Оригинальная теория, — вздохнул я. — Скажи, Ольгушка, а где Лена?

— Она вчера к подруге поехала, к Рае Шумаковой. Плачет целый день, вот я ей и посоветовала развеяться, ночевать там остаться.

— Телефончик Раи не подскажешь?

— Конечно, дружочек, записывай, — кивнула она и, продиктовав номер, поинтересовалась: — А зачем тебе Леночка? Хочешь ее от печальных мыслей отвлечь? Правильно. Кстати, Ванечка, Лена замечательная, может, подумаешь о...

— Тут дело щепетильное, — быстро прервал я мать Егора.

— Говори, милый.

— Не хотелось бы тебя расстраивать... — замямлил я, и в самом деле испытывая редкостный дискомфорт, мне было очень тяжело обманывать несчастную.

— Вот теперь я точно тебя не отпущу, пока не узнаю правду, — воскликнула Ольгушка, — немедленно говори!

— В день похорон Егора, — начал я, — мужчина, который занимался формальностями, попросил меня подержать документы, свидетельство о смерти, всякие квитанции. Потом внезапно хлынул дождь.

— Верно, — прошептала Ольгушка, — небо зарыдало над Егором.

— Я сунул бумаги в барсетку, чтобы не намокли, а спустя пару минут распорядитель пришел за документами. Естественно, я тут же вручил их ему, а сейчас не могу найти права на вождение автомобиля, думаю, они случайно прицепились к скрепке. Вот и хотел попросить Лену посмотреть...

— Это и я могу! — воскликнула Ольгушка.

— Э... э... мне не хочется напоминать тебе...

— Пошли, — встала она, — все необходимое лежит в кабинете Егора.

Включив на письменном столе лампу, Ольгушка выдвинула ящик и подала мне коробку:

— Тут все, Ванечка.

Потом она удалилась.

Я открыл крышку и сразу увидел свидетельство о смерти. Накрепко запомнив, какой загс его выдал, я пролистал другие бумаги, вытащил из кармана пиджака положенные туда заранее права и крикнул:

— Нашел!

— Слава богу, — ответила из коридора Ольгушка.

Покидая гостеприимный дом, я обнял хозяйку, услышал, как быстро, словно у маленькой пойманной жестокими людьми птички, бьется ее сердце, и воскликнул:

— Прости, Ольгушка!

— За что, Ванечка? — удивилась она.

— Я доставил тебе неприятные минуты, всякие воспоминания...

— Приходи почаще, — ласково сказала она, — и оставайся ночевать. Нет ни в чем твоей вины, на все, дружочек, божья воля.

Я медленно пошел по лестнице вниз. Интересно, сумеет ли простить она меня, когда узнает, что я не сообщил ей правду о Егоре? Откажет мне от дома или просто даст пощечину?

Глава 17

Сев в машину, я набрал номер справочной и спросил:

— Девушка, если я сообщу вам название загса, сумеете найти его адрес?

— С удовольствием, — ответили на том конце провода, — буквально через пару секунд.

Вежливая сотрудница справочного бюро не обманула, почти сразу она откликнулась:

— Доброслободская улица.

— Что? — подпрыгнул я.

— До-бро-сло-бодская, — по слогам произнесла оператор, — не спутайте с Новослободской.

Я стукнул кулаком по рулю. Боже! Какой я дурак! Серая, словно домовая мышь, Люба, соседка глупой болтливой Тони, проронила вчера вскользь фразу:

— Загс, где я работаю, находится на Доброслободской, а Юрию следовало ехать в другое место.

Как бы не так! Бесцветная девица просто обвела меня вокруг пальца!

Оставив машину на Доброслободской, я в поисках нужного здания углубился в массив малоэтажных домов. Наконец строение отыскалось, я рванул дверь и почти побежал по извилистому коридору.

Люба сидела в маленькой комнате, вероятно, тут раньше располагался чулан, помещение было чуть больше клетки для морской свинки и не имело окон.

— Добрый день! — гаркнул я.

— Прием посетителей сегодня до часу дня, — монотонно ответила Люба, не отрывая глаз от компьютера, — завтра приходите.

— Добрый день, — повторил я.

Люба переместила взор на докучливого надоеду и нервно дернула шеей.

— Вы?

— Не рады? — злорадно спросил я.

— Почему я должна испытывать какие-то чувства при виде вас? — скривилась поганка.

Я бесцеремонно плюхнулся на стул и сказал:

— Давайте сэкономим время! Вчера вы поздно вечером выносили помойное ведро.

На лице Любы появилось откровенное удивление.

— И что?

— Сверху лежала пустая банка из-под черной икры и смятая упаковка от памперсов.

— Не понимаю, в чем дело? — вытаращила блеклые глаза врунья.

— Да ладно тебе, — отмахнулся я, — свидетельство о смерти Егора Дружинина у меня. Сколько тебе заплатил Трофимов и где он?

— Не понимаю, — стояла на своем Люба, — если хотите получить документ, то... вообще вы кто?

Я вытащил из кармана удостоверение и повертел перед ее носом.

— Смотри сюда. Я начальник следственного отдела!

Слова «частного детективного агентства «Ниро» я озвучивать не стал.

Люба посинела.

— Лучше скажи правду, — ледяным тоном заявил я.

— У меня мама больная, — нервно дернулась Люба.

— Это еще не повод, чтобы выписывать бумаги о смерти на живого человека! — потеряв бдительность, заорал я.

Люба схватилась ладонями за щеки.

— Как живого? Он сказал... Юра... я все объясню.

— Начинай!

Люба вскочила, заперла дверь на ключ и зашептала:

— Вы только не орите! У меня есть знакомая, Катя Гутрова, она меня с Юркой свела. Дескать, холостой, обеспеченный, понимаете?

— Да.

— Но у нас ничего не получилось, мы характерами не сошлись, — откровенничала Люба, — я замуж хочу, а Юрка уже был женат, ему больше не хочется. В общем, мы расстались друзьями, я ему даже квартиру нашла, Тоня сдает. Сообразили?

— Я понятливый человек, ты говори по сути.

— Ну да, да, — забубнила Люба, — мама болеет, мне много чего надо...

— Конкретнее.

— Ладушки, — тяжело вздохнула Люба, — дело обстояло так!...

В последних числах марта Юра неожиданно приехал к Любе на работу и спросил:

— Как дела?

— Нормально, — ответила та. — А у тебя?

Трофимов махнул рукой.

— Работу ищу.

— Тебя выгнали из фирмы, устраивающей праздники? — поразилась Люба.

— Да, — равнодушно ответил Юра.

— Вроде у тебя было много заказов?

Трофимов засмеялся.

— Ленька — хозяин — еще тот жук! Сам только в кабинете сидел да людям голову дурил рассказами про свою крутость, а я пахал. Справедливо это? Если учесть, что платили мне копейки, а бегать приходилось до остановки пульса.

— Несправедливо, — согласилась Люба.

— Вот и я так решил, — кивнул Трофимов, — а потом пару мероприятий себе в карман провернул. А что? Проблем никаких, я всех артистов знаю, контакты налажены! Вот я и предложил гражданам: давайте я лично все вам устрою. Дешевле выйдет. Ясный перец, они согласились.

— А Ленька поймал тебя?

— Ну, вроде того.

— Понятно, — ехидно сказала Люба, — опять схитрил. Отчего бы тебе честно не работать?

— На чужого дядю? Нет, я свое дело сейчас открываю.

— А деньги откуда?

— Нарыл.

— Молодец, — сказала Люба, — если, конечно, ты их не украл!

— Вот поэтому мы с тобой и разошлись, — хмыкнул Юра, — вечно ты меня подозревала!

— А ты белый и пушистый!

— Я всякий.

— Чего пришел? — стала злиться Люба. — Здесь тебе клиентов не найти.

— Ну с заказчиками проблем у меня не будет, — потер ладони Юрий, — еще у Леньки отниму, имеется у меня в его сраной конторе засланный казачок. А ты пожалеешь, что бортанула меня. Через год поднимусь и огребу офигенные бабки!

— Выглядишь ты, конечно, замечательно, — отметила Люба, — костюмчик, перстенек... Только под брюками трусы рваные, а машина твоя шикарная со стоянки взята. Люди за границу уезжают, тачку на прикол ставят, а хозяин стоянки Андрей Гусев их потом внаем пускает.

— А ты откуда знаешь? — прошипел Трофимов.

— Пить меньше надо, — злорадно прищурилась Люба, — если хочешь секреты иметь — не бухай, а то болтаешь потом много.

Юра уставился на бывшую любовницу. Больше всего ему, наверное, хотелось схватить Любочку за жидкие волосы и стукнуть головой о стол, но Трофимов справился с порывом.

— Слышь, Любань, — ласково сказал он, — тебе ж деньги нужны?

— Очень, — честно ответила девушка.

— Хочешь заработать приличную сумму?

— А делать что надо? — поинтересовалась Люба.

— Свидетельство о смерти выдать.

— С ума сошел?

— Заплатят отлично.

— Ага! А потом меня выгонят с работы, еще и в тюрьму угожу!

— Никто не узнает.

— Как же! Бланки-то учетные!

— Неужели ничего придумать нельзя?

— Нет, — рявкнула Люба, — и не втравливай меня в свои авантюры!

Внезапно Юра встал, оперся руками о письменный стол, приблизил губы к уху Любы и прошептал сумму, которую та получит за услуги.

— Вау! — вырвалось у сотрудницы загса. — Врешь!

— Неа, — помотал головой Трофимов.

— Ой, не верю, покажи бабки.

— Легко, — хихикнул Юра и открыл кейс.

Вид зеленых банкнот загипнотизировал Любу.

— Ну, — вкрадчиво, словно змей-искуситель, протянул Трофимов, — сообразила теперь, как спереть учетный бланк?

— Можно попробовать, — воскликнула Люба и тут же добавила: — Но я не собираюсь становиться соучастницей противозаконных действий!

Трофимов закатил глаза.

— Ты слишком трусливая! Знаешь ведь, что я был женат?

— Ну? — кивнула Люба. — Слышала вроде.

— Райка Шумакова, супруга моя бывшая, собралась на работу, ее пригласили в Голландию, скумекала?

— Не доходит пока.

— У Райки есть сын, Вадик, — объяснял Трофимов, — ясное дело, без согласия отца малыша ни в какую Голландию не увезти. Жутко тягомотная процедура, кучу всяких бумажек от этого Егора надо.

— Кого? — Люба потеряла нить повествования.

— Егор Дружинин, второй, тоже бывший, муж Райки, — терпеливо объяснял Юрий, — она сначала со мной расписалась, а затем с Егором и родила от него. Характер у Шумаковой стервозный, если уж она со мной ужиться не сумела, то ни с кем не сможет. С Егором она тоже рассталась. Дружинину Райка много неприятностей доставила, теперь и попросить ни о чем не смеет. Услышит тот про Голландию — из вредности согласия на выезд ребенка не даст. Ясно?

— Не слишком оригинальная ситуация, — пожала плечами Люба, — только я тут при чем?

— Если у бабы будет на руках свидетельство о смерти отца ребенка, то и делу конец, — ухмыльнулся Трофимов.

— Ваще! Да этот Егор узнает и меня под суд потянет, — замахала руками Люба.

— Ерунда, — заявил уверенно Юрий, — откуда бы ему узнать об этом? С Райкой он не созванивается, алиментов не платит.

В общем, Трофимов сумел уговорить Любу, а та исхитрилась и оформила свидетельство о смерти.

— Мне очень деньги нужны, — нервничала сейчас девушка, — я в принципе ничего плохого не совершила, помогла этой Рае Шумаковой.

Я не стал слушать жалкие оправдания Любы, перебил ее вопросом:

— Бывшую жену Юрия Трофимова зовут Раиса Шумакова?

— Так он сказал, — закивала Люба.

— Ладно, — подвел я итог, — никому о нашей встрече не рассказывайте, никто к вам не приходил и ни о чем не спрашивал.

— Ясно, — хмуро ответила Люба.

Я вышел на улицу и побрел к машине. Неестественно теплая погода совершенно меня не радовала, в голове бродили мрачные мысли.

Раису Шумакову я знаю, более того, эта милая темноволосая женщина, ближайшая подруга Лены, очень мне нравится. Рая производит впечатление умной особы, может, из-за своей привычки молчать? Последний раз я видел Шумакову на похоронах Дружинина, она поддерживала помертвевшую от горя Лену.

Интересный, однако, поворот получается! Оказывается, Раиса бывшая жена Юрия? Почему она никогда не упоминала при мне о Трофимове и тем более о Егоре?

Я сел за руль и взял телефон. А с какой стати Рая должна распространяться о своем прошлом? Во-первых, Шумакова, как я уже отметил, немногословна, а во-вторых, многие, даже болтливые, дамы предпочитают не упоминать имен бывших супругов всуе. Значит, Рая Шумакова! Ну что ж, не зря я взял у Ольгушки ее телефон, сейчас попробую соединиться с молчуньей.

— Алле, — пропищал детский голос.

— Позови, пожалуйста, Раису Шумакову.

— Мама не разрешает к тете приставать, — звонко ответил ребенок.

— Тогда попроси к телефону маму.

— Она на работе.

— Как тебя зовут?

— Сережа.

— В детский сад ходишь?

— Я уже давно школьник, — возмутился мальчик, — скоро во второй класс перейду.

— Если ты такой большой, то сумеешь позвать Раису.

Из трубки послышалось чавканье.

— Мама не велит ее тревожить, — наконец ответил Сережа, — у тети Раи тяжелая работа, ей отдыхать надо.

— Она сейчас дома?

— Угу, спит.

— Не знаешь, когда Раиса на службу уйдет?

— Она только пришла, — ответил Сережа, — подарила мне киндер и улеглась.

— Спасибо, дружочек.

— Ту-ту-ту, — донеслось из трубки.

Я набрал номер Ольгушки.

— Алло, — грустно ответила мать Егора.

— Это Ваня.

— Да, дорогой, — мгновенно повеселела старушка.

— Вы знаете адрес Раи Шумаковой?

— Сейчас в книжке погляжу, — пообещала она.

Вот еще одна черта, которая отличает Николетту от вдовы Сергея Дружинина. Маменька, вместо того чтобы помочь человеку, сразу начнет задавать идиотские вопросы. Зачем тебе Шумакова? Что случилось? Ты собрался в гости?

— Записывай, голубчик, — сказала Ольгушка.

Узнав адрес, я сначала обрадовался: Раиса живет недалеко от Доброслободской улицы. Но потом до меня дошло, что нужно разворачиваться на Садовом кольце, и я мигом приуныл. Гонки в пробках — любимый спорт москвичей. Хотя, может, мне повезет и одна из самых загруженных магистралей столицы окажется свободной?

Но увы, сегодня, как и обычно, толпа разнокалиберных автомобилей с черепашьей скоростью ползла по дороге. Я тащился за здоровенным грузовиком.

Впереди вспыхнул красный свет, я нажал на педаль тормоза и замер, около меня рывком остановилась древняя иномарка, год производства машины определить невозможно, понятно лишь одно: она живет на свете лет двадцать, не меньше. За рулем восседала женщина постбальзаковского возраста, справа от нее удобно устроилась лохматая бело-рыжая собака с длинной интеллигентной мордой. Ярко-розовый язык свешивался из пасти, колли явно было жарко.

От резкого торможения у престарелой иномарки отлетело держащееся «на честном слове» зеркало. Оно упало впереди машины. Женщина, запричитав, выскочила из машины и пошла... назад. Колли же, выбежав вслед за хозяйкой, рванула в обратную сторону, псина мгновенно обнаружила потерю и принялась звонко лаять. Водители повысовывались из окон и с интересом наблюдали за событиями.

— Замолчи, — велела хозяйка, — я зеркало ищу.

— Гав, гав, гав! — заливалась колли.

— Иди на место!

Собака продолжала звать хозяйку.

Женщина отмахнулась от псины и продолжала осмотр дороги, колли тем временем не замолкал.

— Видал, — подмигнул мне круглолицый мужик из стоявшей рядом красной «девятки», — обезьяна с гранатой! Собака и та умнее.

Я открыл дверь и крикнул:

— Девушка!

Тетка обернулась:

— Вы мне?

— Да. Зеркало...

— Не вмешивайтесь не в свое дело, — заорала она, — нахал! Какая я вам девушка!

— Слышь, бабка, — развеселился водитель «девятки», — твоя собака...

— И не трогайте Жака! — взвизгнула водительница. — Ну народ! Что вам пес плохого сделал?

Жак тем временем, поняв, что хозяйка не внемлет его лаю, схватил зеркало, добежал до иномарки и ловко запрыгнул в салон. Красный свет сменился зеленым. «Девятка» стартовала с места, женщина кинулась к своей машине, я тоже поехал вперед, и к следующему светофору мы прибыли вместе: «девятка» слева, я справа, иномарка посередине. Из-за духоты окна у всех машин были открыты, и я услышал нервный голос хозяйки Жака, жаловавшейся кому-то по мобильному телефону.

— Зеркало потеряла! Где теперь такое купишь! Да пыталась найти, но у меня Жак, идиот полный, начал лаять, мужики вокруг загудели, приставать стали, звать в ресторан, и мне пришлось уехать! Козлы!

Жак, державший в зубах зеркало, скосил на меня блестящий карий глаз, мне показалось, что пес смеется. Тетка, не удосужившись взглянуть на собаку, ныла в трубку:

— Вот незадача! Без зеркала никуда.

— Слышь, шумахер, — проорал водитель «девятки».

— Вы ко мне обращаетесь? — церемонно поинтересовалась женщина.

— На собаку позырь!

— Отстаньте.

— Башку поверни.

— Что вы ко мне пристали!

— Да на кобеля посмотри! — надрывался водитель «девятки».

— Если не прекратите, я позову гаишника, — пригрозила владелица собаки, — думаете, раз военный, то вам все можно!

— С чего ты решила, что я военный? — изумился шофер.

— У меня отец такой же, — ответила дама, — полковник! Если к кому привязался, ни за что не отвяжется, — и в трубку: — Так вот, милая, я теперь без зеркала! Беда, ой, беда!

Поток машин пополз вперед, я, посмеиваясь, встал на разворот. Вот вам типично женское поведение, прелестницы не любят слушать никого, кроме себя. И я, и парень из «девятки», и пес пытались привлечь внимание хозяйки иномарки, объяснить ей: вот оно, зеркало, даже не разбилось. Ан нет, дама для себя решила: Жак лает по глупости, я нахал, а владелец «девятки» идиот-полковник, и вообще все представители сильного пола козлы. И сейчас вместо того, чтобы радоваться обретенной пропаже, она рыдает в трубку. Интересно, как скоро мадам посмотрит на Жака, который, похоже, умней хозяйки?

Глава 18

Добравшись до нужного дома, я поднялся на третий этаж и позвонил в дверь раз, другой, третий. Никто не спешил открыть, странно... Сережа, бесхитростный мальчик, сообщил недавно, что тетя Рая легла спать...

— Кто там? — недовольно спросили из квартиры.

— Мне нужна Раиса Шумакова, — обрадовался я.

Дверь распахнулась, на пороге стояла стройная дама, облаченная в голубой халат.

— Иван Павлович! — изумленно воскликнула она.

— Уж простите, — быстро произнес я, — мне Сережа сказал, что тетя Рая дома, потому я и примчался.

— Вот болтун, — нахмурилась Рая, — вернется из бассейна — получит за длинный язык.

— Не ругайте ребенка, он ничего плохого не совершил, — улыбнулся я, — у меня срочное дело, поэтому я и посмел вас побеспокоить. Вы не знаете, где Лена? Ольгушка волнуется.

— Заходите, — неохотно предложила Раиса, — только у нас неприбрано, мы с сестрой сутками на работе, а от Сережи толку нет.

Продолжая бубнить, Шумакова провела меня на грязную кухню, сдвинула на край стола чашки с остатками чая и сказала:

— Садитесь. Только где находится Лена, я понятия не имею.

— Вы не встречались после похорон Егора?

— Нет, — быстро ответила Раиса.

— Странно.

— Почему? Нормально! Я же работаю!

— Ольгушка сказала, что Лена вчера поехала к вам с ночевкой.

— Старуха перепутала!

— У нее порядок с памятью, никакого маразма не наблюдается.

— Я не говорила, что она идиотка! — раздраженно перебила меня Раиса. — Но Лены тут нет!

— Хорошо, — кивнул я, — тогда не подскажете, где ваш муж?

— Я свободная женщина!

— Простите, ваш бывший супруг, Юрий Трофимов.

Лицо Раисы вспыхнуло огнем.

— Да кто вам сказал?

— Про Юрия? — улыбнулся я. — Он сам.

Шумакова схватила салфетку, смяла ее и удивленно протянула:

— Вы знакомы с Юрой?

— Можно и так сказать. Трофимов брал справку в загсе для вас.

— Для меня? Какую?

— Для поездки в Голландию с сыном.

— У меня нет детей, — заявила Раиса.

— Думаю, это правда, — согласился я, — а вы где познакомились с Леной?

— В институте, — ответила Рая, — мы учились в одной группе...

— Вы близки?

— Очень, — кивнула Рая, — Ленка моя лучшая подруга.

— Следовательно, вы бы не стали спать с Егором?

Шумакова распахнула глаза.

— Я не принадлежу к категории баб, которые уводят чужих супругов. Вокруг много свободных мужиков, может, кому и не везет, но я на отсутствие любовников не жалуюсь.

— Отчего-то мне кажется, что вы не из тех, кто делится бывшими мужьями с подругами. Знаете, как бывает, Аня и Маня в отличных отношениях, потом Аня разводится с супругом, последний женится на Мане, и снова всем хорошо.

— Нет, — улыбнулась Рая, — этот вариант не для меня.

— Значит, Юра солгал. Он мне рассказывал о мальчике, которого вы родили от Егора Дружинина!

Рая захлопала ресницами.

— Чушь собачья! Вообще...

И тут зазвенел мобильный, лежавший на столе возле чашки с остатками кофе.

Шумакова взяла трубку.

— Слушаю. Да, я. Конечно, знаю! Не может быть! Врете! Ой! Говорите адрес, скорей! Еду! А-а-а... Хорошо... нет! Сами звоните! Нет! Не могу! Нет! Нет! Пишите телефон, ее зовут Ольга Андреевна. Хотя не надо! Не знаю, не сейчас!

Заплакав, Рая отшвырнула мобильный, тот упал на пол и закатился под стол.

— Что случилось? — испугался я.

Раиса зарыдала сильней. Я принадлежу к когорте мужчин, которых выводят из равновесия женские слезы, поэтому сейчас я заметался по кухне: невесть зачем кинулся к холодильнику, бросился к плите... Лишь через несколько минут я догадался налить в одну из чашек воды и подать Рае. Она залпом все выпила и прошептала:

— Вы знали?

— Нет, — на всякий случай ответил я. — О чем?

— Мне звонили из больницы, — запинаясь, прошептала Рая, — Леночка умерла. Перед смертью она назвала мой телефон... теперь я должна позвонить Ольгушке... ой, нет, не могу... Иван Павлович, милый, помогите! Вы обязаны! Ну Ленка! Ну наломала дров! Вы меня послушайте! Вы должны помочь! Вы же не бросите меня сейчас?

У Раи явно начиналась истерика.

— Хорошо, — кивнул я, — быстро одевайтесь и пошли к машине, по дороге все расскажете.

Рая поступила в институт социологии случайно. Вообще-то ей хотелось изучать иностранные языки, стать первоклассной переводчицей и разъезжать по всему миру. Но она реально оценивала свои возможности. Откуда у ее мамы возьмутся деньги на репетиторов и взятки, без которых в приличное место не попасть? В общем, Раечка подала документы в заштатное место и без особого труда поступила в вуз.

От сессии до сессии живут студенты весело, старое правило работает и в наши дни. Активная Рая сразу перезнакомилась со всем курсом и стала бегать на вечеринки. Очень скоро она сблизилась с такой же активной Леночкой Медведевой, приехавшей в столицу из городка со смешным названием Пряники.

Лена жила в общежитии, в маленькой комнатенке, где теснились шесть кроватей. Душ и туалет располагались на этаже, на кухне стояло три старых плиты. Жизнь в подобных условиях была пыткой, стипендии хватало на три дня, чтобы снять квартиру, не было средств.

Рая от души жалела подругу, но чем она могла ей помочь? Шумакова сама жила в стесненных обстоятельствах, вместе с родителями и старшей сестрой. Когда предки уезжали на дачу, Рая зазывала к себе Леночку, и та, проведя два часа в душе, восклицала:

— Райка! Ну и красота! Никаких крыс вокруг, и чистота.

Но Рая считала, что у нее было лишь одно преимущество перед Леной: московская квартира, все остальное как у подруги: ни денег, ни личного счастья. Больше всего на свете Рае хотелось удачно выйти замуж. Иногда они с Леной принимались мечтать, сидя в институтской курилке.

— Если встречу обеспеченного человека, — восклицала Рая, — то непременно заставлю его оплатить мне учебу в хорошем вузе! И устроить на работу в престижное место.

— Ну уж нет, — перебивала подругу Лена, — я обойдусь без работы! Нарожаю детей и осяду дома.

— Фу, это неинтересно, лучше по миру поездить.

— Ага, с мужем и детками, — стояла на своем Лена.

Как-то раз после нудных лекций девчонки вошли в полутемное помещение курилки, осмотрелись по сторонам, убедились, что никого нет, и, как обычно, предались мечтам.

— Ну и дурочки, — неожиданно раздался чей-то голос. — «Бабки» надо самим зарабатывать, а не у мужа выцыганивать!

— Ой! — взвизгнула Лена.

Из темноты выступила стройная девица в дорогом костюме.

— Мы думали, здесь никого нет, — растерянно сказала Рая.

— Ты кто? В какой группе учишься? — налетела на незнакомку Лена. — Разве красиво чужие разговоры подслушивать?

Изящная девушка улыбнулась.

— Прости, я курила, ваши глупости мне не интересны. Кстати, я новый преподаватель статистики Алена Анатольевна Косенко.

— Извините, — опомнилась Лена, — мы не хотели вас обидеть, на «ты» назвали потому, что приняли за студентку.

— И невольно сделали мне комплимент, — усмехнулась Косенко, — насколько я поняла, вы о деньгах мечтаете?

— Да, — простодушно ответила Лена.

— У меня больная мама, — продолжала Алена, — прикована к инвалидному креслу, ничего по дому делать не может, я давно ищу помощницу по хозяйству. Пойдешь?

— Я? — изумилась Лена.

— Ты, — кивнула Косенко.

— Но я ничего не умею делать, — растерялась Лена.

— Хитростей никаких нет, — объяснила Косенко, — было бы желание! Полы помыть, пыль стереть да старушке газеты почитать! Я не вредная, тебе в общежитии плохо, так можешь у нас после работы душ принять, а продукты я не считаю, за чай с бутербродами упрекать не стану!

— Я согласна! — быстро закивала Лена. — Когда начинать?

— Да хоть сейчас, — пожала плечами Алена.

Вот таким необычным путем Леночка получила место домработницы. Раиса сначала брезгливо поджала губы, ну и ну! Хороша служба: убирать грязь за другими людьми. Нет, лично она никогда на такое безобразие не согласится.

Но Леночка казалась счастливой. Она взахлеб рассказывала Шумаковой о шикарной квартире Алены, а главное, о ее маме, совершенно замечательной Эдите Львовне.

— Представляешь, — щебетала Леночка, — Эдита необыкновенная! Она была певицей! Но потом вышла замуж за полярного летчика.

— Отца Алены? — уточнила Рая.

— Ну чем ты слушаешь? — возмутилась Лена. —

Нет, конечно. Первый муж Эдиты разбился. Он был намного старше Диты! Потом она вновь вышла замуж.

Раю во время бесконечной болтовни Лены клонило ко сну, да и какое дело ей до чужих воспоминаний? Старухи любят выдумать несуществующие факты, у Раи была когда-то бабушка, обожавшая наврать с три короба. Если верить ей, то получалось, что она в молодости была потрясающей красавицей и блистала на всех балах, кавалеры падали к ее ногам штабелями. Оставалось лишь удивляться, почему старуха из всех претендентов на ее руку выбрала самого затрапезного, вечно пьяного Николая и прожила с ним, терпя побои, почти сорок лет.

— Да врет все твоя Эдита, — не выдержала однажды Раиса, — слушай ее больше!

— Нет, — с жаром возразила Леночка, — ты ее не знаешь!

Через полгода после начала карьеры домработницы Лена перебралась к Косенко на постоянное жительство, поселилась в одной из комнат необъятной квартиры.

Алена Анатольевна стала считать Леночку кем-то вроде дальней родственницы, а Эдита обожала девушку. В конце концов именно они и устроили личное счастье Лены.

Глава 19

Однажды Лена прибежала к Рае в самый неурочный час, в субботу, в десять утра.

Шумакова приоткрыла дверь и спросила:

— Чего пришла? У нас все дома, и мне убирать надо.

— Мне нужен твой совет! — нервно воскликнула Лена.

— Прямо сейчас?

— Ага, — закивала Лена, — спешно!

Рая вышла на лестницу.

— Ну, говори!

— Выходить мне замуж?

Шумакова, ожидавшая чего угодно, кроме подобного заявления, икнула.

— За кого? Вроде никто за тобой не ухаживает.

Лена прикусила нижнюю губу.

— Слушай.

Рая прислонилась к стене.

Если опустить все охи и ахи подруги, то вкратце ситуация выглядела так. У Эдиты есть подруга Катя, у той сестра Вера, у нее муж Миша, который хорошо знает некоего Егора Дружинина. Так вот этот Егор, очень богатый человек, отличная партия для Лены, по мнению Эдиты.

— Он тебя зовет в загс? — ахнула Рая. — Вы давно познакомились? Где? Почему ты молчала? У него много денег?

— Лом! — затрясла головой подружка. — Без счета!

— Небось урод тогда, — предположила Шумакова.

— Очень даже симпатичный, — возразила Лена, — мне Эдита фотки показала.

— Ну, если парень...

— Он не студент, — перебила ее Лена.

— А-а-а, понятненько, — хмыкнула Рая, — а я-то гадаю, с чего бы богатому и красивому мужику жену через приятелей искать, почему сам познакомиться не может! Больной, значит, старый и вместо сиделки хочет супругу иметь.

— Да ты меня до конца дослушай! — топнула ногой Лена. — Егор абсолютно здоров, спортом увлекается, на лыжах ездит, с парашютом прыгает...

— Офигеть, — снова не удержалась Рая, — богатый, красивый, активный, и до сих пор его никто к рукам не прибрал! Так не бывает! Какой-то тут подвох. О! Небось с матерью живет, со старушкой-гризли!

Лена уставилась на подругу.

— Да, с мамой, но она нормальная, не страшнее других. А не женился Егор из-за своей любви к экстремальным забавам, он беспредельщик, в свободное время по всяким ледникам без снаряжения лазает, в пропасти прыгает, под землю спускается, на велосипеде по горящим крышам гоняет.

— Очень мило, — покачала головой Рая.

— Егору хочется, — продолжала, не обращая внимания на ехидные замечания подруги, Лена, — чтобы жена разделяла его любовь к авантюрам.

— Прыгала в ластах, голая, с вертолета в жерло вулкана? — хихикнула Рая.

— Ну это уж слишком, — не очень уверенно ответила Лена, — только я на все согласна.

— С ума сошла, — подпрыгнула Рая, — за психа хочешь выйти!

— Не, он нормальный и жутко богатый. Кстати, Эдита советует мне решаться, говорит, что Егор уникальный шанс, больше такого может и не представиться, — протянула Лена.

— Она идиотка, — констатировала Шумакова.

— Эдита берется свести меня с Дружининым через своих подруг... Так как? Соглашаться?

— Ты уже все сама решила, — сердито ответила Рая.

— Эдита, — задумчиво протянула Лена, — велела никому ни слова не говорить, ни одной душе, но я не могу с тобой не посоветоваться! Ближе у меня никого нет!

Раиса тяжело вздохнула и промолчала.

— Значит, ты тоже меня одобряешь, — неправильно поняла подругу Лена, — отлично! Начинаем захват.

Самое интересное, что план, разработанный матерью Алены, сработал на все сто. Егору Дружинину сначала просто понравилась бесшабашная девушка, легко согласившаяся участвовать в опасных приключениях, а потом он ее полюбил и предложил ей сердце и руку с кошельком.

Одна Рая знала, каких усилий стоила Лене охота на его толстый кошелек. Иногда подруга, совершенно бледная, прибегала к Шумаковой, валилась на диван и начинала плакать, приговаривая:

— Господи, я боюсь, боюсь. Не сумею продержаться до конца. У него каждый день или наводнение, или пожар. Это невыносимо, каждый день он хочет экстрима. Вчера мы неслись по встречке с бешеной скоростью, прямо в лоб самосвалу. О боже!

— И что? Сумели разъехаться? — задала абсолютно идиотский вопрос Рая.

Лена оторвала заплаканное лицо от подушки.

— Поглупей чего спроси! Я бы уже в морге лежала! Грузовик в кювет нырнул.

Рая перекрестилась.

— Дальше чего было?

— Поехали в магазин.

— Ой, ой, ой! Как же ты отреагировала на эту жуть?

— Смеялась и подпрыгивала на сиденье от «счастья», — устало ответила Лена, — если честно, то в ту секунду я уже с жизнью простилась. Прикинь, летит железный «КамАЗ», гудит, фары бьют по глазам, а Егор в руль вцепился и кричит: «Сам уедешь! Держись, Ленок, мы его сделаем!»

Рая лишь вздрагивала, слушая ее повествование. Но в конце концов Лена добилась своего, состоялась пышная свадьба.

Мужа лучшей подруги Раечка впервые увидела на пиру и откровенно позавидовала Лене. Конечно, собственное счастье та добыла в суровой борьбе, участвуя в опасных приключениях, но награда стоила затраченных усилий. Дружинин оказался симпатичным мужиком, стройным, высоким. Для гулянки он снял пафосный ресторан, гостей пригласил человек триста. У невесты было шикарное белое платье, цену которого Рая даже боялась предположить, палец Лены украшало огромное кольцо с бриллиантами, шею — колье, а у порога, перевязанный розовыми лентами, стоял «Мерседес» — подарок невестке от свекрови. Ясное дело, своих средств у Ольги Андреевны не было, и «мерина» тоже купил Егор. Кстати, мать Дружинина оказалась милой хлопотливой старушкой, она ходила за женой сына с норковым палантином в руках и изредка восклицала:

— Детка, набрось на плечи, дует.

В общем, Рая испытала чувство зависти, но оно быстро прошло, когда Шумакова сообразила, что замужнюю жизнь Лены никак нельзя назвать счастливой.

Детей Егор не хотел категорически, одна мысль о крикливом младенце вызывала у него изжогу, он целыми днями пропадал на работе, а в свободное время затевал опасные игры, непременной участницей которых всегда являлась жена. Напрасно наивная Леночка считала, что, прослушав марш Мендельсона, она успокоится и займется вязанием. Лена не получила того, о чем мечтала: детей и тихого семейного счастья. Ей хотелось встречать Егора по вечерам, подавать ему ужин, и пока он, лежа на диване, просматривает газеты и одним глазом косится на экран, помыть посуду, принять душ и подкатиться к мужу под бочок, затем, после спокойного супружеского секса, встать и полюбоваться на мирно сопящего в кроватке малыша... Согласитесь, ничего сверхъестественного в мечтах Лены не было, так живут миллионы пар, тихо, мирно, собирая деньги на летний отдых, на покупку машины, дачи, обучение детей. Только у Дружининых все было не так, как у людей.

Готовила в доме Ольгушка, не то чтобы она не подпускала к плите Лену, нет, свекровь моментально уходила из кухни, если невестка изъявляла желание похлопотать по хозяйству, но у старушки делалось такое несчастное лицо, что Лена даже и не пыталась готовить, ей не хотелось обижать мать Егора.

На диване Дружинин не лежал, газет не читал, а секс любил странный, почти как в анекдоте: «На одной ноге, в гамаке и в ластах». На супружеской кровати Егор спал, зато он мог стиснуть Лену в объятиях в лифте, пока кабина катит с первого этажа на седьмой. Особую пикантность ситуации придавала маленькая деталь: подъемник был стеклянным.

Но в браке имелись и положительные моменты. Егор не считал денег, Лена имела набор кредиток и легко могла позволить себе все. Однако теперь, получив почти неограниченные средства, некогда бедная девушка горько восклицала: «Не в миллионах счастье», чем немало раздражала Раю, чье материальное положение не изменилось после получения диплома.

Лена, правда, попыталась делать подруге презенты, подарила ей на день рождения шубу из натуральной шиншиллы. Раечка примерила манто, покрутилась у зеркала, потом со вздохом сняла его и сказала:

— Супер, но забирай назад.

— Не понравилась? — расстроилась Лена. — Или по размеру не подошло?

— Да нет, все в порядке, — ответила Рая, — только любой подарок предполагает ответный, равный по цене. Не ставь меня в трудное положение, мне придется копить всю жизнь, чтобы купить тебе что-то подобное.

— Глупости, — вскипела Лена.

— Нет, — уперлась Раиса, — не хочу чувствовать себя нищей, которой добрая барынька помогает.

— Ладно, — покраснела Лена, — хорошо, только шубу оставь, куда ее теперь девать?

Рая согласилась принять манто, а Лена сделала правильные выводы и более не приобретала многотысячные презенты, дарила милые сувенирчики, типа керамических свинок.

У богатой Леночки появилась еще одна головная боль: Егора нужно было постоянно удивлять. Сначала она сама организовывала сюрпризы, но потом узнала, что в столице имеются специальные фирмы, и стала обращаться к специалистам. Скоро Леночка превратилась в любимую клиентку хозяев «прикольного» бизнеса и неожиданно сумела пристроить в одну из подобных фирм Раю.

Платили в агентстве хорошо, Шумакова без всякого сожаления рассталась с прежней работой и с головой ушла в индустрию развлечений. Некоторое время жизнь подруг шла по накатанной колее, но потом в офис, где служила Раиса, пришел новый сотрудник, Юрий Трофимов, — и случилась беда.

То, что Юра врун и бабник, Рая поняла сразу, ей красавчик, подбивавший клинья под всех обеспеченных женщин, не понравился, но, на беду, в контору прилетела с очередным заказом Лена и столкнулась с «Казановой».

Вспыхнул роман, в котором несчастной Рае Шумаковой отвели самую активную роль. Она должна была покрывать обезумевшую от любви подругу, врать Ольгушке и Егору, заявляя:

— Очень плохо себя чувствую, зуб удалили, Леночка со мной побудет, — или: — Да, да, мы с Леной в кино сидим, она в туалет отбежала, сейчас перезвонит.

Бесхитростная, по-детски наивная Ольгушка абсолютно верила невестке, а Егору и в голову не приходило, что жена способна ему изменять. Да и с чего бы Дружинину размышлять на эту тему? Лена изо всех сил угождала супругу, ее мобильный телефон почти всегда находился в зоне доступности, а если связь могла оборваться, Леночка никогда не забывала сообщить Егору:

— Милый, мы с Раей в районе восьми вечера пойдем по магазинам, не волнуйся, если часа полтора ты не сможешь дозвониться, на минус первом этаже торгового комплекса мобильник не берет.

Дружинин всегда знал о планах Лены, на кухне висел большой календарь, куда жена четким почерком записывала: «13.00 — салон красоты. 17.00 —

поеду покупать косметику». И Егору, и Ольгушке достаточно было бросить взгляд на стену, и сразу становилось понятно, где Лена.

В конце концов Рая не выдержала.

— Долго еще будешь между двумя мужиками бегать? — поинтересовалась она у Лены.

— Подумаешь, — огрызнулась та, — у всех любовники есть!

Рая прищурилась.

— Верно, большинство баб налево ходит, но не так, как ты.

— Да? — бросилась в атаку Лена. — Поучи меня, дуру! Каким же образом другие бабы устраиваются?

— Как страсть накатит, — ответила Рая, — разок-другой потрахаются с чужим мужиком и соображают — бесперспективное это занятие: супруга на любовника не меняют. Назад в семью возвращаются. Потом снова бегут «налево». А у тебя что? Двоемужество. Уж выбери одного, тебе легче станет.

Внезапно Лена расплакалась:

— Не могу!

— Почему? — неодобрительно поинтересовалась Рая.

— Очень Юру люблю, до потери пульса, — призналась Лена, — мне без него жизни нет.

— Раскрой глаза, — Шумакова попыталась привести подругу в чувство, — Трофимов живет за твой счет. Кто Юрику костюмы покупает, а? И вообще, он тебе изменяет!

— Неправда, — зашептала Лена, — Юра верный, он меня обожает!

— А богатым клиенткам глазки строит, — не выдержала Рая, — весь офис о его любовницах судачит. Кстати, он сам, не стесняясь, признается: «Часы одна подарила, другая перстень преподнесла».

— Правильно, — зашептала Лена, — мы с ним так договорились, чтобы люди ничего не заподозрили. Юрик только прикидывается, он мне верен.

Рае оставалось лишь удивляться, это ж до какой степени мужик ухитрился запудрить бабе мозги, если она не замечает очевидных вещей? Похоже, Лена ослепла и оглохла от любви.

— Тогда уходи от Егора, — заявила Шумакова, — разводись и живи с Юркой.

— Не могу! — в полнейшем отчаянье воскликнула Лена. — Не получится!

— Почему это? — с издевкой спросила Рая. — Собери приличную сумму, прихвати свои вещи и оставь Егору письмо: «Дорогой, прости, давай останемся навек друзьями».

— Это невозможно! — в ужасе воскликнула Лена.

— Почему? — ехидно осведомилась Рая.

— Ну... Ольгушка от горя заболеет, — нашла достойную причину подруга, — я ей вместо дочери и ничего плохого от свекрови не видела.

— Думается, не в Ольгушке дело, — хмыкнула Раиса, — Егор богат, с ним ты имеешь все, а что такое Юрка? Ни фига у парня нет, только языком мотать умеет. Живет на съемной квартире, одевается на бабки, которые ты у мужа тыришь!

— Вовсе нет, — бросилась защищать любовника Лена, — у нас очень скоро капитал появится! Собственные миллионы!

— Откуда? Клад отроете?

— Да! — азартно выкрикнула Лена. — Эдита...

Но в ту же секунду она замолчала, а Рая удивленно спросила:

— Эдита Львовна в курсе?

— Чего?

— Твоих отношений с Юрием?

— Господи, конечно, нет. О нас с Трофимовым знаешь только ты, — покрывшись красными пятнами, лепетала Лена. — И вообще, после смерти Алены я с ее матерью редко встречаюсь, уж и забыла, когда последний раз у старухи была. Она в клинике, не дома!

Лена неожиданно схватила ледяными пальцами руку Раи и воскликнула:

— Поверь, никаких дел у нас с Эдитой нет.

— Ты сама только что сказала: «Эдита», — напомнила Рая.

— Я?

— Ты!!! — стояла на своем Раиса, которую все больше и больше раздражала Лена. — Именно так. Я спросила у тебя: «Где деньги найдете? Клад отроете?» А ты заявила: «Да. Эдита...» Вот я и хочу знать: что Эдита?

Лена улыбнулась.

— Я не то сказала.

— А что?

— Я тебя за вредность послать хотела, — призналась Лена, — уже начала: «Иди ты...», а потом язык прикусила, не захотела с тобой ругаться. Что за кретинские вопросы ты задаешь про клад? Ясное дело, Юрик деньги заработает! Он сейчас от хозяина ушел, свое дело открыл! Имя «Эдита» тебе почудилось!

Рая посмотрела в широко распахнутые глаза Лены и не поверила ей.

— Ладно, — пробормотала Рая, — в конце концов не мое дело, с кем ты трахаешься. Но имей в виду, Юрик к тебе присосался, денежки с твоей помощью из Дружинина выкачивает. У нас на рецепшен Мальвина сидит, негритянку изображает...

— Видела я ее, и что?

— Ну так вот: Юрик с ней обжимается. А еще он крутил с Наткой из офиса «Аэрофлота».

— Знаю! Мы с ним договорились: чтобы от меня подозрение отвести, он к другим подкатывает.

— Это Юрик тебе не позволяет от Егора слинять, — догадалась Рая, — небось говорит: «Потерпи, любимая, еще чуть-чуть, принеси мне с десяток костюмчиков и голду на шею размером с канат. Сейчас раскручу свое дело, и будем в шоколаде». Только он тебя обманет! Стопудово. Денежки вытянет и ау! Попомнишь мое слово, через месяц-другой с ним крупная неприятность случится, и понадобится Юрке пара-тройка миллионов, ты исхитришься, снимешь их со счета, отдашь Трофимову — и ку-ку! Исчезнет он, испарится, а тебе придется Егору объяснять, куда бабки дела. Хотя он экстрим любит, у него адреналин фонтаном забьет от известия о разорении.

Красная, как редиска, Лена топнула ногой:

— Замолчи!

— Легко, — кивнула Рая, — только не говори потом, что я тебя не предупреждала.

Глава 20

Некоторое время после этого неприятного для обеих подруг разговора они не встречались. Лена перестала использовать Шумакову в качестве прикрытия, а у Раи на душе скребли кошки. В частности, она не понимала, какую роль в этой истории играет Эдита.

Алена Косенко в скором времени после свадьбы Егора и Лены умерла, у нее, молодой еще женщины, случился инсульт. Когда Шумакова узнала о несчастье, она очень удивилась.

— Разве удар не стариковская беда? — спросила Рая у Лены.

— Я тоже так думала, — грустно ответила та, — а когда в больницу к Алене прибежала, испугалась. Знаешь, Рая, там сплошняком лежит молодежь, кому-то и тридцати нет, а кто и еще моложе. Во где кошмар! Парализует тебя на нервной почве, и кантуйся потом овощем.

— Уж лучше с собой покончить! — воскликнула Рая.

Лена вздрогнула.

— Думаю, Алена так и поступила.

— Не может быть!

— У нее только одна рука работала, — грустно ответила Лена, — впрочем, не знаю, может, и от болезни скончалась, ей вроде лучше стало, а потом — бац, и померла.

— Что же теперь с Эдитой будет?

— Найму ей сиделку, — сказала Лена.

Ни о каком санатории речи не шло, и вот теперь выяснилось, что старуха проживает в клинике, а Лена там не показывается.

Рая решила уличить Лену во лжи, она порылась в телефонной книжке и нашла номер Косенко.

— Алло, — ответил приветливый голос.

— Можно Эдиту Львовну? — попросила Раиса.

— Слушаю вас, говорите, алло, алло...

Рая молчала, а Косенко, воскликнув:

— Ну и связь стала, просто отвратительная! — повесила трубку.

Значит, Лена солгала, Эдита Львовна преспокойно живет в своей квартире, и, вероятно, Дружинина частенько навещает старуху. Но почему она решила скрыть сей факт от лучшей подруги? Знакома ли Эдита с Юрием? И вообще Лена, связавшись с Трофимовым, совсем завралась, и это все меньше нравилось Рае. Следовало выяснить отношения, но, во-первых, Раечка терпеть не могла скандалов, во-вторых, очень хорошо понимала, что разговор с Леной неминуемо завершится разрывом дружбы, а в-третьих... Не ее это дело! Деньги портят человека. Лена, обретя богатство, изменилась не в лучшую сторону, но ссориться с Дружининой Рае не хотелось. Она решила потихоньку свести отношения с лучшей подружкой к звонкам на Новый год и день рождения. Видимость дружбы должна остаться. Очевидно, Лене пришла в голову та же мысль, потому что она больше Рае не звонила и не шептала в трубку:

— Слышь, мы с Юркой тут посидеть решили, если Егор или Ольгушка тебе звякнут, скажи, что мы с тобой в спортклубе, я в бассейне мокну, вылезу и соединюсь с ними.

Нет, подобных просьб более не поступало. Потом Лена позвонила и как ни в чем не бывало заявила:

— У Егора скоро день рождения.

— Помню, — сказала Раиса, — девятого февраля.

— Записывай адрес тусни, — велела Лена, — значит, так, автобус отойдет от моего дома в одиннадцать, форма одежды — парадная, едем в деревню!

— Куда? — поразилась Рая. — Что ты еще придумала?

— Секрет, — пропела Лена, — сюрприз для Егора, объясню на месте.

Первый, кого увидела Шумакова, поднявшись в автобус, был Юрий.

— Привет, привет, — замахал он руками, — надеюсь, ты не растреплешь Леньке, что я клиентку у него переманил? Леночку!

— Ладно тебе, — засмеялась Лена, — разве на бывших мужей обижаются.

— Кто чей бывший муж? — разинула рот Раиса.

Юра ухмыльнулся и сел возле шофера. Дружинина нервно оглянулась и, поняв, что остальные гости, заполонившие «Икарус», не прислушиваются к их разговору, тихо сказала:

— Имей в виду, ты разведена с Трофимовым. Я его знаю еще с времен твоего замужества. Вы жили недолго, потом разбежались, обычное дело.

— Что за ерунда? — прошипела Рая.

— Ну выручи, — попросила Лена, — мне очень надо.

— Зачем?

— Потом объясню, без посторонних.

— Так мы едем? — крикнул кто-то из хвоста автобуса.

— Да, да, — захлопала в ладоши Лена, — вперед!

Шофер плавно тронул машину, Дружинина схватила микрофон.

— Значит, так, ребята, Егора все знают, его перекомбасило от мысли о пьянке в ресторане, поэтому устроим розыгрыш! Слушайте внимательно!

Пока Лена рассказывала о своей затее, Рая молча смотрела в окно. Участвовать в коллективной забаве ей совершенно не хотелось, но она не знала, как поступить, чтобы избежать этого.

— Все пройдет весело, — бойко вещала Лена, — если вам понравится, то рекомендую, вон там, возле шофера, сидит Юрий Трофимов, у него фирма по организации подобных праздников!

Трофимов встал и начал дурашливо раскланиваться.

— Опасно с такими мастерами дело иметь, — внезапно крикнул уже успевший приложиться к бутылке Глеб Сморкин, — войдут в доверие, устроят праздничек, а потом нашлют грабителей.

Лена засмеялась.

— Ну Юра нам почти родственник, он бывший муж моей лучшей подруги Раечки. Кто Раю не знает? Нет таких!

— Бывший муж — лучшая рекомендация, — заржал Глеб, — если он от Раиски сбежал, значит, наш кадр! Мы бы тоже от женушек слиняли, да держат они нас в когтистых лапах. Слышь, Юрок, прочти дуракам лекцию, как свободу обрести и живым остаться!

— Непременно, — ухмыльнулся Трофимов.

— Эй, маэстро, музыку! — заорала Лена.

Водитель щелкнул тумблером. «Все будет хорошо, все будет хорошо, все будет хорошо, я это знаю, знаю», — полетела песня.

Гости затопали ногами, по рукам пошли фляжки и стаканы, у всех было великолепное настроение. Одну Раю душила злость. Ай да Лена! Решила сделать любовничку промоушен, представила его приятелям в качестве организатора праздника, клиентов ему сватает, а чтобы у Егора ничего не зацарапало, объявила Трофимова бывшим мужем Раи.

— Чего с таким красавчиком расплевалась? — толкнула ее в бок сидевшая в соседнем кресле Аня Волгина. — Настоящий мачо!

Рае захотелось проорать на весь «Икарус»: «Ленка врет, я ни разу не ходила в загс!» — и выскочить из автобуса, но она сдержалась и даже с кривой улыбкой ответила Волгиной:

— Я еще мачее нашла, Юрка импотент, не стоит у него.

— Скажи, пожалуйста, — удивилась Анька, — а с виду похотливая горилла.

— Угу, — кивнула Рая, — не суди по внешности.

— Вау, — расстроилась Анька, — а я уж решила...

— Можешь попробовать, сама удостоверишься, — милостиво кивнула Рая.

— Не, зачем мне слабак, — вздохнула Аня, — вот не везет! Давно мне никто не нравился, а Юра вроде симпатичным показался, и тут облом.

— Забудь, — ухмыльнулась Рая, — случится и на твоей улице праздник, перевернется около дома грузовик с солдатами.

Аня заржала, а у Раи поднялось настроение. В конце концов, Юрка выглядит суперски, одет модно, и если она, Шумакова, бортанула такого парня, значит, поменяла его на более шикарного мужика, пусть бабы завидуют!

Рая замолчала и уставилась в окно.

— И что было дальше? — поинтересовался я.

— Нам еще долго до больницы ехать? — осведомилась спутница.

— Совсем чуть-чуть. Вы поругались с Леной?

— Нет, — мрачно ответила Рая, — правда, после того идиотского дня рождения мы лишь на Восьмое марта пообщались. Ну а потом Юра позвонил и огорошил меня: «Егор умер, завтра похороны».

— Вы были на погребении?

— Да, вас видела, вы стояли у гроба, хуже вдовы

выглядели, — зло ответила Шумакова. — Знаете, о чем я подумала на кладбище?

— Нет.

— Вы родственников Дружинина приметили?

— Понимаете, я был тогда в прострации, будто в тумане.

— Ага, — кивнула Раиса, — небось хлебнули из стаканчика.

— Никаких горячительных напитков я не пил.

— Не о водке речь, правда, на поминках все нажрались. Кстати, вас за столом я не увидела.

— Мне плохо стало, домой отправился.

— А-а-а. Я и говорю про стаканчик!

— Какой?

— Медсестра в толпе ходила, из бутылки лекарство наливала, от нервов, кто пил, мигом стекленел, — пояснила Рая, — я вот не стала прикладываться, а Ольгушку напоили до дурноты, она сидела вообще никакая. Зато Ленка...

— Что?

Рая скривилась.

— Иногда платочек к глазам прикладывала, все вокруг шептались: «Бедная, от горя окаменела». Народ у нас наивный, Ленку отличной женой считали: как же! — все прихоти Егора выполняет. То, что она по расчету с ним жила, только я знала, и одна я понимала, не от горя она окаменела...

— А от чего?

— Радость выплеснуть боялась, — ответила Рая, — небось подсчитывала в уме, сколько огребет. Клево получилось: Егор в могиле, а деньги его кому?

— Жене, — ответил я.

— Во! — подняла указательный палец Рая. — Точняк! Никто ей теперь не мешает приличное время выждать, с годик, и с Юркой под венец пойти. Ольгушка святой человек, она протестовать не станет, обнимет вдову и заплачет: «Леночка, как я рада! Ты молодая, строй свое счастье!» Ведь так?

Я машинально кивнул, насколько я знаю мать Егора, это единственно возможная ее реакция.

— Шоколадно получилось, — подвела итог Рая, — лучше и не придумать. Ухитрилась Ленка и рыбку съесть, и косточкой не подавиться. Ничего рушить не надо, разводиться, нервничать, все само произошло! Только вот меня сомнения замучили.

— Какие? — тихо поинтересовался я.

— С чего бы это Егору помирать? — прошептала Рая, широко раскрыв глаза.

— От сердечного приступа скончался, — ответил я, паркуясь у больницы.

— Не может быть! — безапелляционно воскликнула Раиса. — Дружинин был здоров как бык! Он и по горам лазил, и на байдарке плавал, и черт-те чего придумывал, у него нервы стальные, сердце из гранита! А еще он идиот!

— А этот вывод вы на каком основании сделали? Раиса склонила голову набок.

— Он че, не понимал, как Ленке страшно?

— Она сумела убедить Егора в своей любви к экстремальным развлечениям.

— Значит, Егор кретин! — подытожила Рая. — А Ольгушка? Она любила невестку?

— Очень!

— И позволяла той прыгать без парашюта?

— Это как?

— А то ты не знаешь!

— Нет, — ошарашенно ответил я.

— Незадолго до своего дня рождения, — пояснила Рая, — Егор новую фишку придумал, их таких, ополоумевших, человек десять набралось. Во забава! Садятся в самолет, взлетают, потом вышвыривают парашют и за ним прыгают.

— Без ничего? — ахнул я. — С пустыми руками?

— Скорей уж с пустой головой, — буркнула Рая, — парашют надо поймать в полете, надеть и раскрыть.

— И Лена на это согласилась?!

— Ага, — кивнула Рая, — а что ей оставалось? У них в семье четко было: или она с Егором, или без него. В общем, повеселилась в тот день Ленок, явилась ко мне, губы трясутся, упала на диван и говорит: «С каждым разом все хуже, надо как-то Егора образумить, Ольгушка мне не помощница, она сыну слова поперек сказать не может. Наоборот, меня просит: «Лена, не оставляй мальчика одного, куда он — туда и ты». Скажите, Иван Павлович, разве это похоже на любовь к невестке?

Я заглушил мотор, вынул ключ из зажигания и ответил:

— Раечка, мать, ясное дело, больше любила Егора. Но она не третировала его жену, не ревновала и не разбивала их семью. Ольгушка не такая, она, наоборот, приняла Лену. Но все равно главным человеком в ее жизни оставался сын.

— Уж не дура, понимаю, — мрачно отозвалась Рая, — только несчастная Ленка перед смертью прошептала врачам не телефон свекрови, а мой. Небось не слишком в «любовь» мамы верила.

— Пойдемте, — предложил я, — надо подняться в отделение. Человек, который вам звонил, оставил свои координаты?

Рая кивнула, вытащила из кармана бумажку и медленно прочитала:

— Сергей Леонидович Павлов, третий этаж.

Я помог Рае выбраться из машины, и мы, сгорбившись, поплелись к центральному входу в больницу. Не знаю, как Шумаковой, но мне хотелось сейчас очутиться за тридевять земель отсюда.

Оказавшись перед стеклянной дверью с надписью «Отделение интенсивной терапии», Рая, явно испугавшись, попросила:

— Ты там... сам... выясни.

Я кивнул и отправился искать Павлова. Через полчаса я узнал, что именно случилось с Леной. Вчера она вошла в больницу, причем не в приемное отделение, а в общий холл, где сидят родственники, и еле слышно сказала дежурному:

— Мне плохо...

Секьюрити, не слишком разобравшись в ситуации, не отрывая глаз от газеты, равнодушно ответил:

— Гражданочка, в связи с эпидемией гриппа посещения разрешены лишь с семнадцати до восемнадцати. Видите, никого вокруг нет, нечего лезть, все равно не пущу.

— Нет, — прошептала Лена, — нет...

Не особо смекалистый охранник начал злиться.

— Не «нет», а «да». Мне сказано не пущать в другие часы, просите пропуск у лечащего врача.

— Мне плохо, — выдавила из себя Лена и стала валиться на пол.

Дежурный подхватил потерявшую сознание женщину, усадил ее на банкетку и ринулся в приемный покой. За Леной осталась наблюдать старуха-уборщица, сначала она причитала, потом, увидев, что женщина пишет что-то на листке бумаги, слегка успокоилась, значит, бабе стало лучше. Поломойка даже проявила христианское милосердие, угостила Лену чаем из своего термоса, наивно надеясь, что, хлебнув горячего, болезная придет в себя, но Лена внезапно упала без сознания на банкетку. Охранник не возвращался, бабка сама помчалась за врачами.

Это только в сериале «Скорая помощь» люди в белых халатах, бросив все дела, кидаются к человеку, который внезапно теряет сознание у приемной стойки, в реальной жизни все иначе. К Лене подошли, когда ей стало совсем плохо. Вот тут, сообразив, что в холле находится почти труп, «гиппократы» развили бурную деятельность, подняли Дружинину в кардиологию и вручили Сергею Леонидовичу. Павлов отнюдь не обрадовался тяжелой пациентке, но свой долг врача выполнил. В результате его активных действий Лена пришла в себя, более того, она сумела назвать телефон подруги и прошептать:

— Пусть приедет Рая.

А еще она назвала свое имя и фамилию. Но, увы, после этого Дружинина умерла. В ее сумочке не было никаких документов, только ключи, мелочь и сложенный листок с надписью «Передать Эдите».

— Вам предстоит тяжелая процедура, — вздыхал Сергей Леонидович, — ее надо опознать.

Я вздрогнул.

— Это необходимо?

Сергей Леонидович развел руками:

— Увы.

— Но Лена же представилась, — я попытался увильнуть от посещения морга.

— В подобном состоянии человек способен на неадекватные реакции. Медсестра спросила: «Как вас зовут?», больная ответила: «Лена Дружинина» — и замолчала. Может, она вовсе не себя назвала, а про подругу вспомнила. Вы ей кто?

— Лучший друг ее мужа.

— Понятно, — ехидно протянул Сергей Леонидович.

К моим щекам прилила кровь.

— Это не то, о чем вы подумали.

— Я ничего дурного не подумал, — засуетился Павлов, — я очень хорошо вас понимаю. Пусть приедет муж!

— Он умер, — ответил я, — недавно совсем.

— Ой-ой, — покачал головой кардиолог, — инфаркт молодеет, и, что интересно, чем меньше лет пациенту, тем он тяжелее. Родственники у нее есть: мать, сестра?

— По-моему, нет.

— Тогда вам надо идти.

— В коридоре сидит лучшая подруга Лены, — малодушно заявил я.

— Мне все равно, кто ее опознает, — пожал плечами Павлов.

Я вышел в коридор, Рая, сцепив пальцы в замок, нервно спросила:

— Ну? Это она? Точно? Не ошибка?

— Умершая женщина назвалась Леной Дружининой.

— Боже! — схватилась за щеки Рая.

— Но вдруг это не она? Вам... тебе... вам придется пройти в морг и взглянуть на покойную.

— Ой, нет! — взвизгнула Рая. — Может, ты сам?

— Понимаете, я не слишком хорошо знал Лену, — забубнил я, — а вы лучшая ее подруга.

— Я боюсь, — прошептала Шумакова, — прямо до одури.

Мне следовало, наверное, проявить мужество и избавить даму от тягостного мероприятия, но я совсем потерял самообладание и ляпнул:

— В холодильниках люди лежат без одежды, мне как-то неудобно.

— Ну? — вышел в коридор Сергей Леонидович. — Идете? Кто из вас?

Я вжался в стену, Рая решительно выпрямилась:

— Пошли. Мужики все трусы.

Павлов хмыкнул, и они с Шумаковой удалились. Я обвалился на стул. В нескольких метрах отсюда находится Егор, утром я разговаривал с его лечащим врачом Татьяной Михайловной. Она сообщила, что у него состояние средней тяжести.

Если сейчас примчаться в палату и огорошить Егора сообщением о смерти Лены, то ничего хорошего из этого не получится. В конце концов, Дружинин сам виноват в кончине супруги, Елена сильно перенервничала, узнав о смерти любимого мужа, и вот результат. Хотя почему любимого? Теперь-то мне известно, какие узы связывали Леночку и Юрия. Она обожала Трофимова, но уйти от Егора к любовнику никак не решалась, дорогой в прямом и переносном смысле слова Юрочка не желал жить в нищете, он просто «доил» Дружинину. Смерть Егора — подарок Лене, она стала богатой вдовой и могла связать свою судьбу с тем, кого обожала. Минуточку... Да ведь она же знала, кто такой Юрий, и не могла считать его доктором, она была в курсе, что похороны — розыгрыш. Трофимов не положил в гроб Дружинину мобильные и не стал выкапывать Егора, он знал о завещании! Юрий нацелился на деньги Лены! Интересно, кому из любовников первому пришла мысль воспользоваться тем, что Егор решил устроить спектакль на кладбище, и похоронить его заживо, чтобы потом пожениться?

Ловко получилось! Егор спланировал собственную смерть. Так кто автор затеи? Лена? Юра? И где Трофимов? Я очень сомневаюсь в том, что он жив. Может, Лена убила любовника? Сначала решила оставить в могиле мужа, потом расправилась с Юрием и, не выдержав нервного напряжения, заработала инфаркт. А вдруг я ошибаюсь и Лена ни при чем? Кто тогда?

Глава 21

Хлопнула дверь, в коридоре появилась бледная до синевы Рая.

— Это она, — прошептала Шумакова.

— Ты уверена?

— Да, и сумка ее, — шмыгнула носом она, — я подарила ей на Новый год, тут кошелек, косметика и письмо с надписью «Передать Эдите». Что теперь делать?

В растерянности мы уставились друг на друга. В моей голове бились разные мысли. Сообщать Егору о смерти Лены нельзя. Во-первых, он встревожится, и ему станет еще хуже, во-вторых, неизвестно, кто решил убить Дружинина. Коли это Трофимов и если он жив, то мой друг находится в большой опасности, ему сейчас лучше мирно дремать в клинике под именем Ивана Павловича Подушкина. Я даже Ольгушке, страшно переживающей кончину сына, не намекнул о том, что Егор жив. Но не можем же мы с Раей похоронить Лену тайком!

— Слава богу, теперь все ясно, — сказал появившийся Павлов.

Я вцепился ему в плечо.

— Доктор, скажите, сколько времени тело может храниться в холодильнике?

— А что? — вопросом на вопрос ответил Павлов.

— Неделю?

— Больше, конечно.

— Две?

— Теоретически и год пролежит, — ответил Сергей Леонидович, — только никто его столько держать не станет.

Я подтолкнул кардиолога к кабинету.

— Помогите нам, пожалуйста. У Лены есть родственники, но они... э... в Америке. Я заплачу любую сумму, только продержите покойную до их приезда.

Павлов взъерошил волосы.

— Мне платить не надо, идите на первый этаж, в комнату пятнадцать, там сидит Марина Васильевна, думаю, она решит вашу проблему.

В указанной комнате меня приняли радушно и все быстро решили. Я расстался с некоей суммой, получил в обмен на нее ворох квитанций и был огорошен предложением:

— Мы можем и ритуальные услуги оказать.

— Огромное спасибо, — выдавил я из себя.

— Работаем для людей, — улыбнулась Марина Васильевна, — значит, пока Дружинину на две недельки придержим, а там, если родственники не прилетят, продлим срок. Не беспокойтесь. Вы платите, мы стараемся.

Оказавшись в машине, Раиса пошмыгала носом, потом сказала:

— У меня денег на похороны нет!

— Не волнуйтесь, я все возьму на себя.

— И к свекрови ее я не поеду!

— Не надо.

— Письмо Эдите сами везите!

— Но у меня нет ни ее адреса, ни телефона.

— Тормози, — велела Рая.

— Где? — растерялся я.

— У метро! — рявкнула она.

«Жигули» покорно замерли у столба с буквой «М».

— Я ей и так много помогала, — нервно заявила Рая, вытаскивая телефон, — вот сейчас номер напишу, звони Эдите, развози сам записки, объясняй все, мне плохо, голова болит, температура поднялась, грипп подхватила. С Юркой я ее покрывала и в морг ходила, теперь твоя очередь суетиться. Знаю, знаю, на тех, кто подставляется, охотно катаются. Ща начнется: Рая, гони бабки на гроб, блины пеки, народ оповещай! Нетушки, без меня!

Я не успел и глазом моргнуть, как Раиса юркой лаской выскочила из машины и опрометью кинулась к метро. Сумочка и конверт с нацарапанными наспех цифрами остались лежать на переднем сиденье.

Я облокотился на руль. Интересно, существует на свете женская дружба или это понятие из области сказок? Милые дамы любят обвинять представителей противоположного пола в черствости, а сами?

— Дзынь, дзынь, дзынь, — заплакал телефон, «номер не определен» — высветилось на дисплее.

— Алло, — ответил я, — слушаю.

— Вава! Едешь с нами за кроватью! — проорали из трубки.

— Николетта? Это ты?

— А кто еще? Что за идиотские вопросы? Собирайся живей, мы уже в пути!

— Куда?

— В магазин, — окончательно рассердилась маменька, — боже, ты невероятно непонятлив. Ха-ха-ха, милый, это уже слишком, ха-ха-ха, ой-ой, не дури...

— Ты ко мне обращаешься? — растерялся я.

— Да, то есть нет. Владимир Иванович безобразничает! Поторопись!

— Это ко мне относится? — уточнил я.

— Вава! Торговый центр «Каро», мы будем там через полчаса!

Я чихнул и вытащил атлас.

Ничего ужаснее, чем поход с маменькой за покупками, и придумать нельзя. Отчего я соглашаюсь на мучения? Наверное, из-за природной предрасположенности к мазохизму, и потом, вы пробовали остановить руками летящую прямо на вас баллистическую ракету? Нет? А почему? Ах, она разорвет вас на части! Вот и Николетта превратит меня в лоскуты, если я попытаюсь оказать сопротивление.

Войдя в торговый центр, я завертел головой в разные стороны. В связи с поздним временем в магазине почти не было покупателей, с потолка лилась тихая музыка и чирикали невесть откуда взявшиеся тут птички. Благостное настроение охватило меня, больше всего я люблю спокойные мелодии и...

— Это дрянь, — донесся визгливый голос, — такое нельзя даже показывать приличным людям!

Я вздрогнул, потряс головой и решительно двинулся на звук в расположенный рядом салон. Николетта нашлась, это она сейчас строит продавцов по ранжиру.

— Вава, — вскрикнула маменька, стоявшая посреди небольшого зальчика, — наконец-то! Мы пришли выбирать новую кровать, да, милый?

Владимир Иванович кивнул и прикрыл веки, вид у моего благоприобретенного отчима был осоловелый. Николетта же, наоборот, полнилась нерастраченной энергией.

— Вава, — заявила она, — тут целых три этажа, куда пойдем сначала?

— А зачем тебе кровать? — весьма неосторожно поинтересовался я.

— Господи, — подпрыгнула маменька, — я же не могу лечь на старое брачное ложе!

— Почему? — я вновь проявил редкостную тупость. — У тебя спальня настоящей карельской березы, теперь такую днем с огнем не сыщешь!

Николетта ущипнула меня за бок и, покосившись на Владимира Ивановича, который, выпав из состояния спящего сурка, ощупывал ближайшую к нему софу, бормотнула:

— Вава, на карельской березе я спала еще с Павлом! Это не этично, компренэ? Вольдемар обидится!

— По-моему, Владимиру Ивановичу все равно, — отметил я, но Николетта уже ринулась к мужу.

— Дорогой, брось осматривать барахло! Девушка, эй, вы, вы в невозможно короткой юбке, право, зря администрация позволяет продавцам так одеваться! Где тут кровати, достойные меня?

Девица окинула взглядом Николетту, потом очень мило ответила:

— Я не продавец, но полагаю, бабуся, тебе подойдут дровни, сделанные на Чукотке.

Николетта заморгала, а юная покупательница, быстро повернувшись на каблучках, ушла прочь.

— Чукотские дровни?! — взвизгнула, придя в себя, маменька.

— Подобным мы не торгуем, — презрительно ответила соизволившая подойти к нам продавщица.

Лицо маменьки приобрело цвет переспелой свеклы, я закрыл глаза и мысленно начал возносить молитвы. Сейчас тут случится цунами с землетрясением.

— Любезнейшая, — вдруг произнес Владимир Иванович, — выслушайте меня внимательно. При всем моем уважении к Чукотке, сомнительно, что там есть густые леса для производства мебели. Кровать я хочу — хай-класса. Моя жена должна получить все лучшее, потому что она моя жена. Понятно объясняю?

Продавщица закивала.

— Давайте поступим так, — вещал Владимир Иванович, — я буду задавать вопросы, а вы отвечайте, — слева что выставлено?

— Италия, — пискнула девочка.

— Цена?

— В районе тысячи долларов!

— Не пойдет, — отмел Владимир Иванович, — а там?

— Италия, — словно попугай твердила продавщица, — эксклюзив!

— Цена?

— Две тысячи.

— Не пойдет. А слева? За колонной?

— Это эксклюзив первый сорт, настоящая Италия!

— Цена?

— Пять тысяч.

— Шпон?

— Э... э... нет.

— Не надо лгать! — улыбнулся Владимир Иванович. — Так за пять тысяч массив?

— Нет, — честно призналась девочка.

— Умница, — кивнул отчим, достал кошелек, вытащил оттуда купюру, сунул девушке в карман форменной курточки и сказал: — Ангел, ведите нас туда, где продают НАСТОЯЩУЮ мебель. Вас как зовут?

— Лера. Нужно пойти вверх.

— Вперед, Лерочка, — приказал отчим.

Мы поднялись по лестнице.

— Это Италия, — с придыханием заявила Лера, тыча пальчиком в здоровенный гроб, украшенный орнаментом, — настоящая!

— Более настоящая, чем та, внизу? — уточнил Владимир Иванович.

— Совсем родная, — кивнула Лера, — массив, ручная резьба! Десять тысяч!

— Ну как? — повернулся муж к молодой жене.

— Фу, — скривилась маменька, — нет медальонов.

— Слыхали? — поинтересовался Владимир Иванович у Леры. — Медальоны имеем?

Лицо девушки позеленело.

— На третьем этаже, — прошептала она, — эксклюзив бизнес-класса. Но там дорого!

— Наш размерчик, — потер руки Владимир Иванович, — пошли!

— Наверху есть свой продавец, — сообщила Лера и заорала: — Альбина Сергеевна!

— В чем дело? — донеслось сбоку, и перед нами предстала дама лет сорока, с ботоксно гладким лицом. — Лера, не кричи!

— Вот, Альбина Сергеевна, — обморочным голосом объявила Лера, — покупатели, на третий этаж!

Дама профессионально цепким взором окинула Николетту и воскликнула:

— Понятное дело! Таким людям нечего делать внизу, ступай, Валерия, займись делом, видишь, там трое ходят, в синтепоновых куртках.

Девушку словно ветром сдуло, Альбина Сергеевна повернулась к нам.

— Учишь их, учишь, — горько воскликнула она, — а все не впрок! В голове танцульки, жвачка, кино... до работы дела нет! Уж не пыталась ли безумная Валерия показать вам мебель из Тонго?

— Нет, — кокетливо ответила маменька.

— И на том спасибо, — кивнула Альбина Сергеевна, — это Тонго! В общем, без комментариев. Нет, не умеет молодежь вычленить истинного клиента. Вам нужна НАСТОЯЩАЯ Италия!

— Верно, — крякнул отчим.

— Массив, резьба, медальоны, позолота? — зачирикала Альбина.

— Можно взглянуть, — оживилась Николетта.

— Прошу наверх, по лестнице, осторожно, не споткнитесь о коврик, сюда, сюда, левее. Миша, принеси лучшим покупателям кофе, да не вздумай из автомата на первом этаже налить. Это наши супервипы! Направо. О! Вот! Любуйтесь!

Я взглянул на очередное изделие из дерева и временно лишился дара речи. Огромный матрас обрамляли две спинки белого цвета. Изголовье украшала картина: голубое небо, синяя река, несколько тучных фигур непонятно какого пола нежатся в кустарниках. Ножки у кровати витые, переходят в высокие столбики, украшенные на самом верху позолоченными амурами. Противоположная, более низкая спинка щедро утыкана бело-синими фарфоровыми медальонами.

— Тут много секретов и секретиков, — заговорщицки подмигнула Альбина, — вот ангелок! Смотрите!

Изящный пальчик с ярко-красным ноготком нажал на мужскую гордость амурчика, голова его дернулась и откинулась назад. Я вздрогнул.

— Супер, да? — взвизгнула Альбина. — Сюрприз! Туда можно всякое прятать. Знаете, одна из наших клиенток, когда за мужем пришла милиция, быстренько засунула в фигурку бриллианты. И что? Не нашли менты камушки, им и в голову там искать не пришло. Конечно, супруга жаль, он теперь в СИЗО парится. Но, согласитесь, лучше без мужа, но с алмазами, чем и супруга, и ювелирку потерять. Но это еще не все!

Изящным движением Альбина погладила низкую спинку, послышалось тихое «крак», и деревяшка отъехала в сторону.

— Там, — указала на открывшееся пространство старшая продавщица, — может спокойно спрятаться человек. Закроете изножье — и никаких намеков на тайник. Одна наша клиентка, когда за ее супругом менты пришли, успела не только драгоценности в ангелочка затырить, но и мужа спрятать. И теперь у нее и муж остался, и бриллиантики, что, согласитесь, значительно лучше, чем просто золотишко. Увы, всякие колечки и ожерелья быстро проедаются, а муж... он еще цацок добудет. Ведь так?

Взгляд Альбины Сергеевны скрестился с моим, я машинально кивнул. Действительно, ну для чего еще нужны мужья? Ясное дело, чтобы осыпать жен алмазами.

— Сколько стоит кровать? — деловито поинтересовался Владимир Иванович.

— Тридцать четыре тысячи двести восемьдесят три евро, — быстро объявила Альбина, — ну восемьдесят три евро мы тут же отбросим, несерьезно как-то, право! Скидочка еще как супервипам. Очень симпатичная сумма получается... э... э... тридцать восемь тысяч.

— Но простите, — влез я в разговор, — до скидки цена была тридцать четыре тысячи.

— Да? Я сказала тридцать восемь? Ха-ха-ха! Конечно, же тридцать три, — заулыбалась Альбина, — мы сегодня столько продали, вот и закружилась голова!

Николетта села на кровать.

— Матрас жестковат.

— Он в комплект не входит!

— Столько денег за деревяшки, — вырвалось у меня.

— Берем, — меланхолично кивнул Владимир Иванович, — круче у вас лежанки нет?

— Это самая из самых! — заявила Альбина Сергеевна.

— Заверните, — велел отчим и опять впал в спячку.

Николетта покраснела, на моей памяти до сих пор маменька никогда не менялась столь резко в лице, потом она вскочила на ноги.

— Владимир Иванович, оплачиваем.

Став обладательницей раритетной, дорогой кровати, маменька бойко посеменила по первому этажу торгового центра.

— Милый, — вдруг притормозила она возле странного стеклянного куба, набитого плюшевыми игрушками, — это что?

— Весы, — хрипло ответила здоровенная бабища, сидящая на стуле возле конструкции.

— Да? — заинтересовалась маменька. — И как они работают?

— Очень просто, — охотно объяснила баба, — суешь в щель сто рублей, становись на педали и гляди.

— И что будет? — захлопала в ладоши Николетта.

— Вон те грабельки поедут, игрушку уцепят — и получай ее.

— Ой, хочу, — забила в ладоши маменька. — Владимир Иванович! Мне нравится вон тот зайка!

Отчим вынул кошелек, вытащил оттуда тысячу рублей.

— Ну, куда совать деньги?

— Эти некуда, — заржала тетка, — сто целковых ищи!

— Мелочь? — удивился Владимир Иванович.

— Ну кому как, — закашлялась баба, — можно и так назвать. Тысяча не самая маленькая купюра.

— Я давно не видел других, в основном карточкой расплачиваюсь, — растерянно протянул тот.

— Хочу игрушку, — капризно ныла Николетта.

— Давай весь автомат куплю? — предложил щедрый муж.

— Он к полу привинчен, — заявила тетка.

— Дорогая, — оживился Владимир Иванович, — вон магазин, там полно мишек, собак и прочей плюшевой ерунды!

— Ну как ты не понимаешь, — топнула ножкой маменька, — мне нужно из грабелек получить! Зайку!

Я порылся в портмоне и протянул Николетте несколько ассигнаций.

— Вот!

Со счастливым визгом маменька встала на педали и сунула одну бумажку в щель.

— Владимир Иванович, — воскликнула она, — смотри же! Вау! Грабельки поехали!

— Настоящий ребенок, — умилился отчим, — эх, Ваня, я просто помолодел с Нико. Давно все желания отморозил, деньги не знал куда девать, ни радости, ни счастья они мне не приносили, в дело их пускал и думал: хоть бы разориться, может, тогда смысл в жизни появится. Но нет, бабла только больше становилось. А теперь Нико встретил! Знаешь, как приятно женщину баловать!

Я опустил взгляд на мозаичный пол. Владимир Иванович, невменяемо богатый мужик, желает исчерпать счет в банке, чтобы вновь ощутить радость жизни? Ну тогда он женился очень удачно, Николетта легко справится с этой задачей.

Глава 22

— Вы нас обманули, — голосом третьеклассницы, потерявшей любимую куклу, заявила маменька, — грабельки ничего не подцепили! Назад пустые приехали!

— Тык верно, — загудела баба, — сказано ж было! Весы!

— Вы обещали игрушку, — захныкала Николетта, — хочу зайку!

Толстуха встала со стула.

— Охохоюшки, — вздохнула она, — ну, гляди сюда! Тута шкала и стрелка. Вишь?

— У меня зрение орла, — взвизгнула маменька, — естественно, вижу, написано: восемьдесят кило, девяносто и так далее.

— Не шуми, а послушай, — легко переорала Николетту смотрительница весов. — Грабельки от показателей работают. Ежели в тебе, к примеру, семьдесят килов, то они слона выпрут, а коли пятьдесят, зайчика. Эй, молодой человек!

Владимир Иванович стряхнул оцепенение:

— Слушаю, любезная.

— А ну, встань на педальки и пихни денюжку!

Отчего-то отчим послушался, железные лапки продвинулись вперед, покачались, спустились вниз, раздалось мелодичное блямканье, и из расположенного внизу окошка выпала плюшевая собачка розового цвета.

— Во, видел? — обрадовалась бабища. — Забирай!

Отчим машинально вынул из лотка монстра.

— Теперь ты, — толкнула меня тумба.

Я тоже повиновался, встал на широкие педали и

уже через пару секунд был обладателем Чебурашки, покрытого фиолетово-синей шерстью.

— Супер! — взвизгнула маменька и прыгнула на весы.

— Но мне ничего не досталось! — понесся по торговому центру ее недовольный крик.

— Ясное дело, — вздохнула баба, — вишь, надпись: «Аттракцион правильный вес, только для взрослых».

— Не понимаю, — растерянно сказала маменька.

— Тама сверху датчик имеется, — пустилась в объяснение тетка, — он рост определяет.

— И что?

— Потом вес проверяет!

— И что?! — повысила голос маменька.

Баба развела руками.

— А ниче! Прикол для взрослых! Детей не пущаем! На шкале первая цифра «пятьдесят». Твоего веса там нет! Чуток тебе до взрослого не хватает. На сколько тянешь?

— Сорок девять триста пятьдесят, — машинально ответила постоянно сидящая на диете Николетта.

— Значитца, нажирай ищо шестьсот пятьдесят граммов, а лучше семьсот, весы врут чуток, и приходи за игрушкой, — предложила бабенка.

Нижняя губа Николетты стала выпячиваться вперед, глаза наполнились слезами.

— Но я хочу получить подарок сейчас, — воскликнула она, — вон у них уже есть! Дайте мой!

— Так парнишки весят как взрослые, — закашлялась баба, — а ты недотянула!

Николетта шмыгнула носом, я хотел было сказать маменьке, что аппарат на самом деле является чистой воды обманом. Жуткие плюшевые монстры стоят небось по пять рублей штука, а в автомат надо засовывать сто целковых, но тут в бой вступил Владимир Иванович.

— При чем тут датчик роста? — поинтересовался он. — Какова его роль в получении подарка?

— Просто прикол, — объяснила баба.

— Хочу игрушечку, — всхлипывала Николетта.

— Откройте стекло и достаньте, — приказал Владимир Иванович, — эй, любезная, действуйте, вот вам, хм, небольшое вознаграждение.

— Нет, — взвизгнула маменька, — хочу грабельками!

— Не получится, — с явной досадой ответила баба, — веса у тебя нет!

— Пошли, милая, — воскликнул Владимир Иванович, — лучше купим кольцо!

С этими словами отчим подхватил Николетту и повлек ее в ювелирную лавку.

Я усмехнулся и пошел за сладкой парочкой. Похоже, маменьке повезло, наконец-то ей на жизненном пути попался настоящий мужчина, который понимает: любое горе дамы моментально делается меньше, если нацепить ей на пальчик колечко с камушком.

— Ну, выбирай, — велел отчим, притормаживая у стеклянной витрины.

И тут Николетта удивила меня до остолбенения.

— Не хочу, — решительно заявила она.

— Перстень? — прикрыл один глаз Владимир Иванович.

— Нет!

— Браслет? — выпучил оба ока заботливый муж.

— Фу!

— Ожерелье?

— Гадость.

— Часы?

— Это пошло.

— Что тут у вас еще имеется? — накинулся отчим на безмолвно стоящую продавщицу, — немедленно покажите моей жене что-нибудь достойное ее!

— Вот брошка, — ляпнула девушка, — мило и не очень дорого.

Николетта испепелила дурочку взглядом.

— Хорошо хоть вы запонки или зажим для галстука не предложили, — взвился Владимир Иванович, — не видите, кто перед вами?

Девчонка заморгала, охнула, схватилась за прилавок и завизжала.

— Простите, не узнала! Извините, сразу не поняла! Ой! Ой! Моя бабушка вас обожает! Я ей все фильмы с вашим участием купила!

— Какие фильмы? — ошарашенно поинтересовался отчим. — Милая, разве ты не в театре играла?

Я сделал вид, что поглощен изучением золотых портсигаров. Верно, маменька выходила на сцену, выносила поднос и говорила каноническую фразу: «Кушать подано». Впрочем, буду справедливым, доставались ей и роли второго плана.

Николетта поправила тщательно завитые пергидрольные кудри.

— Право, милый, — прочирикала она, — у нас постоянно в театре ошивались люди с камерами, снимали спектакли для потомков.

— Вы же Любовь Орлова? — запрыгала продавщица. — Я вас узнала, узнала!

Николетта разинула рот, я испытал огромное желание удрать из магазина до того, как потолок упадет на голову глупышки, но маменька отчего-то решила оставить продавщицу в живых. Она взяла молодого мужа под руку и жалобно протянула:

— Хочу игрушечку! Из автомата! Только ее! Мне нужно встать на педальки и получить из грабелек подарок.

— Любимая, — засуетился Владимир Иванович, — может, перекусим? Закажем хороший коньяк!

Николетта накуксилась еще больше.

— У меня от горя пропал аппетит, — прошептала она, — хочу игрушечку.

— Пошли, пошли, — настаивал Владимир Иванович, — вон туда, в «Лобстерхаус». Ваня, возьми Нико под другую руку, бедняжка расстроилась до слез, не могу равнодушно смотреть на ее страдания.

И тут в кармане отчима ожил мобильный, он вытащил его, посмотрел на экран, и я поразился мгновенной перемене выражения лица Владимира Ивановича. Мягкую улыбку словно ветром смело, глаза потеряли нежный блеск, губы сжались в нитку.

— Да, — рявкнул отчим, — кто? Ты? Я велел меня не беспокоить, с женой отдыхаю! Что? Он? Когда? Пристрели его! Петька? Его тоже пристрели! Анюта? Ну уж с бабой вы и без меня справитесь. А! Хорошо! Ее тоже пристрелите. И больше не дергай папу по пустякам! Неужели даже с такой ерундой сами разобраться не можете?

Сунув мобильник в пиджак, отчим повернулся ко мне.

— Знаешь, Ваня, сколько людей ни воспитывай, а самому во все вмешиваться приходится. Милая, пошли в «Лобстерхаус».

Всхлипывая, Николетта подчинилась, мы дошли

до ресторана, уселись за большой стол, и Владимир Иванович, раскрыв меню, недовольно воскликнул:

— Что-то порции тут китайские! «Креветки с рисом» — сто граммов.

Николетта перестала вздыхать.

— Значит, каждое блюдо имеет вес? — взвизгнула она.

— Конечно, дорогая, — закивал муж, — вот, обрати внимание, салат из лобстера и цифры: пятьдесят, сорок, два. Нет, они точно китайцы. Пятьдесят граммов салата и сорок морского гада! Два, думаю, это вес соуса. Ну разве таким количеством наешься? Как полагаешь, Ванек?

Я закашлялся. «Ванек» — это что-то новенькое, так меня еще не обзывали, до сих пор я полагал, что хуже клички «Вава» в жизни не услышу. Ан нет, оказывается, может быть и хуже. И как бы вы поступили на моем месте? Стукнули кулаком по столу? Швырнули салфетку на пол? Разорвали меню с криком: «Извольте обращаться ко мне Иван Павлович!»?

Я отложил кожаную папку и покорно ответил:

— Мне больше по душе мясо!

— У нас «Лобстерхаус», — пафосно напомнил официант.

— Постойте, — взвизгнула маменька, — если я все это съем, куда граммы денутся?

Халдей уставился на Николетту.

— Простите, я не понял.

— Боже! Вы соображаете как страус, — обозлилась маменька, — вес порции указан?

— Да, естественно, возле каждого блюда, — закивал парень.

— Если съем еду, то куда денутся граммы?

— Они попадут в ваш желудок, — окончательно растерялся юноша.

— Вы не правы, голубчик, — вздохнул Владимир Иванович, — через два-три часа еда... кхм, да, ну в общем, того!

— Мне столько времени не надо, — ажитированно перебила его Николетта и обратилась к официанту, — милейший, у вас есть калькулятор? Ну-ка, дайте его сюда!

Тоненьким пальчиком маменька потыкала в кнопки счетной машинки, услужливо протянутой официантом. Нежным голоском она комментировала свои вычисления:

— Надо иметь вес пятьдесят килограммов, мне не хватает... шестьсот пятьдесят граммов, пусть, для верности, семьсот... Ага... следовательно, так, двести, плюс тридцать, прибавим девяносто пять... Фу! Записывайте заказ! Салат из тунца, стейк из акулы, риетиз лососо и... э... кусок хлеба сколько весит?

— Десять граммов, — поклонился официант.

— Супер, — захлопала в ладоши маменька, — как раз его и не хватало. Ну, что стоите, бегом на кухню! Айн, цвай, драй!

— Ты решила поесть и встать на весы, — догадался я.

— Именно так, — забила в ладоши маменька, — прыгну на педальки, и грабельки зацепят игрушку! Хочу зайчика! Вы тут посидите, а я сбегаю руки помою.

Николетта метнулась в сторону туалета. Владимир Иванович крякнул:

— Эх, Ванек, Нико необыкновенная! Я с ней молодею! Как приятно доставлять человеку радость. Все мои прошлые бабы ей в подметки не годятся.

Никаких желаний у них не было. Поведешь в кабак, глаза в пол опустят и ноют: «Ой, как дорого, пошли домой, суп есть, зачем в ресторане сидеть!» Тьфу! А Нико! Огонь! Я ее на руках носить буду!

Тут у Владимира Ивановича вновь ожил мобильный, отчим глянул на дисплей, и снова его лицо стало жестким.

— Алло! Опять! Почему не пристрелил? Как это нет патронов! Принесите со склада! Надоели! Что? Хорошо, предлагаю другой вариант: если нельзя пристрелить, можно придушить! Чем, чем! Да веревкой, ремнем, шнурками, простыней, подушкой... Вы работать будете? Нет, сам не приеду, имею я право на медовый месяц? Вот-вот, сделайте шефу подарок, живенько разберитесь с этими... ну ты понял, чудаками.

Высказавшись, отчим сунул трубку в карман и шумно выдохнул.

— А вы кем работаете? — я решился задать мучивший меня вопрос и положил на стол мобильный.

Владимир Иванович схватил стакан с водой, залпом осушил его и ответил:

— Бизнес у меня, Ванек, я хозяин, плачу налоги и сплю спокойно.

— Принесли еду? — закричала Николетта, подбегая к столику. — Я твердо намерена получить зайку. Фу, Вава, какой у тебя страшный телефон. Когда купишь приличный?

Николетта схватила мой сотовый, повертела его, потом открыла сумочку и достала пудреницу, я занялся едой.

Спустя сорок минут мы снова подошли к весам.

— Опять счастья попытать хотите? — заулыбалась баба.

— Давай сто рублей, — ажитированно потребовала у меня маменька, становясь на педали.

Купюра исчезла в автомате, грабельки вздрогнули и двинулись вперед, замерли, опустились, зацепили что-то черное, с изогнутой палкой, и выбросили в лоток.

— А где зайка? — обиженно протянула маменька. — Вы мне обещали вон того пушистика.

— Не, — протянула баба, глядя на стрелки, — по вашему весу смерть выходит!

Николетта схватилась за сердце.

— Кто?

Тетка запустила в лоток корявую лапу, вытащила черное страшилище и пустилась в объяснения:

— Тута, в ящике, прикольные штучки есть, вот это: смерть с косой, смешно, да?

— До слез, — ответил я, — просто ухохотаться.

— Во, и я того же мнения, — подхватила баба, — еще черепа были и скелеты, да кончились.

— Но я хочу зайку! — надулась Николетта.

— Так че я приметила, — тоном великого ученого вещала тетка, — если у кого вес пятьдесят один кило, то ему смерть выпадает, а коли ровно на полтинник тянет, тому зайка обламывается.

— Ваш прибор врет! — возмутилась Николетта. — Он должен сейчас ровнехонько полцентнера показать, я считала!

— Так небось утром, в ванной взвешивались, — не растерялась хозяйка плюшевой горы, — ясное дело, ближе к ночи человек тяжелеет.

— Вы полагаете, любезная? — проявил неподдельный интерес к разговору Владимир Иванович.

— Сомнений нет, — хмыкнула собеседница, — сколько мы за день жрем!

— В «Лобстерхаусе» неправильно указывают вес порций, — затопала ногами Николетта, — обманщики!

— Скорей уж они больше граммов в меню припишут, — протянул Владимир Иванович.

— Это все вода! — осенило меня. — Николетта, ты же запивала ужин!

— Ну и что? — плаксиво протянула маменька, — разве от жидкости вес прибавится?

— Конечно, — улыбнулся я.

— Но в меню ничего не было про минералку, — напряглась она.

— И тем не менее ты после салата выпила бокал, двести пятьдесят миллиграммов, затем осушила еще один, поедая лобстера, следом запила стейк из акулы, а напоследок, отказавшись от кофе, выпила еще стаканчик минералки. Вот он, лишний литр, — быстро произвел я подсчеты.

Маменька погрозила мне пальцем:

— Вава, не надо держать женщин за дур! Я очень хорошо знаю, литр жидкий, при чем тут килограммы?

Я все же умудрился объяснить ей суть проблемы, поверьте, это было не просто. Николетта принадлежит к категории людей, которые на вопрос: что тяжелее, килограмм пуха или килограмм гвоздей, возмущенно отвечают — понятное дело, железо весит больше. То, что килограмм, он и в Африке килограмм, хоть что ни взвешивай, до многих милых дам отчего-то не доходит.

А Владимир Иванович, вместо того чтобы прийти мне на помощь, снова выпал из действительности — похоже, у моего отчима защитная реакция, как у хамелеона. Тот тоже в момент опасности каменеет и пытается слиться с окружающим пейзажем. Интересно, кто его закалил подобным образом? Тут явно не обошлось без особы женского пола, лишь при общении с прелестницами представители сильной части человечества обретают реакции ящеров. Впрочем, кто бы ни была предшественница Николетты, она не годится маменьке и в подметки. Поживет Владимир Иванович в тесном контакте с госпожой Адилье и научится еще в придачу к окаменению менять цвет кожи.

Глава 23

— Я хочу зайку, — разрыдалась маменька.

— Милая, дорогая, — заметался вокруг жены Владимир Иванович, — сейчас принесу, котеночек!

Я не успел и моргнуть, как он рысью бросился в глубь торгового центра.

— Зайку, — капризничала Николетта, — Вава, сделай что-нибудь!

— Если грабли реагируют на вес, то, боюсь...

Тут маменька стукнула кулачком по стене.

— Не занудничай! Быстро придумай, как мне потерять килограмм!

— Не знаю, — честно признался я, — может, побегать по коридорам?

Баба заржала.

— Ты в туалет сходи.

— Не хочу, — ответила Николетта.

— Тогда жди, пока приспичит, — веселилась тетка.

— Вава! — велела маменька. — Ступай в аптеку.

— Зачем? — насторожился я.

— Купи немедленно слабительный чай!

— Но, Николетта, он же подействует через десять часов, не меньше, — попытался я образумить маменьку.

— Ах вот как, — возмутилась капризница, — элементарной просьбы выполнить не можешь! Так я и умру без помощи!

Решив не спорить с закусившей удила Николеттой, я потрусил по магазину в поисках лавки с лекарствами. Пришлось потратить довольно много времени, чтобы приобрести нужное. Провизор был молодой, но работал невероятно медленно, будто под наркозом.

Через полчаса я вернулся к ящику, набитому плюшевыми уродцами, и обнаружил там лишь одну бабу, восседавшую на стуле.

— А твою-то милиция замела, — радостно возвестила она.

Я чуть не упал от неожиданности.

— Как?

— Очень просто. Руки за спину заломили и утянули, — веселилась тетка, — чистый цирк. Она одного мента укусила, второго лягнула, а как орала! Я думала, ща крыша рухнет.

— Вы ничего не путаете? — обморочным голосом поинтересовался я. — Николетта светская дама, по какой причине ее в участок забрали?

Бабища зафыркала, словно попавшая под дождь кошка.

— Сказали, что статья имеется, за гиб... кс... изьм! Слово больно заковыристое! Во, я и не вспомню.

— И куда ее повели?

— Туточки близенько, налево и до конца галереи, — охотно пояснила баба, — да, зайку она вытащила! Вот настырная! Ухитрилась-таки!

На секунду мне стало интересно, каким образом маменька достигла цели, но, поскольку ящик с игрушками выглядел целым, а его хозяйка невредимой, я решил заняться более серьезными вопросами.

Я побежал по коридору и в конце концов уперся в серую дверь с надписью «Милиция». Потянул ручку и чуть не оглох.

— Сейчас за мной придут! Вы ответите! Немедленно позовите сюда мужа и Ваву! Адвоката! Врача! У меня инфаркт! «Скорую»! Фу, чем тут воняет! Уберите этого парня, он ел чеснок! Кто вам разрешил употреблять этот овощ? На дух его не переношу! Откройте форточку! Закройте, дует! Воды! Нет, не этой! Минеральной! Фу! Фу! Я не пью из-под крана! Отвратительное обращение!

Переведя дух, я вошел в маленькую комнатку, где за письменным столом восседал мужчина моих лет с мелкими звездами на погонах. У стены жался молоденький сержантик, вид у него был не ахти, бледный и запуганный. Я пожалел паренька, Николетта, если ее обозлить, страшна в своем гневе. А сейчас устроившаяся на колченогом стуле маменька напоминала настоящую фурию.

— Разрешите войти? — вежливо поинтересовался я, очень удивленный нарядом Нико.

По какой причине она закуталась в милицейскую шинель?

— Уйди, мужик, — устало махнул капитан, — потом заглянешь.

Николетта повернула голову и усилила звук.

— Произвол! Геноцид! Непременно пожалуюсь в

Комиссию по правам человека! Возбужу дело в Международном суде в Гааге! Это Вава!

— Кто? — обморочным голосом спросил капитан.

— Иван Павлович Подушкин, — быстро представился я, — сын дамы, которую вы арестовали.

— Вава, — подскочила маменька, — какой сын! Разве у молодой женщины могут быть старые дети!

— Что случилось? — спросил я.

И тут в отделение с охапкой плюшевых зайцев в руках ворвался Владимир Иванович.

— Нико, — громовым голосом заорал он, — ты жива?

— Да, — моментально растеряв злобу, ответила маменька, — ой, зайчики. Это мне?

— Конечно, любимая, — засюсюкал Владимир Иванович, приблизился к супруге и услышал призывный плач своего мобильного.

— Ну чтоб им пусто стало! — разъярился отчим.

Он быстро высыпал длинноухих на стол перед совершенно обалдевшим капитаном, вытащил из кармана сотовый и громогласно заявил:

— И? Патроны не достали? Уроды! Почему? Как нету на складе? Приеду, всех урою. Что с Петькой? Его еще не пристрелили? Ребята, вы меня доведете до ручки. Я рассержусь! Еще два часа назад я велел разобраться с Петькой, Анютой и Сенькой. Вы это сделали? Анюты уже нет? Классно! Почему у нас Петька с Сеней живы? А? Отвечай! Ничего сами не способны сделать! Я лично должен на место прибыть? Сказал же: у меня медовый месяц! Медовый месяц! Я тоже человек и не могу постоянно париться по поводу отсутствующих патронов. Придушите его, сварите в кипятке, положите под танк, воткните в глотку зонтик и откройте, сделайте хоть что-нибудь, но до полуночи он должен помереть!

Молоденький сержантик, став серым, тихо опустился на корточки, капитан вытаращил глаза, мне стало неловко, а Владимир Иванович, запихнув мобильный в пиджак, каменным тоном осведомился у милиционера:

— За что арестовали мою жену?

— Эгисбиеционизьм, — выдавил из себя капитан.

— Эксгибиционизм, — машинально поправил я дежурного и удивился: — Вы шутите?

— Нет, — помотал головой капитан, — мы шли с обходом, видим: стоит на весах голая тетка.

— Я вам не тетка, — подскочила маменька.

— Но ведь и не мужик, — не принял возражений капитан. — Машинист управления хохочет. Не дело это!

— Какой машинист? — потряс головой Владимир Иванович. — Тут железная дорога есть?

— Галка, — подал с пола голос сержантик, — она при весах дежурит, должность ейная называется машинист управления автоматическими весами автомата автоматической выдачи игрушек ценой в сто рублей.

У меня закружилась голова.

— Милая, — растерянно спросил Владимир Иванович у дражайшей половины, — зачем ты сняла одежду, так и до простуды недалеко!

Маменька вытащила из-под шинели косорылого кролика.

— Вот, грабельками достала! Как хотела, так и сделала!

— Ты решила избавиться от лишнего веса, — осенило меня, — поэтому и разделась.

— Ну да, — пожала плечами маменька, — не успела зайку взять, как невесть откуда появляется бомж, цапает мой костюм, я его на стул повесила, и уносится прочь. Я прямо растерялась, и тут выруливают двое полицейских и, вместо того чтобы броситься за вором, кидаются на меня, заворачивают в вонючий кусачий плащ и притаскивают сюда! Милый, разберись!

Владимир Иванович оперся руками о стол.

— Любезнейший, — улыбнулся он.

— Это не плащ, — быстро сказал капитан, — а шинель!

— Какая разница, — топнула ногой Николетта, — царапает и кусается. И вообще, она воняет кошкой, а у меня на них аллергия!

Скажите, вас никогда не удивлял странный факт: многие женщины жалуются на сенную лихорадку, кричат точь-в-точь как сейчас Николетта.

— У меня почесуха от кошек.

Но почему тогда ни одна из них не отказалась от норковой шубы? Да простят меня зоологи, но норка и кошка вроде бы родственницы, если вас покрывает прыщами от прикосновения к одной, то вы должны чихать и от общения с другой.

— Любезнейший, — улыбнулся Владимир Иванович, — вот моя визитка, давайте решим дело миром. Жена не хотела ничего плохого, мечтала всего лишь добыть зайку.

— Кролика? — растерянно уточнил капитан, изучая надпись на этикетке. — Ой! Вы тот самый? Да?

— Ну, — зарделся Владимир Иванович, — не

люблю шума, обычно я соблюдаю инкогнито, но... да! Тот самый.

— И бандиты ваши?

— Да.

— И со Зверем знакомы? — с детской радостью продолжал капитан.

— Верно, мы дружим.

— Скажите, он правда такой? Ну... этакий! Понимаете?

— Конечно, — кивнул Владимир Иванович, — знаете, вне, так сказать, служебных рамок, Зверь тихий человек, у него даже хомячки живут.

— Можете мне на своей визитке автограф оставить? — взмолился капитан. — Пожалуйста!

— Нет проблем, — кивнул Владимир Иванович.

— А грабежи еще будут?

— Планируем на июнь, — спокойно ответил отчим.

— Вот бы мне к вам попасть, — щелкнул языком капитан, — небось платите хорошо!

— У каждого своя ставка.

— А Зверю сколько дают?

— Право, мне не слишком удобно разглашать чужой секрет, — замялся Владимир Иванович, — но вам, если пообещаете не болтать, скажу: три тысячи в день.

— Рублей?

— Нет, конечно, долларов.

— Мама родная, — присвистнул капитан, — ну не дурак ли я был, когда в ментовку пошел!

— Так я могу забрать жену? — поинтересовался отчим.

Капитан вскочил на ноги.

— Конечно, ясное дело, безо всяких вопросов.

Уж простите, коли чего не так вышло. Мы плохого не хотели! Боялись, простудится дама, стоит на весах в одном бельишке. Это не я! Это Андрюха хай поднял! Начал в вашу жену пальцем тыкать: «Глядите, Александр Петрович, безобразие».

— Не переживайте, любезнейший, — милостиво улыбнулся отчим, — все в порядке. Ванек, держи портмоне, сбегай, милый, в ближайшую лавку, прихвати пальтецо, не может же Нико до машины в шинели идти!

Я взял пухлый бумажник и отправился выполнять поручение. В бархатном, вежливом голосе Владимира Ивановича звучали железные нотки, не позволявшие его ослушаться. Пока я шел к магазину, лихорадочно пытался найти ответ на вопрос: кем же работает Владимир Иванович, что за бизнес у «папы», в какую неприятность вляпалась маменька, выскочив за него?

К Эдите Львовне я приехал около полудня, слегка успокоенный сведениями, полученными из больницы, где лежал Егор. Дружинину, правда, пока не стало легче, но, как сообщила врач Татьяна Михайловна, «наметилась положительная динамика». Значит, мне нужно ускорить процесс поиска Трофимова. Смерть Лены внесла некий диссонанс в мою теорию. Если Лена, решив получить деньги мужа, заварила эту кашу, то почему она скончалась?

По идее, Лене следовало еще полгода изображать из себя безутешную вдову, а затем, став полноправной хозяйкой бизнеса и состояния Дружинина, выйти замуж за Юрия и жить с ним в любви и согласии. Как бы я поступил, оказавшись на ее месте? Сохранил бы прекрасные отношения с Ольгушкой, давал ей денег, раз в году демонстративно рыдал на кладбище, установил бы на могиле шикарный памятник — в общем, постарался бы создать образ скорбящей вдовы. А спустя приличное время после несчастия с Егором Лена могла бы спокойно выйти замуж за Юрия. И никто бы ее не осудил. Она молода, не скорбеть же ей всю жизнь. Если это она провернула затею с похоронами, то я не верю, что вдова скончалась от стресса и горя. Помилуй бог, она же сама все придумала! Не складываются части головоломки. Похоже, Лену убили!

Я машинально нажал на тормоз и тут же услышал нервное бибиканье едущего сзади автомобиля. Но мне было не до справедливого негодования водителя, чуть не попавшего по моей вине в аварию. Лену убили! Кто? Как? Почему? Если убийца Юрий, то он просто ненормальный. Женившись на Дружининой, Трофимов мог стать богатым человеком, а без нее ему не видать миллионов Егора как собственных ушей. Так кто убрал Лену?

Так и не найдя ответа ни на один из мучивших меня вопросов, я добрался до дома Эдиты, нашел нужную квартиру и позвонил.

Дверь распахнулась и стукнулась о стенку, из квартиры раздался недовольный голос:

— Ну и сколько вас можно ждать? На часы смотрели! Уже полдень! Я на работу опоздала! Идите скорей, нечего на пороге топтаться.

Удивленный оказанным приемом, я вошел в просторную прихожую и увидел сердитую женщину примерно моих лет.

— Вы мужчина? — воскликнула она.

— Здравствуйте, — представился я, — Иван Пав-

лович Подушкин, ответственный секретарь общества «Милосердие».

— В вашей организации идиоты работают? — поинтересовалась незнакомка.

— Нет, — с недоумением ответил я.

О какой организации говорит рассерженная дама?

— А, по-моему, кретины, — не успокаивалась
собеседница, — я все объяснила детально! Эдита
вполне нормальна, но ей нужна компаньонка. Вроде ваши поняли, и что же? Нанятая особа должна
была явиться в десять, я ее жду, жду! По телефону
звонить стала — трубку никто не берет. А в полдень
вы являетесь! Мужчина! Это безобразие. А если понадобится ей в ванной помочь? Ясное дело, вам,
медбрату, плевать, но Эдита — женщина, хоть и
очень пожилая, она будет стесняться.

Я улыбнулся.

— Вышла ошибка, я на самом деле секретарь общества «Милосердие», не оказываю патронажные
услуги. Мне нужно передать Эдите Львовне письмо.
Вот мои документы.

— От кого? — удивилась женщина, внимательно
изучив мое удостоверение.

— От Лены, жены Егора Дружинина.

— Значит, вы не медбрат?

— Увы, я окончил Литературный институт. Эдита Львовна дома?

— Где же ей быть, — протянула незнакомка, —
на улицу она давно не выходит. Вот беда! Вы сни-
майте ботинки.

— А что случилось? — поинтересовался я, распу-
тывая шнурки.

— Эдита прикована к инвалидной коляске, —
пояснила женщина, — в принципе, ходить она мо-

жет, но с большим трудом, у нее был перелом шейки бедра. Ну да вам врачебные детали ни к чему. Одну ее оставить надолго нельзя, дверные проемы узкие, коляска через них не проходит.

Я кивнул:

— Понимаю. Председатель общества «Милосердие» Элеонора тоже долго передвигалась в коляске, поэтому я представляю себе, с какими трудностями столкнулась Эдита Львовна. Из комнаты в комнату не попасть, по лестнице не спуститься, чашку самой из шкафчика не достать. Увы, наш мир приспособлен лишь для молодых и здоровых. Да что там инвалидная коляска! Один мой приятель заболел диабетом, потребовалось специальное питание. И выяснилось, что проблема практически неразрешима, ничего для бедных диабетиков в России не выпускают: ни колбасы, ни сыра, ни печенья, а если и есть что-то, то в основном немецкого производства и стоит дорого. Больным людям одна гречка остается. Простите, как вас зовут?

— Аля, — ответила женщина, — я соседка Эдиты, дружила с ее дочерью Аленой. После того как та скончалась, стараюсь помочь старухе. Эдита Львовна совсем одна, хорошо хоть материальных проблем нет. Ее муж был известным человеком, он жену очень любил, баловал, покупал драгоценности, вот теперь Эдита мне колечко дает, я его продам, на полученное она и живет. До недавнего времени у нее была прислуга, но она замуж удачно вышла, и началась круговерть. Кого ни найму — убегают. Да оно и понятно почему!

— У Эдиты Львовны трудный характер, капризничает?

— Нет, она очень милая, одна беда — с ней постоянно говорить надо, — вздохнула Аля, — категорически не переносит молчания. Ну первый раз про ее жизнь слушать интересно, второй тоже ничего, третий уже напрягает, а дальше просто мрак. И ведь одно и то же твердит. У меня голова кругом идет! Пообщаюсь с ней часок-другой, и словно всю кровь из вен выкачали. Три дня назад от Эдиты сбежала очередная сиделка, я договорилась с другой, обещали прислать к десяти утра, но ее до сих пор нет! А меня в офисе ждут, ну как начальству объяснить, что не явилась на службу из-за соседки? Еще уволят, знаете, теперь очень сложно устроиться!

— Давайте я вам помогу, — предложил я.

— Каким образом? — грустно спросила Аля.

— Посижу с Эдитой Львовной, пока медсестра не явится, а вы идите на работу.

— Да? — настороженно вскинула брови Аля.

— Вот, смотрите, это мой паспорт, я москвич. Кстати, мой отец был писателем, его звали Павел Подушкин.

— «Звезды летят вверх» не он написал? — оживилась Аля.

Я кивнул.

— Верно, и еще много других романов, отец очень любил слово «Звезда», оно есть почти в каждом названии его книг.

— Ой, — обрадовалась Аля, — моя мама вашего папу обожала, у нас дома почти все его произведения имеются. Ну надо же!

— Я и сам пописываю, сейчас задумал роман, в котором собраны воспоминания пожилых людей. Тема: шестидесятые годы, очень интересно сравнивать мемуары, у каждого свой взгляд на прошлое, — быстро начал я врать. — Леночка, бывшая прислуга

Эдиты, вышла замуж за моего лучшего друга Егора. Недавно я был у них в гостях и обмолвился о сложностях с рукописью, Лена, добрая душа, посоветовала мне взять интервью у Эдиты, вот, дала письмо к ней.

В глазах Али загорелась надежда.

— Иван Павлович, вы и правда тут посидеть можете?

— Да, причем с удовольствием и явной пользой для себя. Если медсестра придет, я уйду, в противном случае дождусь вас.

— Вот счастье! — воскликнула Аля. — Иван Павлович, мне вас господь послал.

Глава 24

Эдита, как когда-то Элеонора, сидела в инвалидной коляске явно не российского производства. Но на этом сходство между моей хозяйкой и пожилой дамой заканчивалось. Эдита Львовна оказалась милой, ласковой старушкой. Если вы читали в детстве немецкие сказки, то наверняка видели иллюстрацию: из пряничного домика выходит тетушка Гретель, румяная, как яблочко, на круглом добродушном лице играет широкая улыбка, на пожилой фрау блузка, длинная юбка, фартук, а волосы идеально причесаны. Эдита как две капли воды походила на тетушку Гретель, только у нее отсутствовал передник, а на коленях лежал клубок шерсти.

— Значит, вы пишете книжку? — проворковала она, выслушав Алю. — Это очень хорошо.

Я кивнул. Аля по всей форме представила меня, и старушка не сомневалась, что перед ней литератор.

— Поколения сменяют друг друга, — начала беседу Эдита, — люди уходят в небытие, пропадает бесценный опыт, накопленный годами. Кто сейчас знает, что волновало какую-нибудь княжну, живущую в подмосковной усадьбе? Да про нее забыли навсегда, а ведь жила, любила, мучилась, думала и ушла в безвестность. Поэтому ваша идея опросить стариков и составить книгу мемуаров мне по душе. Ладно, начну о себе. Я, уважаемый Иван Павлович, коренная москвичка, родилась в районе Китай-города. А вот папенька мой из французов, вы удивлены?

— Очень, — соврал я.

Эдита удовлетворенно засмеялась.

— Именно так! Его звали Леон, и отчество мое — Леоновна, Львовной люди стали звать для простоты. Матушка моя из дворян, хороший род, правда, не особенно богатый. Варвара Никитина, так ее звали. А бабушка...

Речь Эдиты текла плавно, иногда старушку уносило в сторону, она начинала слишком подробно описывать свою детскую комнату или сервиз, который ее матушка доставала из шкафа только на Пасху. Я терпеливо ждал, пока клубок повествования докатится до нынешних времен. Более часа Эдита Львовна описывала тяготы, выпавшие на ее детство и юность, потом вдруг примолкла.

— Принести вам чаю? — заботливо спросил я.

— Нет, голубчик, — отказалась старушка.

— Вы, наверное, были счастливы в браке, — подтолкнул я бабусю к новому витку рассказа.

Но Эдита Львовна не поддалась на провокацию.

— Очень, — коротко ответила она, — только мой супруг давно умер, мы с дочерью жили одни, недавно скончалась и Алена. Собственно говоря, все интересные, значимые для вашей книги события случились до моего замужества. Я коренная москвичка, а мой папенька из французов, вы удивлены?

Сообразив, что сейчас милейшую Эдиту Львовну понесет по второму кругу, я быстро спросил:

— А как к вам попала Лена?

— Это кто? — совершенно искренне удивилась Эдита.

— Домашняя работница, — напомнил я, — вы еще замуж ее хорошо выдали.

— Не помню, дружочек, — вздохнула старушка.

— Как же, — настаивал я, — Леночка, она стала супругой Егора Дружинина.

Эдита вздрогнула.

— Э... э... может, и так. Но чем вам интересна поломойка? Маменька моя из дворян, увы, оскудевший род...

— Я принес вам письмо от Лены, — перебил я хитрую, почему-то не желавшую говорить о своей любимице Эдиту.

Бабуся кашлянула.

— Мне?

— Да, вот оно, держите.

Эдита Львовна взяла записку, водрузила на нос очки, висевшие у нее на груди на шнурке, осторожно развернула листок и уставилась на него.

Повисло молчание, потом Эдита посмотрела на меня и тихим голосом осведомилась:

— А где Лена?

Я заколебался, огорошить старуху известием о кончине Елены не хотелось, может, не стоит ей знать правду?

— Вы ведь дружили? — я сделал вид, что не расслышал ее вопроса.

Старушка медленно сняла очки.

— Алена, царствие ей небесное, считала меня выжившей из ума курицей. Сколько я ни пыталась открыть ей правду, ничего не получалось. Позову ее к себе в спальню, усажу и начну: «Деточка, послушай меня», только дочь спустя десять минут вскакивала и убегала. Не подумайте, что Аленушка хамка! Нет, она была очень заботлива, внимательна, просто считала мать дурой. Я достучаться до нее не сумела, к сожалению, рано обезножела, без сопровождающего из дома выйти не могла, а когда узнала, где живет Егор, было уже поздно, ну не в коляске же ехать! Да и мне туда нельзя. И тут господь послал Лену. Я ведь ей не сразу открылась, присматривалась, прикидывала, тот ли человечек...

— Зачем вы выдали Лену замуж за Егора? — не выдержал я.

Эдита Львовна объяснила:

— Девочка влюбилась. Я этого Дружинина в глаза не видела, но со слов Леночки составила о нем определенное мнение. Так что с Леной?

— Ну... ничего, — замямлил я.

— Где она?

— В Москве.

— Почему же не приходит ко мне и не звонит? — занервничала Эдита. — Мы раньше два раза в неделю встречались! Куда она подевалась? Иван Павлович, отчего вы молчите?

Я начал судорожно кашлять, а Эдита Львовна говорила без остановки.

— Секундочку, это странно! С чего бы Лене передавать с вами письмо? Она могла бы сама приехать! Не понимаю!

Воцарилась тишина, я уставился на Эдиту, старушка впилась взглядом в меня, пару секунд мы оба молчали, потом Эдита Львовна прошептала:

— Лена умерла!

— Да, — кивнул я, — простите, не хотел быть вестником несчастья, но...

— Помолчите, — резко перебила меня Эдита, — умоляю, ни слова!

Я послушно захлопнул рот, старушка медленно развернула коляску, подъехала к окну и уставилась на улицу.

Спустя четверть часа я решил нарушить молчание и осторожно осведомился:

— Может, все-таки я заварю вам чаю?

Эдита Львовна отъехала от окна и подкатила ко мне.

— Хорошо. Слушайте меня внимательно и не перебивайте. Вы ведь из милиции?!

— Нет, нет, — начал отрицать я.

Эдита Львовна засмеялась.

— Я велела вам молчать, если еще раз откроете рот, то ничего не узнаете. Очень хорошо понимаю, зачем вы пришли. Леночка, наверное, перед смертью призналась. Ее убил Егор Дружинин, узнал все и лишил жизни.

— Нет, — вскинулся я.

— Откуда такая уверенность? — хмуро поинтересовалась Эдита.

— Он не мог.

— Почему?

— Дружинин умер до кончины Лены.

— Умер?

— Да.

— Точно?

— Вы о чем?

— С него станется прикинуться трупом, — зло заявила Эдита, — в гроб ляжет и зарыть себя велит, а потом выползет и воскреснет под другим именем.

Я вздрогнул, милая старушка, до слез похожая на тетушку Гретель, неожиданно попала острым носком туфли в раскрытую рану.

— А что, Егор уже один раз проделывал такое? — вырвалось у меня.

Эдита Львовна хлопнула себя ладонью по коленям.

— Б...! Так я и знала! Снова ушел! Интересно, где он теперь вынырнет?

Пораженный площадным словом, вылетевшим из уст божьего одуванчика, я замер на стуле.

— Чего затаился? — прищурилась Эдита. — Не ожидал? Решил, что к убогой приплелся? Нет, котик. Я здоровее многих и уж точно умнее. Видно, нет у меня иного выбора, придется работать с тем, кто приплыл. Ладно, слушай историю. Мой отец был...

Тут старуха осеклась, звонко расхохоталась и спросила:

— Чего сжался? Думаешь, снова про француза песню заведу? Нет, сейчас правду скажу, но тебе, чтобы во всем разобраться, надо меня внимательно послушать. Ну поехали! Давай знакомиться заново. Я Вера Владимировна Завьялова, дочь поэтессы и профессора истории.

Я молча смотрел на старуху. Те, кто читал немецкие сказки, должны помнить, что тетушка Гретель не была ни милой, ни ласковой. Своей улыбкой и радушными речами она заманивала в домик непослушных детей, а потом делала из них пряники. Стены избушки подъедали мыши, и бабуля постоянно ремонтировала жилище.

Верочка Завьялова, дочь обеспеченных и интеллигентных родителей, росла, к огорчению мамы и папы, настоящей бестией. Никаких авторитетов для девочки не существовало, никого она не слушалась и не боялась. Впрочем, Вера была умна и старалась быть как все, но в душе девочки кипели страсти. Она рано поняла: жить, как отец с мамой, она не способна. Размеренная работа, устоявшийся быт, чаепития по воскресеньям с друзьями, регулярные походы в театр или консерваторию — все вызывало тоску. Верочка очень жалела, что война началась, когда она была крошкой, девочка с огромной охотой удрала бы на фронт. Не следует думать, что она, как большинство ее сверстников, являлась оголтелой патриоткой. Нет, Завьяловой хотелось приключений, но малый возраст не позволил ей осуществить это желание.

В самом начале пятидесятых Верочка, студентка-первокурсница, возвращалась домой поздним вечером. Уж сколько раз мать повторяла дочери:

— Не задерживайся, мы живем на отшибе, на улице темно, вдруг нехороший человек подстережет!

Верочка мирно соглашалась, но раньше полуночи дома не появлялась.

Объяснения каждый раз были новые: зачиталась в библиотеке, профессор оставил для дополнительной консультации, навещала больную подругу. На самом деле Верочке просто не хотелось сидеть вечером около нудной мамы.

Но вернемся к дню, который стал поворотным в судьбе Веры. Было тридцатое декабря, падал крупный снег, редкие прохожие тащили домой авоськи с незрелыми абхазскими мандаринами. Неожиданно на Веру напала тоска, лично ей праздник ничего хорошего не сулил, очередные посиделки с родичами за столом, ни в какую компанию ее не отпустят. Отец с матерью считают, что Новый год следует отмечать дома, сначала выпить шампанское, потом пойти поздравить соседей и вместе с ними танцевать под патефон. Может, это и неплохое времяпрепровождение, но у Веры от него сводило скулы. Да еще накануне ночью ей приснился сон: она идет по цветущему полю, а навстречу с букетом роз бежит парень, высокий, смуглый, волосы у него темно-каштановые, нос с горбинкой. Но главное — глаза! Темно-синие, какие-то нереальные.

«Верочка, — выдохнул прекрасный принц, — я твоя судьба, не упусти меня, не потеряй, сумей разглядеть в толпе! Не проворонь наше счастье».

Девушка проснулась в эйфории, но потом она даже всплакнула, ну зачем ей приснился этот красавец? Ведь наяву такого не встретить.

Погруженная в мысли, Верочка брела домой, вдруг чья-то решительная рука схватила ее за плечо и развернула.

— Снимай шубу, шапку, часы, гони кошелек, — велел незнакомый парень.

Верочка посмотрела в его лицо и онемела, настолько хорош был грабитель: темно-каштановые волосы, нос с горбинкой, красиво очерченный рот, брови вразлет и темно-синие, нереальные глаза. Это был тот самый принц из сна.

— Оглохла? — торопил разбойник. — Ну, шевелись. Или не поняла? Шубу!

За спиной Веры заскрипел снег.

— Девушка, у вас проблемы? — послышался командный голос.

Вера обернулась, через двор спешили двое милиционеров.

— Нет, нет, — крикнула Верочка, — мы с женихом просто прощаемся!

— А-а-а, — протянул один из патрульных, — а то нас вызвали, тут одну ограбили полчаса назад, деньги отняли и кольцо, парень такой смуглый...

Вера звонко рассмеялась.

— Может, и был грабитель, да он уж, наверное, удрал, получил свое, теперь гуляет. На свете много смуглых людей, мой жених к уголовному миру отношения не имеет, это аспирант моего отца, профессора Завьялова. Я живу в доме пять, вон он, в конце переулка, хотите паспорт покажу? Мы здесь уже минут десять находимся и никого не видели, правда, Илюша?

— Да, — спокойно ответил грабитель, — мы ничего не нарушаем.

Патрульный взял под козырек:

— Простите.

— Ничего, — очаровательно улыбнулась Верочка, — мы понимаем, такая у вас служба.

Топая валенками с калошами, милиционеры ушли, девушка посмотрела на грабителя.

— Я Вера, а тебя как зовут?

— Илья, — буркнул уголовник.

— Случайно угадала, — засмеялась она.

— У тебя отец правда профессор? — внезапно поинтересовался Илья.

— Да, — кивнула Вера.

— Повезло тебе, — скривился парень, — а мой пьяница, хоть бы помер скорей!

— Ты с моими родителями не жил! — воскликнула Верочка. — Вот где беда!

— Неужели у профессора денег нет? — ухмыльнулся Илья. — Да и не похожа ты на оборванку.

— Не в деньгах счастье, — воскликнула Верочка, — мои предки не бедствуют, но они такие нудные! Сил нет! Убежать хочу, да некуда.

— Дура! — хохотнул Илья. — Кто ж с мягкого дивана уходит!

— Я, — ответила Вера, — душит он меня, мягкий диван!

— Поспи с мое на рванине, на полу, другое запоешь, — окрысился Илья.

Вера взяла его за руку:

— Пошли.

— Куда? — растерялся уголовник.

— К тебе, на рванину, — сказала Вера.

Илья попятился.

— Ты сумасшедшая? — спросил он. — А вдруг у меня баба есть?

— Я ее убью, — прошептала Вера, — задушу, только чтобы быть с тобой.

Парень покачал головой:

— Странно как-то! С чего бы тебе мне на шею вешаться!

Вера обвила руками шею Ильи, приблизила свое лицо вплотную к его и, безотрывно глядя в невероятно, нереально синие глаза, ответила:

— Ты приснился мне прошлой ночью, я тебя полюбила сразу и на всю жизнь.

— Эй, постой, — испугался столь бешеного натиска Илья, — ты врешь!

— Хорошо, — кивнула Вера, — можешь здесь подождать?

— Зачем? — насторожился он, но Вера уже бежала к подъезду.

Ноги ее разъезжались в разные стороны, руки тряслись, больше всего она опасалась, что Илья убежит прочь. Как потом найти его?

Когда Верочка, не чуя под собой земли, принеслась назад, Илья стоял в переулке.

— Вот, смотри, — запыхавшись, сказала профессорская дочь и раскрыла небольшую сумку.

Илья заглянул внутрь и присвистнул.

— Где взяла?

— Драгоценности мамины, кое-что от бабушки осталось, а деньги отцу выдали, это премия по итогам квартала, — пояснила Верочка, — видишь, я с приданым.

Илья нервно оглянулся, схватил девушку за руку и, бросив:

— Рвем когти, — повел ее к остановке трамвая.

Глава 25

Началась новая, восхитительная, на взгляд Веры, жизнь. Для начала она изменила свою внешность, отстригла длинные, до пояса, косы, превратилась в пергидрольную блондинку и сделала перманент. Скромная студентка выщипала брови, стала активно пользоваться пудрой и ярко-красной губной помадой. Естественно, в институте Верочка более не появлялась, домой не звонила, о себе не напоминала. Илья раздобыл паспорт на имя Маши Зоркой, колхозницы, приехавшей в Москву из-за Урала.

Участковому, заглянувшему в барак, где жил Илья, парень спокойно показал ее паспорт и заявил:

— Слышь, гражданин начальник, не зверствуй! Сеструха она мне, двоюродная. В колхозе жрать нечего, вот, хочет в Москве счастья попытать. Девка тихая, беды не будет.

— Ладно, — согласился легавый, пряча в карман вынутую из паспорта купюру, — но чтоб ни-ни! В противном случае, если жалобу услышу, назад ее отправлю.

Илья кивнул:

— Будь спок! Пригляжу за сеструхой.

— Охо-хо, — вздохнул участковый, — то-то и оно, что ты за ней приглядывать будешь.

— Разве я в чем-то плохом замечен? — без улыбки поинтересовался Илья.

— Вроде нет, — с некоторым сомнением ответил милиционер.

— Ну и лады, — повеселел парень, — а сеструху я определю на ткачиху учиться.

— Хорошее дело, — согласился представитель закона и ушел.

Ясное дело, ни на какую фабрику работать Верочка не пошла, они с Ильей начали грабить людей. Действовала парочка с огромной фантазией, никогда не повторяясь. Ну, допустим: Вере покупают билет в двухместное купе по маршруту Москва—Ленинград. Кто в пятидесятые годы мог позволить себе подобную поездку? Ночь на полке стоила немыслимых для рядового советского гражданина денег. В СВ ездили директора заводов, известные артисты, писатели.

Но Верочка решила путешествовать с комфортом, ее соседом оказался пожилой профессор, получивший в Москве крупную премию. Он похвастался значком лауреата и простодушно воскликнул:

— Внучка замуж выходит, я все гадал, какой ей подарок сделать, а теперь куплю дачку, молодым квартиру оставлю.

Верочка одобрила планы дедушки, выпила с ним пару стаканов чая и легла спать. Утром они с профессором расстались друзьями. Что испытал милый старичок, когда, приехав к своей внучке, вынул из кармана «куклу» — пачку аккуратно нарезанной бумаги с одной настоящей верхней купюрой, Вера не знала, да это ей было не интересно.

Финт с поездом провернули один раз, повторять этот прием посчитали опасным, сопоставят в ментовке факты и выследят Веру. Еще ей понравился трюк со сберкассой. Илья выследил пожилую женщину, снявшую большую сумму денег. Бабенка вела себя глупо, подошла к окошечку и театральным шепотом прошипела:

— Я тут вчера заказывала... кучу денег... вы уж их заверните получше... спрячу в карман!

Потом, озираясь и оглядываясь, баба побежала по улице, и тут настал час Верочки. С громким криком она стала падать и, чтобы не рухнуть на тротуар, уцепилась за тетку, той пришлось остановиться.

— Ой, простите, — заверещала Вера, — я споткнулась.

— Ничего, — процедила баба.

— Ей-богу, неудобно, — чуть не рыдала Завьялова.

Хорошо одетая, идеально причесанная Верочка
не вызвала у тетки никаких подозрений, да и заняло
все от силы пару минут, но их хватило Илье, чтобы
незаметно вытащить из кармана богатой дуры свер-
ток и сунуть туда все ту же «куклу».

Что потом произошло с ограбленной, Веру не за-
ботило, как и не волновала судьба родителей. Впрочем, о том, что случилось с отцом и матерью, Вера
все же узнала, ехала в вагоне метро и случайно за-
глянула в газету, которую читал ее сосед. В глаза
бросился заголовок «Академик Завьялов и его жена
погибли при аварии в рейсовом автобусе». Другая
бы девушка, даже сбежав от родителей, попросила у
пассажира газету. Но Вера равнодушно отверну-
лась. Время, когда она отзывалась на фамилию Завьялова, прошло безвозвратно, с тех пор Верочка
побывала Машей Зоркой, Аней Костиковой, Свет-
ланой Варенцовой. Верочка принадлежала к редкой
породе людей, у которых в сердце могла жить любовь к одному человеку, и это чувство она подарила
Илье.

Как ни странно, грабители ни разу не попались.
Илья был осторожен, как камышовый кот, при ма-
лейшем намеке на опасность он менял документы и
съезжал с квартиры. Верочка следовала за Ильей, ее
любовь к нему становилась с каждым годом все
сильней. Верочка и Илья разбогатели, более того,
они казались добропорядочными гражданами. Илья
пристроился на работу водителем к директору тре-
ста, служил по графику — два дня возил начальника, три сидел дома, а Верочка стала маникюршей,
быстро обросла клиентками, которые делились с
ней многими своими тайнами.

Знали бы болтушки, с кем откровенничают о

своих брюликах и финансовых проблемах, мигом
бы поседели от ужаса. Но Вера никогда не грабила
клиенток, а Илья имел безупречную репутацию на
службе, ему даже как ударнику комтруда дали отдельную квартиру. Вера и Илюша поженились, но
детей у них не было, да и не хотели они обзаводиться потомством, им хватало друг друга. На дело грабители теперь ходили редко, от силы раза два в год,
брали большой барыш и снова превращались в
скромную семейную пару. Ни разу на Артамоновых
Зину и Костю, под этими именами жили теперь
Илья и Вера, не обратили внимание сотрудники
МВД.

Но потом Илья задумал грандиозную аферу. Все
началось с командировки. Илья ездил со своим на-
чальником в маленький городок со смешным названием Крюк. Вернулся он оттуда задумчивый и сказал Вере:

— Может, нам завязать?

— Почему? — воскликнула она. С годами любовь
к авантюрам не исчезла.

— Устал я, — признался Илья, — наверное, ста-
рею.

— Глупости, — возмутилась Вера, — мы с тобой
еще молодым фору дадим.

— Оно так, конечно, — протянул Илья, — но
ведь не до могилы же нам мешки трясти?[1]

Вера фыркнула.

— Меня не прельщает перспектива жить на ке-
фире.

— У нас кое-что собрано, — напомнил муж.

— Быстро потратим, — не уступила Вера.

---

[1] Мешки трясти — воровать.

— Есть хорошая идея! — воскликнул Илья. — Но что-то мне тревожно.

— Говори, — обрадовалась Вера, которая в преддверии опасного приключения расцветала, словно одуванчик под солнцем.

— Был я в городке Крюк...

— Знаю, — нетерпеливо перебила Вера.

— Начальник мой, как от жены вырвется, мигом к бутылке присасывается, ему в Крюке баньку истопили, стол накрыли, девку позвали, — начал Илья, — а потом он заснул прямо там, в комнате отдыха.

— Ну, короче! — воскликнула Вера.

— Я при нем сидел, а там такие кабинеты: стены не до потолка. И тут в соседний отсек компания вошла, пять мужиков, одни гуляли, баб не звали. Археологи оказались, под этим Крюком раскопки ведут, древний город нашли, с могилами.

Чем дольше Вера слушала мужа, тем яснее понимала: судьба послала им уникальный шанс. Археологи пришли попариться уже основательно под газом, говорили они громко, никого не стесняясь, о том, что их кто-то может подслушать, не задумывались, и очень скоро водитель-грабитель услышал следующее.

Руководитель экспедиции Машкин Андрей Семенович еле-еле выбил разрешение на раскопки. В то, что под Крюком имеется богатое захоронение и неизвестный город, не верил никто. Коллеги откровенно посмеивались над чокнутым археологом, а Машкин тряс на ученых советах пожелтевшими книжонками, доходил буквально до исступления, объяснял: «Я опирался на эпос! Смотрите, вот тут описано, как хоронили скифскую царицу...»

Члены совета кивали, а после совещания шептали друг другу:

— Андрей Семенович энтузиаст.

— Просто романтик.

— Его бы энергию да в мирных целях.

Говорят, вода камень точит, в конце концов Машкину удалось пробить лбом каменную стену, и он получил разрешение на раскопки. Спустя месяц научный мир облетела сенсация: сумасшедший Машкин был прав, он вскрыл могилу и обнаружил там скелет женщины, с ней были захоронены бесценные сокровища. Сколько стоят браслеты, кольца, нагрудник, колье и прочие раритеты, никто сказать не мог, зато все понимали, что Андрей Семенович сделал великое открытие.

— Забавно, — улыбнулась Вера, выслушав мужа, — а мы при чем?

— Я тут проконсультировался у одного специалиста, — продолжал Илья, — и узнал: скифское золото — вещь очень ценная, все музеи мира мечтают о нем. Понимаешь? Сопрем находки и будем богаты до конца жизни, станем потихонечку их распродавать, со временем наша добыча только подорожает, а то и на Запад смоемся.

— Ты того, да? — повертела пальцем у виска Вера. — Это не деньги у человека украсть, поймают — расстреляют!

— Если работать умно, то ничего не случится, — усмехнулся Илья. — У тебя вроде через два дня отпуск? Будем надеяться, они до этого времени повариху не найдут.

— Кто? — не поняла Вера.

— Мужики эти в бане сетовали, что у них кухарка заболела, готовить некому, — объяснил Илья, —

значит, так, скажи в парикмахерской: в Сочи мы едем, косточки греть.

Спустя неделю у археологов появилась повариха с вычурным именем Эдита. Не слишком-то оно подходило простой бабе, ходившей в бесформенной юбке и заматывающей голову платком так, что наружу торчал один нос, но время поджимало, а других документов Илья быстро достать не мог. Эдита по паспорту была незамужней, с пропиской в деревне Конкино Свердловской области. Но археологи особой бдительностью не отличались, Машкин охотно принял на работу неграмотную Эдиту и спокойно зачислил в штат экспедиции водителя Николая, смуглого мужика с ярко-синими глазами. Эдита варила суп и кашу, Коля возился с машиной, ни у кого они подозрений не вызывали. Была лишь одна неприятность. Завхоз экспедиции, романтично настроенный Анатолий, писал стихи, и свои вирши «поэт» вознамерился читать тихой Эдите, которая молча слушала его и коротко комментировала:

— Хорошо.

Ругаться с завхозом не следовало, но когда Толя, решив развить отношения дальше, принес Эдите цветы, он мигом получил половником по лбу.

— С ума сошла, — обиженно протянул «поэт», — я не хотел тебя обидеть. И потом, ты не девочка уже, к чему руки распускать! Подумаешь — букет подарил!

Эдита поправила платок.

— Кто у меня был, тебя не касается, — отрезала она, — я женщина честная, просто так, абы с кем, в постель не лягу.

— Понял, понял, — попятился Толя, — а стихи читать можно?

— Только лапы не распускай, — милостиво согласилась Эдита.

Через две недели Вера и Илья досконально изучили ситуацию. Золотые украшения хранились в небольшом домике, у двери которого круглосуточно дежурит охрана, в противоположной стене есть окошко, но его даже решеткой забирать не стали, настолько оно мало. Доступ к золоту имели сам Машкин, его заместитель и еще пара ученых. Нечего было и мечтать вступить с ними в сговор. Положение казалось безвыходным, а тут еще прошел слух, что во вторник приедут из Москвы и увезут скифские раритеты в столицу, подальше от греха. Следовало действовать немедленно. За два дня до предполагаемой отправки золота из Крюка Илья-Николай подошел к жене и шепнул:

— Пошли на наше место, поговорить надо.

Парочка давно отыскала укромный уголок, где можно было спокойно обсуждать свои планы.

— Все отлично складывается, — воскликнул Илья, добравшись до лесочка, — нам поможет Витя!

— Кто? — удивилась Вера.

— Сын Машкина.

— Ты уверен? — изумилась она. — С какой стати мальчик полезет в дело, и потом, он же еще ребенок совсем.

— Ему четырнадцать лет, — пожал плечами Илья, — я в его возрасте уже перестал на шухере стоять, со взрослыми наравне работал.

— По виду ему больше одиннадцати не дашь, — усомнилась жена, — ты ничего не путаешь? В лагере двое детей, еще Егор Дружинин, сын охранника Герасима, но тот помладше будет, ему десять.

— Просто Витя мелкий, ничего страшного, —

прервал Веру Илья. — Слушай, план таков. Около
полуночи, когда все заснут, ты возьмешь ведро с по-
моями и пойдешь мимо домика, где хранят золото.
У входа притормозишь и поболтаешь с охранником
о всякой ерунде. Пока ты Герасима разговорами
развлекать будешь, Витька пролезет в сарай. Потом
ты, проходя мимо окна, поскребешь в стекло, Витька выбросит вещи, подберешь их, сунешь в ведро и
иди спокойно к помойке. Там достанешь украшения, положишь в пакет и сунешь под березу, в корни. Остальное мое дело.

— А вдруг охранник что-то заподозрит, ну шум
услышит или шорох? — спросила Вера.

— Ты же его болтовней отвлечешь, да и Витька
ловкий, он тут мне пару трюков показал, ну просто
гуттаперчивый, гнется в разные стороны.

— А если охранник шум поднимет? — тревожи-
лась Вера.

— Не поднимет, — хихикнул муж, — видишь
речку? Там в начале часа ночи девка купаться будет,
голая! Туда-сюда по берегу побегает, потом мыться
начнет. А сейчас полнолуние, вот она дурака Герасима и отвлечет.

— Ловко, — кивнула супруга, — но почему Витя
вдруг решил нам помочь?

— А он отца ненавидит, — пояснил Илья, — вроде как ты своих родителей. Машкин с его матерью
развелся, а она после этого с седьмого этажа сигану-
ла, ну и всмятку. Папенька пацана не забрал, поехал
Витька в интернат. Его Машкин только в экспедицию берет, да и то оформляет рабочим и заставляет
землю рыть. Как бы ты к такому папе отнеслась?
Помнишь, Витя руку тут поранил?

Веру передернуло. Несколько дней назад произошел неприятный случай. Егор и Витя забавлялись бритвенным лезвием, швыряли его в дерево. Дружинин промахнулся и попал Вите в руку. Мигом потекла кровь, Витя заорал, Егор попытался вытащить лезвие, но сделал только хуже. На вопли мальчика прибежала Вера, которой чуть дурно не стало при виде окровавленного паренька. Охая и причитая, она понеслась за доктором, который, ругая мальчишек, зашил рану. Весь лагерь жалел подростка, а отец даже не выглянул из палатки, его, похоже, сын совсем не интересовал...

— Ясно, — кивнула Вера, — я готова.

Афера прошла, как всегда, без сучка без задоринки.

Увидав повариху, тащившую здоровущее ведро, прикрытое крышкой, охранник Герасим сам завел с ней беседу:

— Не спишь?

— Еле управилась, — ответила она, — осталось помои вылить.

— Я гляжу, ты аккуратная, — одобрительно кивнул стражник, — всегда по ночам сор выносишь, другие бабы ленятся после ужина объедки выбрасывать.

— Дома мне и самой лень, — охотно ответила Вера, — а здесь работа, надо правила соблюдать.

— Слушай, что там, а? — вдруг насторожился Герасим.

— Где? — прикинулась заинтересованной Вера.

— А у реки!

Она посмотрела на берег.

— Баба сумасшедшая, купаться ей приспичило, вот нахалка, догола разделась.

— Ну и ну, — протянул Герасим и впился взглядом в обнаженную фигуру, — вообще стыд потеряла, ишь, выкобенивается, думает, никто не видит.

Вера пошла за домик, приблизилась к окну и тихонько постучала в стекло. Из окна бесшумно полетели свертки с золотом, план, разработанный Ильей, сработал на все сто.

Спрятав награбленное в корнях березы, Вера отправилась спать. В пять утра она, как обычно, принялась готовить завтрак, около семи появились зевающие археологи, а в девять раздался вопль Машкина:

— Помогите, обокрали!

Началась суматоха, Андрею Семеновичу стало плохо, его повезли в больницу, остальные участники экспедиции, словно брошенные курицей цыплята, метались по лагерю. В обед к ученым прибыл «газик», из него вылезли три парня в форме, и один быстро сказал:

— Успокойтесь, мы нашли вора.

— Как? — в едином порыве воскликнули все.

— В Москве его взяли, — ответили сотрудники МВД, в мыслях уже потратившие будущую премию.

— И золото обнаружили? — уточнил заместитель Машкина Константин Веревкин.

— При нем было, — отрапортовал старший по званию и предложил: — Пусть кто-нибудь от вас с нами поедет, надо опись составить.

— Я готов! — ажитированно закричал Веревкин.

Глава 26

Вера на ватных ногах отправилась на кухню, в голове у нее шумело. Илью арестовали! Что же ей теперь делать? Затемно из города вернулся Константин. Несмотря на то, что стрелки часов давно переместились за полночь, он собрал весь коллектив и рассказал, что произошло на самом деле.

Золото и впрямь обнаружили, шофера-вора арестовали, и тот сразу дал показания: ограбил дом он один, вошел туда около пяти утра, когда охранник Герасим заснул, вытащил драгоценные находки и побежал на станцию, чтобы успеть на электричку. Но грабителю не повезло, на дороге случилась авария, обрыв линии, и на несколько часов движение было прервано, поезд стоял в чистом поле с запертыми вагонами, это и позволило оперативникам успеть сообщить о краже в Москву. В признании преступника имелась одна шероховатость: водитель уверял, будто похитил все раритеты, но в мешке, который он имел при себе, не хватало большого количества ценностей, в частности головного убора царицы, колец, браслетов и пояса в виде золотой цепи, украшенной резными фигурками. Вера, которая вместе с членами экспедиции слушала рассказ Веревкина, чуть было не заорала: «Да не было никакой диадемы и пояса, я бы их запомнила».

Но, естественно, ничего подобного лжеповариха не сказала.

— Следователь полагает, что грабитель успел припрятать часть вещей, — восклицал Веревкин, — ну ничего, его расколют!

В полуобморочном состоянии Вера вышла с собрания и отправилась искать Витю, она хотела задать ему пару вопросов. То, что он выкинул из окна не все находки, часть оставил себе, Вере стало понятно сразу.

Но кто предал Илью? Кто описал милиционерам внешность человека, который поедет в столицу с украшениями? В деле было всего трое участников. Напрашивался единственно правильный вывод: Витя стукачок.

В палатке паренька не было, Вера побродила по лагерю, а потом, подумав, что ее настойчивое желание обнаружить подростка может кому-нибудь показаться подозрительным, ушла к себе.

«Никуда мерзавец не денется, — решила она, — завтра с ним разберусь».

Утро принесло новые неприятные вести, в десять часов к археологам вновь приехала милиция, и члены экспедиции узнали, что Андрей Семенович скончался в местной больнице, не приходя в сознание.

— О господи, — охнула Лариса, жена Веревкина, — а что же теперь будет с Витей? Кстати, где он? Кто-нибудь видел мальчика?

Не прошло и пяти минут, как в лагере начался переполох: сын скончавшегося профессора исчез, вчера про подростка в общей суматохе просто позабыли, очень перенервничали, и вот сейчас выяснилось: в последний раз Витю видели во время ужина, накануне кражи.

— Он шел в свою палатку, — растерянно бормотала Лариса, — с полотенцем на плече. Я еще поинтересовалась: «Ты купаться ходил?» А он в ответ: «Вода теплая, как парное молоко».

Испуганные археологи забегали по лагерю. Вещи мальчика были на месте, значит, Витя никуда не уезжал, но куда он подевался?

Спустя два часа выяснилась новая подробность: у охранника Герасима, того самого, что стерег избушку со скифским золотом, пропал сын, десятилетний Егор.

— Почему ты не забеспокоился? — налетела на горе-отца Лариса. — Ребенок ночевать не пришел!

— Ну... дык... того, — забубнил тот, — он вроде смылся.

— Куда? — закричала Лариса.

— Э... э...

— Вспоминай! — потребовала Веревкина, — напряги остатки ума.

Герасим почесал макушку, и вдруг его лицо просветлело.

— На рыбалку! Точно! Я у сарайчика дежурил, а Гошка подошел и потряс меня за плечо. Я спросил: «Чего тебе?», а он ответил: «Папань, я с Витькой на речку схожу, там леща поймать можно!»

— А ты что? — рявкнула Лариса.

— Ниче, — протянул охранник, — пущай пацанчик отдыхает, лето ж!

— Но он не вернулся!

— Дык... тык... приболел я, — забухтел Герасим, — сначала менты понаехали, допрос устроили. Я весь издергался, испугался, еще арестуют, обвинят... ну и... в общем...

— Напился, — подвела итог Лариса, — квасил в темную голову, про Егорку забыл! Урод! Куда они пошли?

— Дык на реку!

— Она большая.

— Ну... не знаю!

Поняв, что от «заботливого» папаши толку не добиться, Лариса плюнула и бросилась созывать людей на поиски детей. Не прошло и часа, как на берегу обнаружили две самодельные удочки, пластмассовое ведро, одну пару сандалий, спортивные штаны и куртки.

— Они утонули! — всхлипнула Лариса.

— Зря сюда пошли, — сплюнув на траву, заявил один из местных жителей, принимавших участие в поисках, — тут течение очень быстрое, рыбы не поймать, а вон тамочки омут, в нем водяной живет, ён купальщиков за ноги хватает, каждый год кто-нибудь из городских тонет. Лезут купаться — и хренашечки.

— Надо водолаза вызвать, — засуетилась Лариса.

— Бестолковое дело, — хмыкнул мужик, — не найдут!

— Нельзя же оставить тела в воде, — возмутилась Веревкина.

— Ну-ну, — пожал плечами местный, — попытка не пытка.

— Я сделаю все, чтобы детей нашли! — закричала Лариса.

Не успела поисковая группа вернуться в лагерь, как снова приехали милиционеры, и опять с плохой вестью: вор, укравший золото, умер в камере.

— Из столицы звонили, нам велели его вещи забрать, — заявил один из сержантов, — они следователю нужны.

Представляете, что испытала бедная Вера? Она не могла даже заплакать. Окружающие не должны были знать о том, что шофер на самом деле не Николай, а Костя Артамонов, муж поварихи, которую зовут вовсе не Эдита. И уж совсем плохо будет, если кто-нибудь докопается до тщательно скрытой правды: Артамоновы на самом деле Илья и Вера.

Единственное, что позволила себе Вера, это сказать:

— Давайте я помогу его сумку сложить.

— Валяй, — милостиво разрешил один из милиционеров, — мы тут пока покурим.

Вера аккуратно упаковала скромные вещи без всяких опознавательных ярлычков и меток, вручила сумку менту и тихо спросила:

— От чего он умер, вроде не старый еще?

— Сердце, — быстро ответил сержант, отводя глаза в сторону, — как он сообразил, что по этапу пойдет, мигом инфаркт заработал.

Вера, стараясь не измениться в лице, пошла в чуланчик, где стояла ее койка. Она поняла, что привычная жизнь рухнула в одночасье, и перед Верой стоял выбор. Либо она впадает в истерику, кидается в отделение и рассказывает правду о себе, Илье, и... что? А ничего. Веру моментально арестуют, более того, ее словам о помощи Вити никто не поверит, все сочтут, что хитрая баба решила оклеветать погибшего паренька, чтобы снять с себя часть вины. Ничего хорошего из этой затеи не получится. Илью ей похоронить не позволят, потребуют вернуть золото, да еще навесят большой срок. Может, поехать домой, пойти опять работать в парикмахерскую, под именем Зины Артамоновой, и заявить в милицию о пропаже супруга? Но и этот путь показался Вере опасным. Вдруг менты, забившие насмерть на допросе главного подозреваемого, сообразят покопаться в прошлом шофера и выяснят, что Коля вовсе не Коля, потянут за ниточку и выйдут на Веру. А она очень хотела остаться на свободе. Но без Ильи ей жизнь была не мила, и женщина твердо решила отомстить за убийство любимого мужа. Кому? Вите Машкину! Вера категорически не поверила в его смерть. Да, на берегу осталась одежда, только никаким доказательством смерти ребят она не являлась.

Поразмыслив над ситуацией, Вера поняла: ушлый Витя обвел ее и Илью вокруг пальца, он сам задумал украсть скифское золото. Подросток влез в окно, вышвырнул часть драгоценностей, а вторую вытащил из домика, когда Вера ушла. Витя спрятал диадему, пояс и несколько браслетов в тайном месте, а потом сообщил в милицию, что вором является шофер Николай. Пронырливый подросток решил пожертвовать частью богатства, чтобы прибрать к рукам другую. Витя — хитрый как лис, поэтому он ни словом не обмолвился о том, что в краже была замешана повариха. Машкин наблюдательный, как все подростки, сообразил, что шофера и стряпуху связывают близкие отношения. Может, он нашел потайное место в лесочке, на крутом берегу быстроводной реки, где тайком встречались Вера и Илья, может, подслушал их разговоры? Но как бы то ни было, Витя понял: повариха будет молчать. Ну не дура же она, не станет собственными руками рыть себе яму, слова не вымолвит об участии в краже и, соответственно, не выдаст Витю. С другой стороны, и шофер прикусит язык, он любит свою подельницу, возьмет вину на себя, значит, тоже не заикнется о Вите. И стряпуха, и водитель отлично понимают: если ляпнут про подростка, тот мигом сообщит о полном составе группы, заложит повариху. Поэтому Витя совершенно не опасался, что его сдадут в лапы закона, не выгодно это старшим членам стихийно возникшей банды. Подросток Машкин обыграл взрослых людей, он жил после смерти матери в интернате, где царили волчьи законы, именно так и закалился Витин характер.

Вера стала лихорадочно думать, как ей поступить. Голову сверлила мысль: домой возвращаться нельзя, это опасно, вдруг следователи, а дело о похищении скифского золота должны были отдать лучшим московским специалистам, докопаются до правды и заявятся к ней требовать недостающую часть клада. Вера никогда не сумеет ответеться от обвинения, ее просто убьют на допросе, как Илью, или дадут такой срок, что на свободу она выйдет глубокой старухой. Но куда деваться? Ясно было лишь одно: нужно спокойно доработать с археологами оговоренное время, внезапное исчезновение поварихи может вызвать ненужные подозрения. Поэтому в последующие дни Вера, сохраняя на лице невозмутимое выражение, варила суп, а в лагере тем временем бурлили страсти. Охранник Герасим, отец Егора, впал в глубокий запой, и его отправили в лечебно-трудовой профилакторий, ЛТП, где перевоспитывали пьяниц. Веревкин попытался продолжить раскопки, но слег с воспалением легких, его жена Лариса упала буквально на ровном месте, сломала ногу и угодила в больницу. Другая женщина, Лена Залыгина, чуть не умерла от непонятного припадка, у нее внезапно началась астма. В общем, через десять дней на раскопках осталось несколько испуганных ученых, откровенно не понимавших, как быть. С одной стороны, хотелось продолжать работы, с другой — было элементарно страшно. Масла в огонь подлила учительница истории местной школы, Клавдия Сергеевна Балакирева. После того, как Лена Залыгина, почти потеряв способность дышать, оказалась в больнице города Крюк, Клавдия Сергеевна принеслась в лагерь и заорала на сына, бывшего при экспедиции разнорабочим:

— Сережа, немедленно собирайся домой!

— Мама, — удивился парень, — я нанялся на все лето.

— А сейчас ты уволишься, — взвизгнула Балакирева, — не видишь, что тут творится? Люди как мухи мрут, это мертвая царица мстит за разграбление своей могилы.

— И не стыдно вам глупости говорить? — попытался пристыдить учительницу завхоз Толя Косенко. — А еще образованная женщина, педагог.

Балакирева прищурилась.

— Это вы чушь порете! Знаете о судьбе ученых, вскрывших саркофаг с Тутанхамоном, а?

— Нет, — потряс головой Толя.

— Вот и молчите, — горячилась учительница, — все, кто участвовал в той египетской экспедиции, погибли от непонятных болезней, скончался даже пилот, перевозивший мумию[1]. Проклятие фараона достало осквернителей его праха через века. Лучше вернуть золото мертвой, закопать могилу и уехать, а то все погибнут. Где ваш начальник? Его заместитель с женой? А несчастные дети, в не добрый час захотевшие половить рыбку? В конце концов, где вор, укравший золото? Сережа, домой!

Рабочие экспедиции, сплошь местные жители, услышав заявление пользовавшейся в Крюке уважением Балакиревой, мигом побросали лопаты, потребовали расчет и ушли с проклятого места. Экспедиция провалилась, археологи, сами испытывавшие огромный дискомфорт, свернули лагерь. Вера

---

[1] Это правда. Ученые в самом деле умерли, сейчас считается, что в саркофаге был некий грибок, спорами которого надышались археологи. Грибок поражает разные органы, поэтому смерть у всех наступила не одновременно. Но это лишь одна из многих версий.

пребывала в растерянности. Да, она не раз меняла имена и фамилии и начинала жить новой жизнью. Но последние годы она прожила стабильно под личиной Артамоновой, и всеми проблемами в их семье занимался Илья. Вера понятия не имела, где он добывал необходимые документы, как договаривался с хозяевами съемных квартир. До того как они получили свое жилье, Илья просто приходил домой и весело сообщал:

— Рвем отсюда когти.

Вера брала сумку с самыми необходимыми вещами и шла за любимым, она никогда не задавала ему вопросов: а где будем жить? Ясное дело, предусмотрительный Илюша обо всем позаботился. И вот теперь он оставил Веру одну, и ей нужно действовать самостоятельно.

Вера растерялась. Но, видно, богиня судьбы любила ее. Вечером того дня, когда следовало покинуть лагерь, в чуланчик к поварихе постучал завхоз Толя Косенко.

— Чего поделываешь? — спросил он.

— Если ты пришел стихи читать, — ответила Вера, — то лучше не надо, я устала, да и голова болит.

— Дай мне свои координаты, — попросил Косенко, — может, встретимся, в кино сходим.

— Нет у меня адреса, — ухмыльнулась Вера.

— Как это? — удивился Толя.

Она пожала плечами.

— Просто я не москвичка, из-за Урала, но возвращаться назад не хочу!

— Как же ты в экспедиции оказалась? — продолжал расспросы Толя.

— Нанялась к Машкину в прислуги, — соврала Вера, понятия не имевшая, что предпринял Илья, чтобы получить для нее в лагере место поварихи, — Андрей Семенович домработницу искал, вот и взял меня к себе, а потом прихватил на раскопки кашу варить.

— У тебя в Москве никого?

— Нет, — грустно ответила Вера.

— И жить негде?

— Выходит, так.

— Что же теперь делать станешь?

Вера развела руками.

— Спасибо, хорошо заплатили за работу, сниму угол в столице и начну искать службу у интеллигентных людей. Могу стирать, готовить, гладить.

— А за детьми смотреть? — оживился Толя.

Вера сдвинула брови.

— Своих не имела, но думаю, это дело нехитрое, покормить, помыть, одеть, книжку почитать. Вот только с пеленочным младенцем мне трудно будет, совсем уж к крошке нянькой не пойду. А почему ты интересуешься?

Толя задумался, а потом неожиданно стал рассказывать о себе. Вера поняла: ей выпала козырная карта, даже джокер.

Косенко оказался из интеллигентной семьи, папа — полковник, мама — учительница музыки, только отец рано скончался, оставив вдове и сыну хорошую квартиру. Нина Петровна, мама Толи, работала до последнего, но сейчас она на пенсии и, если честно, слегка сдала, забывает порой слова, но окончательно разума не растеряла. Сам Толя закончил педагогический институт и работает в школе, преподает русский язык и литературу, пописывает стихи. Косенко был женат, но супруга умерла при родах, оставив мужу крошечную дочь Алену. Бабушка заботится о внучке, а Толя несет материальные тяготы, ему надо заработать на прокорм матери и ребенка. Косенко старается изо всех сил, осенью, зимой и весной бегает по частным ученикам, а летом нанимается в экспедиции завхозом. Некоторое время жизнь шла хорошо, Алена подрастала, денег, конечно, было немного, но их хватало на еду и простую одежду. Нынешним летом Толя, как всегда, пристроился завхозом, но перед самым отъездом Нина Петровна неожиданно сказала:

— Сыночек, может, останешься?

— Нам деньги нужны, мамочка, — ответил Толя.

— Оно так, только сил у меня мало, — призналась старушка, — Алена растет, очень бойкой становится. Жениться тебе надо, вдруг я умру, кто поможет по хозяйству?

Косенко отругал мать за мрачные мысли и уехал, но он и сам хорошо понимал: ей требуется помощь.

— Деваться тебе некуда, — говорил он сейчас Вере, — а у меня большая квартира, получишь личную комнату. Много денег платить тебе не смогу, но жить и питаться будешь за мой счет. Алена ласковая девочка, моя мама, Нина Петровна, мухи не обидит. Соглашайся.

Вера молча кивнула.

— Прекрасно, — потер руки Толя, — побегу тебе билет на поезд добывать.

Косенко исчез. «Жить мне теперь до конца времени с дурацким именем Эдита», — промелькнуло в голове у Веры.

Глава 27

Перебравшись к Анатолию, Вера в первый же свободный день поехала в свою парикмахерскую, написала заявление об уходе и объяснила товаркам:

— Муж на Север подался, за длинным рублем, старость не за горами, надо запас сделать.

— Правильно, — одобрили коллеги, — удачи тебе.

Потом Верочка смоталась в ЖЭК по месту прописки, дала паспортистке взятку и попросила:

— Сделай одолжение, выпиши нас с мужем побыстрее.

— Куда? — поинтересовалась служащая.

— Во Владивосток, — ответила Вера, — по адресу улица Ленина, дом десять.

Завьялова не бывала нигде дальше Крыма, но справедливо полагала, что улица, носящая имя вождя мирового пролетариата, просто обязана быть в любой населенной точке СССР.

— Я так не могу, — сказала паспортистка, — мне нужно подтверждение с нового места жительства!

Вера вынула из сумочки еще одну купюру и ласково попросила:

— Будь человеком, помоги. Мужу повезло, как никому, его берут на корабль механиком, в Америку станет ходить, оклад большой, да еще часть денег в валюте. Одна беда, требуют владивостокскую прописку, а у меня в этом городе тетка, она к себе нас жить пустит, проблем нет.

— Ну и отлично, — улыбнулась хозяйка домовой книги, — оформляй бумаги, я, со своей стороны, не задержу их.

— Так времени совсем нет, — взмолилась Вера, — билет во Владивосток у нас на завтра, в понедельник мужу надо паспорт с штампом о местной прописке показать. Не губи! Такая работа, Америка, оклад в валюте!

И Верочка вытащила следующую ассигнацию.

— Ладно, — согласилась паспортистка, быстро пряча и эту купюру, — нарушу инструкцию по доброте душевной.

Вот таким образом Вера замела следы, и вскоре в Москве появилась Эдита.

В семье Косенко няню приняли как родную. Нина Петровна искренне обрадовалась расторопной помощнице, а маленькая Алена по собственной инициативе уже через неделю именовала воспитательницу: мама Дита. Самодеятельный поэт Толя в быту был неприхотлив и приходил в восторг от простой картофельной запеканки, на скорую руку приготовленной Эдитой.

Через год семейной жизни Вера-Эдита неожиданно поняла: ей не хочется покидать семью. Вначале-то у нее был план пересидеть некоторое время у Косенко, а потом начать поиски подлого Вити. Но шли месяцы, и Эдита постепенно выталкивала из себя Веру. Нет, она по-прежнему любила Илью и мечтала отомстить погубившему ее мужа подростку, но у Завьяловой, по сути, никогда не имелось настоящей семьи, она давно забыла, что такое любящие родители, не завела детей. С Ильей Веру связывали страсть, любовь к совместным авантюрам, жажда денег и приключений, причем последних хотелось больше, средства у парочки имелись, они лежали в укромном тайнике. Жизнь с Ильей — это был пикник на острове сокровищ, наводнение на пожаре, фонтан адреналина, полное отсутствие стабильности. То, что последние годы Вера с Ильей под личиной Артамоновых провели оседло, не изменило их психологии: цыгане по характеру, разбойники по менталитету, авантюристы и мошенники — такими они были, такими и остались. Верочка могла в любую минуту встать и покинуть квартиру. Выписываясь во «Владивосток», она не испытала даже грусти от мысли, что никогда не вернется назад, сколько уже раз в ее жизни случались побеги! За относительно спокойные последние годы Вера не купила ни одного милого пустячка: статуэтки, кружевной салфеточки, картины. Она подспудно ожидала от Ильи слов:

— Рвем когти, — и была готова уйти в неизвестность с маленькой сумкой.

Перекати-поле, женщина без прошлого, авантюристка — назовите Веру хоть так, хоть этак и окажетесь правы, но эпитет «домашняя» к ней не подходил совершенно.

Косенко же обитали в ином мире. В квартире была мебель, доставшаяся Нине Петровне еще от предков.

— Надо заново обить стул дедушки! — заботливо восклицала старушка, ввергая Эдиту-Веру в крайнее изумление.

Нина Петровна была готова часами рассказывать семейные истории, например о сахарнице, крышку которой разбил прадедушка, приехав свататься к прабабушке. Фарфоровая безделица, прикрытая блюдечком, до сих пор служила Нине Петровне, а Эдите-Вере было смешно: ну отчего не вышвырнуть старую сахарницу и не приобрести целую? На стенах большой квартиры висели семейные фотографии, давным-давно умершие люди были для Нины Петровны будто живыми, она охотно рассказывала про двоюродную бабушку Софью, обожавшую клубничное варенье, и о племяннице Римме, скончавшейся вскоре после Второй мировой войны. А еще у Нины Петровны имелась толстая кулинарная книга, по воскресеньям, водрузив на нос очки, пожилая дама начинала перелистывать изрядно замусоленные странички, приговаривая:

— Ну и какой пирог нам испечь к ужину? Капустный по рецепту Анечки Трубиной или клюквенный, который пекла бабуля Алены Струтинской?

Первое время Эдита-Вера считала Нину Петровну потерявшей голову старухой, но потом она неожиданно поняла: есть на свете такая вещь, как семейные традиции, многим людям светлей жить, осознавая свою связь с предками. Через полгода нянька удивилась: ей совершенно не хотелось уходить прочь из уютного дома, и она приняла предложение Толи выйти за него замуж.

Анатолий радовался, как мальчик, а Эдита (она все реже вспоминала, что на самом деле ее зовут Верой) вдруг с изумлением обнаружила: муж совсем не противный человек. Конечно, он был иного склада, чем Илья. Спокойный учитель русского языка ни за какие пряники не пустился бы в опасные авантюры, но, видно, в середине жизни Эдите предстояло сделать много открытий. В новом браке она поняла, что иметь корни вовсе не плохо и что в стабильной, размеренной жизни есть свои радости.

Шли годы, подрастала Алена, давным-давно признавшая Эдиту мамой, Толя неожиданно бросил преподавать и начал работать в издательстве. А Эдита тайком съездила к их с Ильей тайнику, выгребла оттуда золото и, принеся его домой, сказала мужу:

— Умерла моя тетка, вот передали от нее посылку, завещала мне свои украшения.

— Тут целое богатство! — всплеснул руками Толя.

Наивный, он всегда верил жене, не усомнился и в этот раз.

В середине девяностых Толя умер, Нина Петровна скончалась намного раньше сына, Алена и Эдита остались одни. Теперь уже Эдита рассказывала знакомым о людях, которых запечатлели фотографии, и перелистывала рассыпающуюся от старости книгу с рецептами. Эдита давным-давно придумала себе легенду о папе-французе и маме, уральской красавице. Иногда, ложась в кровать, дама вспоминала свое прошлое, не выдуманное, а настоящее, пыталась представить лицо Ильи, но черты дорогого человека расплывались, путались и мысли. «Вот, — говорила себе Эдита, — в каком году мы с Илюшей ездили в Сочи? И не припомню. Хотя нет, Нина Петровна в тот момент заболела, мы отправились втроем, с Аленой, без бабушки». Вдруг в мозгу Эдиты что-то щелкало, и она начинала сердиться на себя. Ну нельзя же быть такой дурой! Какие Нина Петровна и Алена! Ведь Эдита хочет вспомнить Илью, а не Толю! Ну почему ей кажется, что старушка и девочка постоянно были с ней?

«Золотой запас» Эдита расходовала экономно: Алена работала, им вполне хватало на жизнь. Затем случилась беда: Эдита упала и сломала шейку бедра, Алена сделала все, чтобы спасти жизнь той, что стала ей матерью. Она купила дорогой искусственный сустав, и Эдиту прооперировали. Первую неделю Алена не отходила от койки матери, но та ее выгнала.

— Не сиди здесь, — сердито сказала Эдита.

— Надоела тебе? — заулыбалась Алена.

— Замучила заботой, — кивала Эдита, — закормила деликатесами, почитать некогда, ступай, доченька, домой, я журнальчики посмотрю, книги полистаю!

— Сейчас, мама, — подхватилась Алена и убежала.

— Какая у вас дочь заботливая, — с горечью сказала соседка, — а я вот одинокая, никто обо мне не печется.

— Да, у меня замечательная девочка, — отозвалась Эдита, — лучше не бывает.

Продолжить разговор не удалось, Алена ворвалась в палату, в руках она держала туго набитый полиэтиленовый пакет.

— Вот, мамулечка, — запыхавшись, выпалила она, — тут твои любимые детективы.

— Ну егоза, — нарочито нахмурилась Эдита, — весь магазин скупила?

— Почти, — призналась Алена, — не скучай, завтра приеду.

— Я умирать не собираюсь, — ухмыльнулась Эдита, — не таскайся в больницу, лучше отдохни. Все! Запрещаю тебе появляться неделю.

Алена поцеловала мать и ускакала, Эдита взяла толстый том.

— Любите криминальные истории? — с неодобрением спросила соседка.

Не желая вступать в беседу, Эдита кивнула, ну не говорить же приставучей особе правду: мне смешно их читать, у авторов скудная фантазия, опиши я свои приключения, вот это вышел бы бестселлер.

И тут из коридора послышался шум, заскрипела дверь.

— Небось ваша дочь возвращается, решила еще что-то принести, — поджала губы соседка.

Но к ним на инвалидном кресле ввезли женщину с перевязанной рукой, за коляской шел встревоженный мужчина. Эдита отложила книгу, а соседка начала возмущаться:

— Здесь двухместная палата.

— Извините, пожалуйста, — сказал незнакомец, — в отделении нет мест, заведующий велел временно сюда третью койку поставить, всего на одну ночь.

— Безобразие, мы задохнемся, — не успокаивалась вздорная баба.

— Егорушка, — тихо попросила новенькая, — нет беды, я полежу в коридоре.

— Глупости, — твердо ответил тот и вышел.

— Набьют как сельдей в бочку, — кипела соседка.

Эдита, решив не принимать участия в скандале, потянулась за книгой, но почитать ей не удалось, в палате появился заведующий.

— Раиса Ивановна, — обратился он к скандалистке, — извините, случился форс-мажор, сами видите, какая погода, на улице гололед, у нас все места заняты, очень прошу, пригрейте Ольгу Андреевну на одну ночь, завтра освободится семнадцатая палата, и мы переведем Дружинину.

— Я заплатила деньги за приличные условия, — не уступала врачу Раиса Ивановна, — не мое дело, как вы выкрутитесь.

Ольга Андреевна подняла полные слез глаза на сына:

— Егорушка, увези меня отсюда!

— Мама, мы тоже заплатили, — обозлился тот и налетел на заведующего: — Когда мы оформляли с вами договор, нам твердо обещали госпитализацию в случае необходимости.

— Я же не отказываю, — забубнил врач.

— Но речь шла либо об одноместной палате, либо о двухместной! — наседал на доктора заботливый сын. — И уж совсем некрасиво ставить нас в положение татаро-монгольских захватчиков. Кстати, Раиса Ивановна права, мне бы тоже не понравилось подселение третьего лица!

— Но поймите, — заломил руки заведующий, — у нас впервые такое, надо всего одну ночку потерпеть.

— Егорушка, давай уедем, — прошептала Ольга Андреевна.

— Мама, это опасно.

— Мне тут не нравится.

— Ну мамочка!

— Хочу домой, — заплакала Ольга Андреевна.

— Извините, — внезапно сказала Раиса Ивановна, — не знаю, что на меня нашло, лежу тут одна, никому не нужная...

И скандалистка зарыдала.

Эдита схватила с тумбочки бутылку с водой:

— Раечка, выпейте.

Ольга Андреевна вытерла глаза и спросила:

— Дорогая, хотите сладенького?

— Вы мне? — прекратила лить слезы Раиса Ивановна.

— Конечно, — заулыбалась Ольга Андреевна, — раз уж мне тут ночевать доведется, надо нам подружиться. Егорушка, съезди во французскую кондитерскую и купи набор пирожных, всего по паре.

— Да, мама, — кивнул тот.

— Ну вот и славно, — потер руки врач, открыл дверь и крикнул: — Катя, оформи!

Некоторое время в палате царила суматоха, вызванная размещением лишней койки, затем появилась медсестра и вежливо сказала:

— Ответьте на мои вопросы.

— С удовольствием, — кивнула новенькая.

— Имя, фамилия, отчество.

— Дужинина Ольга Андреевна, — произнесла женщина.

Медсестра старательно записывала сведения, добралась она наконец и до вопроса о месте рождения.

— Город Крюк, — ответила больная.

Эдита вздрогнула и невольно переспросила:

— Крюк? Вроде у вас там когда-то археологические раскопки вели.

— Верно, — подтвердила Ольга Андреевна.

— Скифское золото искали, — проронила Эдита и быстро добавила: — Я в газете читала.

— Вроде так, — нехотя откликнулась новенькая, — если честно, я не в курсе, уехала из Крюка давно, никаких подробностей о тех раскопках не знаю.

— Ваше семейное положение, — вернула медсестра больную к анкете.

— Вдова.

— Дети есть?

— Сын. Егор Герасимович Дружинин, — сказала новенькая, — да вы его видели, он за пирожными поехал.

Эдите стало жарко, а потом по спине прошел озноб. Память услужливо вытащила на свет забытые детали. Охранника, караулившего домик со скифским золотом, звали Герасим. Над ним посмеивались и археологи, и рабочие, когда он утром с похмелья шел к речке, ему вслед иногда кричали:

— Осторожней там, а то, как Муму, утонешь!

— Во народ, — вздыхал незлобливый мужик, — лишь бы поржать, ну назвали меня по-дурацки, и что?

Еще Эдита, пытаясь унять бешеное сердцебиение, вспомнила о мальчиках, утонувших в реке, одного звали Витя, второго Егор Дружинин. В смерть Вити Эдита не верила, а вот кончина Егора не вызывала у нее сомнений. Может, сейчас судьба-шутница столкнула ее с тезкой покойного мальчика? Ну мало ли людей носит имя Егор? Да и фамилия Дружинин не из редких. Но Егор Герасимович уже не частый вариант, а если учесть, что место рождения Ольги Андреевны город Крюк...

— Ваш мальчик москвич? — поинтересовалась Эдита после того, как медсестра покинула палату.

Если Ольга Андреевна и удивилась вопросу, то вида не подала.

— Да, — кивнула дама, — мы живем в столице.

— Давно?

— Считайте всю жизнь, — ответила новенькая, — я переехала в Москву, когда скончался муж, всегда хотела дать сыну хорошее образование, а в Крюке его не получить. Только Герасим не желал покидать родные пенаты, ему было наплевать на Егора.

— Понятно, — сказала Эдита.

— Мужчины жуткие эгоисты, — вмешалась в беседу Раиса Ивановна, — думают только о себе!

— Не скажите, — возразила Ольга Андреевна, — есть и нормальные.

— Ой! Хоть одного видели? — бросилась в атаку Раиса Ивановна.

Эдита не стала слушать спор соседок, она складывала в уме головоломку. Значит, Егор остался жив, вернулся к матери, они переехали в Москву. Странно, однако... Тело искали довольно долго, где же прятался мальчик, зачем бросил одежду? А Витя? Куда подевался тот, из-за кого убили Илью?

Дверь в палату с треском распахнулась, вошел Егор.

— Вот, — весело воскликнул он, — сейчас я устрою вам пир, разрешите только свитер сниму? Жарко здесь.

— Конечно, — хором ответили женщины.

Дружинин стащил пуловер, под ним оказалась симпатичная рубашка с короткими рукавами. Егор захлопотал у подоконника, где стоял чайник, бросил в чашки пакетики, потом положил аппетитную бисквитную корзиночку с фруктами на тарелку и протянул Эдите.

— Прошу вас!

У бывшей воровки перехватило дыхание. На руке весело улыбающегося Егора, с внутренней стороны, чуть пониже локтевого сгиба она увидела уродливый Т-образный шрам, побелевший от времени, но все равно хорошо различимый.

Глава 28

В полуобморочном состоянии Эдита взяла угощение и машинально начала есть пирожное, но никакого вкуса не ощущала, она словно провалилась в некую временную яму и оказалась на улице возле столовой. В лицо ударил теплый ветер, она услышала плач подростка, увидела Витю, выбегавшего из палатки с окровавленной рукой.

— Что случилось? — спросила Вера.

Но мальчик плакал все сильнее, она пошла за

доктором. Вернувшись, она выяснила, что мальчики бросали лезвие бритвы в дерево, Егор промахнулся и попал в руку Вити. Врач зашил рану.

— Дураки, — кипел он, — а если б ты в глаз ему попал? Слепым можно стать или умереть. Хорошо, что в руку угодил. Хотя ничего хорошего, теперь на всю жизнь шрам останется!..

— Еще пирожное? — услышала Эдита голос Егора.

— Нет, нет, спасибо, — собрав всю волю в кулак, ответила она, — нога к ночи разболелась, лучше полежу тихо.

Прикрыв глаза, Эдита наблюдала за тем, как хлопочет вокруг матери Дружинин, с каждой секундой у нее крепла уверенность: это он, Витя, тот самый подросток, присвоивший себе часть богатства, негодяй, по вине которого погиб Илья.

Долгие годы Эдита-Вера мечтала найти Виктора и отомстить ему по полной программе, она даже предприняла какие-то шаги, но все нити оказались оборванными, Витя Машкин словно в воду канул. Эдита не верила в смерть подлеца, но годы шли, и история стала не то чтобы забываться, она задвинулась в самый дальний угол памяти и вот теперь внезапно, словно черт из табакерки, выскочила наружу.

Эдиту затрясло. Не сломай она ногу, не окажись в этой палате, не случилось бы встречи с Ольгой Андреевной, не увидела бы Эдита Егора-Витю.

Значит, он не только грабитель, а еще и убийца. Из-за пропавшего золота скончался Андрей Семенович Машкин и убили на допросе Илью, а еще, похоже, Витя утопил маленького Егора, забрал его метрику и спокойно уехал из Крюка. Вите в тот год

было четырнадцать лет, а Егору десять, но Машкин
имел небольшой рост и походил на третьеклассни-
ка. Заботливая Веревкина даже велела поварихе
класть подростку в тарелку двойную порцию.

— Он детдомовец, — пояснила Лариса, — сирота
при живом отце, кормят в интернате плохо, воруют,
вот дети и растут недомерками...

На следующее утро освободилась одноместная
палата, и заведующий хотел перевести туда Ольгу
Андреевну, но Раиса Ивановна вновь затеяла скандал, заявив:

— Почему ей на лучшее место? Я тоже платила за
контракт. Пользуетесь тем, что я одинокая? Обижаете того, за кого никто не заступится?

— С удовольствием уступлю вам отдельную палату, — сказала Ольга Андреевна, — мне веселей в
двухместной.

Что делают женщины, оказавшиеся вместе на
больничных койках? Ясное дело, болтают. Эдита
начала осторожно расспрашивать соседку и очень
скоро узнала много подробностей о Егоре. Из уст
матери лились дифирамбы в адрес сына: замечательный, умный, добрый, заботливый, чудесный,
работящий.

— А внуки у вас есть? — поинтересовалась Эдита.

— Егорушка не женат.

— Что так?

Ольга Андреевна вздохнула.

— Есть у сына и отрицательные качества: он обожает опасные затеи и хочет найти супругу, которая
будет не только одобрять их, но и станет активной
участницей его безумств.

— Это как? — заинтересовалась Эдита.

Ольга Андреевна рассказала об экстремальных забавах Егора.

После этого Эдита попробовала расспросить о прошлом Егора и мигом наткнулась на непробиваемую стену. Словоохотливая Ольга Андреевна категорически не желала вспоминать город Крюк, о муже Герасиме она сказала всего пару фраз.

— Пил много, совершенно не подходил мне, я по глупости за алкоголика замуж выскочила, боялась старой девой остаться. Потом Егор родился, пришлось ради мальчика терпеть, ну, а когда Герасима господь прибрал, мы новую жизнь начали. В Москве встретила хорошего человека и прожила с ним довольно долго.

С какой бы стороны ни подъезжала Эдита к интересной для нее теме, больше ничего узнать не удалось.

Потом Ольгу Андреевну забрали домой, перед отъездом дамы расцеловались и обменялись телефонами. Но тесной дружбы у них не вышло. Во-первых, Эдита после операции передвигалась с огромным трудом и, в конце концов, смирившись с ситуацией, села в инвалидное кресло. Во-вторых, задумав уничтожить того, кто носил теперь имя Егор, дама решила избегать слишком явных контактов с ним и его близкими. Но связи с Ольгой Андреевной она не теряла, звонила ей раз в две недели и болтала о всякой чепухе. Основной темой их бесед были дети: Алена и Егор. Если бы дочь Эдиты знала, что задумала ее мать! Но Алена и не предполагала, с каким человеком живет, для нее Эдита была мамочкой, милой, заботливой, любящей. Единственный человек на свете, способный рассказать всю правду о ней, был давно умерший Илья. Эдита похоронила вместе с мужем и свое прошлое, стала госпожой Ко-сенко. Но внезапно в ней ожила Вера Завьялова и задвинула Эдиту в угол.

Именно в момент, когда Эдита начала составлять план мести, Алена, озабоченная тем, что ее обожае-мая мамочка вынуждена день-деньской сидеть од-на, привела Лену и сказала:

— Вот, мама, теперь у тебя будет помощница, все устроится. Лена студентка, у нее к трем часам закан-чиваются лекции, и она будет возле тебя. Я смогу даже в командировки ездить.

Не прошло и месяца, как Эдита поняла: ангел-хранитель опять помог ей, послал ту, которая суме-ет уничтожить Егора.

Старуха замолчала, я под грузом новых сведений еле-еле пришел в себя и начал задавать уточняющие вопросы:

— Значит, вы свели Лену с Егором?

— Да, — кивнула Эдита, — я позвонила Ольге Андреевне и сказала: «Дорогая, у моей дочери есть знакомая, милейшая девочка, сирота, любительни-ца приключений, отличная хозяйка, по-моему, чу-десная пара для Егора».

— И как отреагировала на это Ольга Андреевна?

Эдита усмехнулась.

— Положительно. Она боялась, что Егор приве-дет в дом охотницу за состоянием, которая будет третировать свекровь. Я подробно проинструктиро-вала Лену, и мы добились успеха, они поженились.

— Но зачем вам понадобилось бракосочетание? — недоумевал я.

Эдита выпрямилась.

— Мерзавец должен был умереть, но не сразу.

Травить его, как крысу, я не собиралась, нет! Это слишком просто и быстро. И какое удовольствие в его мгновенной кончине? Выпил чашку кофе с цианистым калием и убыл в ад? Нет, мне были нужны его мучения, разорение, позор, заключение в тюрьму. Вот тогда я бы пришла к нему в камеру, взяла бы за руку и сказала: «Витя, помнишь Илью, погибшего из-за тебя в милиции? А повариху? Это я, и то, что теперь с тобой происходит, организовано мною». Еще лучше было бы, если б он сломал позвоночник и остался гнить в постели.

— Но какова в этом роль Лены?

— Экий вы непонятливый, — попеняла Эдита, — Лена сумела влюбить в себя Егора, приручила его. Даже самый отъявленный мерзавец нуждается в человеке, перед которым можно открыть душу. Я была готова ждать этого момента годами и не торопила события, пусть семья Лены и Егора окрепнет, и у мужа появится абсолютное доверие к супруге...

— Вы надеялись, что Дружинин разоткровенничается с Леной, расскажет ей историю кражи скифского золота, о том, как Витя Машкин превратился в Егора Дружинина? А Лене предписывалось потом заявить в милицию, что муж много лет назад убил ребенка и живет с тех пор под чужой личиной? — воскликнул я.

Эдита скривилась.

— Нашему государству, хоть оно и кричит на каждом углу: главное — человек, на самом деле плевать на граждан. Почитайте Уголовный кодекс, заметите замечательную тенденцию: если вы украли некую сумму у частного лица, получите небольшой срок, отхватите столько же у родного отечества — мало вам не покажется. Убьете соседа по квартире, вам навесят срок ну... лет семь, домой вернетесь через четыре года с половиной, получите условно-досрочное освобождение, и адью. Если же с депутатом подеретесь, морду ему начистите, то... ох, не завидую я вам в этом случае. Кому нужен погибший бог весть когда сын алкоголика? Нет, Лене следовало узнать, где спрятано скифское золото, вот за кражу бесценных раритетов господину Дружинину не поздоровилось бы, тут бы ему все припомнили, в том числе и смерть ребенка. А я непременно поеду в суд и в нужный момент встану и заявлю:

— Перед вами живой свидетель тех лет!

Все расскажу, без утайки.

— Вас тоже арестуют! — воскликнул я.

— Верно. Я готова к такому повороту событий.

— Что-то я вас не понимаю, — вздохнул я, — вы полжизни прятались под чужим именем, чтобы вас не поймали, тщательно замели все следы и собрались давать свидетельские показания? Право, это нелогично!

Эдита взяла прислоненную к креслу палку, оперлась на нее, с огромным трудом встала и торжественно произнесла:

— Да. В юности я была авантюристкой, в зрелости тоже жила, как хотела, и не жалею ни о чем, но с возрастом суетность ушла, и на старости лет я хочу отомстить за Илюшу. И еще: никого из моих любимых больше нет на земле: Илья, Толя, Нина Петровна, Алена — все ждут меня там, в ином мире. Мне здесь терять нечего, зажилась я на белом свете, нужно отомстить, и можно спокойно уходить. Когда мы крали золото, я была полна сил и боялась заключения, но сейчас мне плевать на все! Ясно объяснила?

— Более чем, — пробормотал я.

Эдита села в кресло и спросила:

— Хотите чаю?

— Спасибо, — ответил я, — а что, Лене удалось раскрыть тайну?

— Нет, — покачала головой старуха, — она пыталась это сделать, но Егор оказался крепким орешком. Последний год я даже заподозрила, что Лена и впрямь влюбилась в подлеца, она расцвела, необычайно похорошела и перестала трижды в неделю отчитываться передо мной. Сначала я не принимала никаких мер, но потом пришлось припугнуть Елену.

— Что вы ей сказали?

— Ничего особенного, просто объяснила: я устроила ее брак, я его и разрушу, сообщу Егору, что жена — вульгарная охотница за деньгами, и Дружинин выставит лицемерку вон. Поэтому ей лучше плясать под мою дудку.

— А Лена?

Эдита скривилась.

— Люди трусы, их легко запугать, если знать, на какую струнку нажать. Елена мигом стала оправдываться. Дескать, она просто не хотела меня беспокоить понапрасну, поэтому и не приходила и почти подобралась к тайне. Якобы через пару недель Егор раскроет все, он уже делал ей намеки, говорил: «Хочу свернуть бизнес и жить спокойно, денег у нас будет море».

— Почему вы уверены, что у Дружинина есть это треклятое золото? — воскликнул я.

Эдита засмеялась.

— А где ж ему быть?

— Небось он его давно продал, проел, прожил!

Старуха закашлялась.

— Ваша наивность поражает, — справившись с приступом, заявила она, — я после происшедшего изучила гору специальной литературы. Пояс и диадема бесценны, коллекционеры отвалят за них миллионы долларов. Нет, все припрятано, Егор потихонечку спускал кольца и браслеты, на выручку основал свой бизнес и выжидал удобного момента, хотел переправить раритеты за границу, но, видно, пока это не удавалось. А теперь и в России есть люди, готовые приобрести бесценные сокровища. Знаете, как развивались события в последние недели?

— Даже предположить боюсь, — быстро отозвался я.

Эдита сложила руки на коленях.

— Думаю, Егор таки нашел покупателя, именно по этой причине он завел с женой разговор о продаже бизнеса и переезде за границу. А Лена совершила какую-то ошибку, вследствие которой Дружинин догадался: супруга его обманывает, она охотница за золотом. И Егор начал действовать, на кон были поставлены слишком большие деньги, и реагировать требовалось моментально. Дружинин имитировал свою смерть, а когда все убедились в том, что он похоронен, выполз из укрытия и убил Лену.

Я чуть было не воскликнул: «Нет», но вовремя прикусил язык и поинтересовался:

— Простите, а вы никогда не слышали о человеке по имени Юрий Трофимов?

В глазах Эдиты мелькнуло неподдельное удивление.

— Нет, — ответила пожилая дама, — почему вы спрашиваете?

— Зачем вы рассказали мне неприглядную правду о себе? — проигнорировав ее вопрос, задал я свой.

Эдита улыбнулась.

— Я уже говорила про своего ангела-хранителя, он меня не оставляет. Сначала он прислал мне Толю с предложением поселиться у него дома, потом, через много лет, привел в палату Ольгу Андреевну, и вот сейчас сделал последний подарок — вас. Вы служите в ФСБ?

— Но почему...

— Не возражайте, — перебила меня Эдита, — только такая дура, как моя соседка Аля, могла поверить, что молодой мужчина из чистой любезности согласится посидеть со старухой и внимательно слушать ее бредни. Я наблюдала за вами, пока рассказывала про папу-француза, вы откровенно скучали, но потом ваши глаза загорелись интересом, и посыпались вопросы. Отсюда вывод: вы сотрудник службы безопасности, милиционеры более грубы и менее воспитанны. Очевидно, история со скифским золотом выплыла наружу, вы проделали огромную работу и вышли на меня, так?

— Ну...

— Не мямлите, — оборвала меня Эдита, — и не врите, я сразу поняла, кто передо мной, оттого и откровенна. И потом, с какой стати Лена дала письмо незнакомцу? Вы его читали?

— Нет, не имею привычки изучать чужие послания.

— Не верю, — фыркнула старуха, — хотите изображать из себя графа? Мне все равно, сделаю вид, что поверила. Значит, вы не читали записку?

— Нет.

— Полюбопытствуйте, — явно испытывая удовольствие, предложила Эдита и сунула мне листок.

Я аккуратно его расправил.

«Чай... там... пьет... горький... не поняла... шла... плохо... отравили... он...» После слова «он» шла длинная линия, она тянулась вниз и резко обрывалась.

— Понятно? — вскинула брови Эдита. — Мне все яснее ясного. Лена выпила чай, думаю, яд был в нем. Снадобье подействовало не сразу, ну кому нужно, чтобы жертва скончалась через секунду после первого глотка, это вызовет подозрения, а Егор человек предусмотрительный. Хотите знать мою версию событий?

— Да, пожалуйста.

— Егор умер, его похоронили, но на самом деле он жив, он либо продал, либо готов спустить скифское золото и вознамерился уехать из России, а может, просто переселится в один из многочисленных подмосковных поселков и будет жить там под чужим именем. Уж поверьте мне, не раз проделывавшей в прошлом подобные трюки, это легко, нам с Ильей удавались такие фокусы даже в советские суровые времена. Сейчас же, когда контроля фактически нет, скрыться в огромном мегаполисе плевое дело. Лена знала о планах супруга, она встретилась с Егором на конспиративной квартире, попила чайку и ушла. Яд, подсунутый ей Егором, подействовал спустя энное время. Лене стало плохо, она умудрилась войти в здание больницы, попросила помощи, вырвала листок из записной книжки, нацарапала «Эдите», а потом попыталась сказать, кто убийца. Она сообразила, что ее отравил муж, но связно написать не смогла, яд уже убивал жертву. Однако мне понятно, что она хотела сообщить.

— Лена могла воспользоваться мобильным, это логичнее, чем царапать записку, которую могут и не передать!

— Верно, — отозвалась старуха, — только Елена была крайне неаккуратна, она всегда забывала поставить телефон на подзарядку и очень часто оказывалась без связи. Думаю, и в тот день она вытащила сотовый, поняла, что он бесполезен, и решила использовать последний шанс. Я рассказала все, теперь ваш черед. Хотите продвинуться по службе — ищите Егора Дружинина, ваше ФСБ — мастер проведения подобных операций, поднимите на ноги своих информаторов, накройте город сетью, убийца в Москве. Проверьте больницы, гостиницы, не мне вас учить. У Егора есть примета — Т-образный шрам. Обнаружите его, найдете и скифское золото, избейте Егора, как моего бедного Илью, он мигом расколется. В глазах начальства вы станете героем, получите орден и очередное звание. Да, кстати, прикажите эксгумировать тело Дружинина, ставлю сто против одного, что в гробу обнаружите либо кирпичи, либо раскрашенного бомжа, либо искусно сделанную куклу. Я за свой рассказ требую лишь одного!

— Чего? — напрягся я.

Эдита улыбнулась.

— Дам показания в суде, а потом пусть мне разрешат подойти к скамье подсудимых, плюнуть негодяю в морду и сказать: «Это тебе от Илюши, сука! Хорошо, что в России мораторий на смертную казнь, ты еще не стар, лет тридцать на зоне промучаешься!»

Глава 29

Побеседовав с Эдитой, я, человек, сдержанный и умеющий себя вести достойно в любой ситуации, дополз до машины как в анабиозе. Машинально открыл автомобиль и протиснулся на водительское сиденье. Вцепился в руль, но заводить мотор не стал, в голове вихрем носились воспоминания.

Егор весьма неохотно рассказывал о своем отце. Когда мы оказались в «Литературном Востоке» в одной комнате, я наивно сообщил ему подробности своей биографии, а Дружинин в ответ сказал:

— Мой отец был переводчиком стихов поэтов среднеазиатских республик.

В советские времена считалось, что у каждой союзной единицы: Казахстана, Киргизии, Узбекистана и прочих — обязательно должен быть союз писателей и местные литераторы, ваявшие произведения о жизни своего народа. Спору нет, среди национальных кадров попадались очень талантливые люди, которых охотно читали соплеменники. Но в СССР в обязательном порядке их романы и стихи переводили на русский язык, и тут начиналась настоящая беда. Ну не хотели жители других республик покупать книги, повествующие, например, о борьбе женщин Таджикистана за свои права. У себя дома таджики расхватывали такие тома, как горячие пирожки, злободневная для них тема привлекала массового читателя, но в Москве, Киеве, Минске, Риге эти опусы мертвым грузом лежали на полках. Многие переводчики не знали языков народов СССР, им давали так называемые подстрочники, например: «В степи ходит отара овец, белую украл волк, ее черная сестра плачет от горя». Толмач, получивший бумагу, чесал в затылке и писал замечательное стихотворение на русском языке. Хорошее воспитание не позволяет мне привести фамилии «писателей», которых с восторгом читали в России, не зная о том, что на самом деле великолепные строки принадлежат переводчику. Последние зарабатывали намного меньше, чем те, кого они «переводили», и редко добивались успеха как поэты. Отчего они могли гениально обрабатывать подстрочники и почему сами не писали стихи, для меня оставалось загадкой. Вот папа Егора и был якобы таким литературным негром.

— Отец сильно пил, — сообщил мне друг, — наверное, поэтому он умер, когда я был еще ребенком.

Я, понимая, что приятелю неприятны беседы о папеньке, не педалировал тему, и мы практически никогда не говорили о детстве Дружинина.

И лишь сейчас я припомнил некие странности. В квартире у друга не было книг Герасима, ни одной. А ведь обычно литераторы выставляют на самое видное место полки со своими томами, даже если они только переводчики. Почему же в доме не было томиков его переводов? Егор и Ольга Андреевна особо не нуждались, хотя имели очень скромный доход: оклад Дружинина и зарплату его матери, учительницы. Мне Ольгушка часто говорила:

— Бегаю с утра до ночи по урокам, тащу двоечников за уши.

Но только сегодня до меня дошло: скромный репетитор не мог жить в достатке. Мы с Николеттой после смерти отца остались в таком же положении — правда, маменька не хотела работать. Может, по этой причине нам было так трудно материально? Я не мог себе позволить купить новую рубашку и комплексовал по поводу того, что обтрепанные манжеты заметят коллеги. Легче стало только после устройства на службу к Норе. А Егор частенько щеголял в обновках, причем он покупал у фарцовщиков очень дорогие фирменные вещи, а также чеки у валютчиков и приобретал в «Березке»[1] качественную парфюмерию. Иногда, правда, Егор восклицал:

— Не могу остановить мать! Увидела, что зима на носу, снесла в скупку очередной подарок отца и дала мне деньги. С одной стороны — приятно, с другой — отвратительно жить за счет матери.

Я, зная любовь Ольгушки к сыну, не удивлялся, но сейчас вдруг до меня дошло: Герасим умер невесть когда, Егор был мальчишкой, зарабатывал его папа немного. Он что, ухитрился забить драгоценностями целый шкаф? Бриллиантов так много, что Ольгушка до сих пор продает их?

Пару раз в редких воспоминаниях о детстве у Егора проскальзывали мелкие нестыковки, которые я пропускал мимо ушей. Дружинин как-то вскользь упомянул, что его дед был профессором МГУ, а Ольгушка во время празднования Нового года неожиданно много выпила и воскликнула:

— А теперь тост за меня! За то, чтобы никогда я, дочь алкоголиков, не жила, как в детстве, в нищете!

Егор тогда задергался и быстро увел мать спать. А я решил, что Дружинин просто приврал насчет дедушки-профессора, хотел набить себе цену, вполне понятное человеческое желание. И потом, профессор университета вполне мог быть пьяницей, одно другое не исключает!

Были и иные странности. В дефолт разорились

---

[1] «Б е р е з к а» — система магазинов, где торговали на чеки, которые получали советские граждане, служившие за рубежом.

многие предприятия, а Егор не пошел ко дну. Откуда у него взялись средства? С чего начался его бизнес? Ольгушка продала квартиру, переехала на дачу, дала сыну вырученные за хоромы сумму. Он открыл фирму и... бац, дефолт! Едва оперившееся предприятие легко перенесло удар. Егор быстро разбогател и... выкупил квартиру назад.

Бог мой, может, ничего этого не было? Вдруг они просто разыграли спектакль? Квартиру заперли, сделали вид, что ее продали, а потом вернулись на место, избежав тем самым вопросов приятелей на тему: откуда деньги на открытие фирмы?

Чем больше я думал сейчас о Егоре, тем яснее понимал: деньги у него появлялись словно из воздуха. Может, Дружинин продавал золотой запас? К тому же шрам на руке! Он у Егора точно есть, а Эдита сообщила, что поранился Витя. Значит, Егор на самом деле Виктор Машкин. Но зачем он поменял имя? Где взял документы Егора? Убил ребенка? Утопил его? Один раз он уже прикинулся мертвым и теперь решил повторить уловку? Но тогда почему он подключил к этой истории меня?

Внезапно в голове сверкнула молния, и мне стало все ясно. Я не должен был участвовать в спектакле, попал в состав труппы случайно, из-за того, что сунул в гроб мобильник. Ситуация на самом деле была такая: Егор не собирался ни с кем шутить, он инсценировал собственные похороны, чтобы все решили: Дружинин умер. Он решил бежать, прихватив с собой скифское золото, ему надоели Лена и Ольгушка, опостылела работа. Егор мечтал начать жизнь с нуля, под чужим именем. Исчезнуть, как в детстве, оставив на берегу одежду, он не мог, успешного бизнесмена будут упорно искать. Да и Ольгушка и Лена поднимут шум, станут теребить милицию. Нет, этот вариант Егору не подходил, вот быть похороненным на глазах у толпы — самое то! Теперь ни у кого не возникнет сомнений в смерти господина Дружинина. Егор не желал делиться ни с Леной, ни с Ольгушкой. Юрию Трофимову предписывалось вернуться на погост и отрыть гроб. Но замечательный план рухнул. Дружинин не знал, что Лену и Трофимова связывает страсть. Егор составил завещание, оставил фирму жене. Скажете глупо? Нет. Как бы он получил свое дело, воскреснув под другим именем? Да никак! У Егора есть спрятанное состояние, скифское золото, он растратил небось лишь крохотную часть украденного. Вот поэтому он со спокойной душой отдал бизнес «вдове». Ну согласитесь, было бы подозрительно, если бы он незадолго до своей внезапной смерти продал успешное предприятие и перевел вырученный капитал за границу. А так — все в ажуре.

Но Юра рассказал Лене о планах мужа, дескать, тот «воскреснет» и сбежит, а потом найдет способ отнять у «вдовушки» завещанное. Про скифское золото Трофимов и слыхом не слыхивал. И влюбленная парочка решает: что умерло, то умерло. Егора оставляют в могиле.

И тут в дело вмешался я. Вот почему Егор велел мне молчать о воскрешении и быстро искать Трофимова. Дружинин хотел лично наказать обманщика, наверное, лежа в гробу, приятель сопоставил кое-какие факты и сообразил: Лена и Юра — любовники, решившие, что им для счастья хватит бизнеса «покойного».

Тут мои мысли засбоили. Минуточку! А почему

Лена оказалась в той больнице, где лежит Егор? Может, она шла к мужу? Кто ей сообщил о местонахождении Дружинина? Да он сам!

Егор обманул меня, прикинулся больным, хотя, может, и впрямь заработал воспаление легких, вызвал к себе Лену, отравил ее и... и... теперь он должен... Что?

В полном изнеможении я начал искать мобильный. Ну куда он мог подеваться? Нужно позвонить многим людям, в частности Ольгушке, задать ей пару вопросов. Где аппарат?

Пот тек по лицу, я постарался взять себя в руки. Спокойно, Иван Павлович! Не дергайся, попытайся сообразить, когда видел мобильный в последний раз? И тут меня осенило! Конечно! Вот я, Владимир Иванович и маменька сидим в «Лобстерхаусе», Николетта хватает со стола мой мобильный и недовольно ворчит:

— Фу! Дешевая поделка! Когда приобретешь достойную вещь?

Я вяло отбиваюсь, маменька кладет мой аппарат возле своей тарелки, вынимает пудреницу, производит текущий ремонт мордочки и начинает цепляться к официанту. У Николетты, не сумевшей добыть из автомата вожделенного зайчика, отвратительное настроение. Продолжая ругать халдея, маменька сует пудреницу в сумочку, потом... потом машинально запихивает туда мой телефон.

Я потряс головой, придется ехать к Николетте, выручать сотовый, в нем обширная записная книжка. Я давно собирался сделать копию, перенести номера на бумагу, а то посеешь мобильный и потеряешь контакты, но все недосуг было.

...Дверь в квартиру Николетты оказалась незапертой. Я этому удивился, вошел в прихожую и заметил кучу верхней одежды. У маменьки собрались гости.

Меньше всего мне хотелось сталкиваться с Зюкой, Кокой, Люкой, Макой, Пусиком и, расточая комплименты, пить с ними чай.

— Это ужасно, — достиг моих ушей вопль маменьки, — я вряд ли сумею пережить произошедшее. Он меня покинул! Бросил! Одну! Горе! Горе! Горе!

Испугавшись окончательно, я пугливым сайгаком заскочил в маменькину спальню. Вот оно как! Владимир Иванович удрал от молодой жены, сейчас у маменьки истерика, а заклятые подружки пытаются ее утешить.

— Это ужасно! — кричала Николетта.

Ее опочивальня прилегает к гостиной, вернее, когда-то это была одна огромная комната, потом в ней соорудили стенку из гипсокартона. Поэтому слышимость осталась прекрасная. Николетту это вполне устраивает. Иногда она в самый разгар вечеринки потихоньку удаляется к себе и подслушивает, какие гадости говорят об отсутствующей хозяйке гости. Вот и я сейчас стал невидимым свидетелем беседы.

— Нико, не плачь! — вещала Кока.

— Ужасно! Я умираю!

— Милая, у тебя покраснеют глаза, — предостерегла Зюка, — в конце концов, он уже не молод, это вполне естественный исход!

— О нет! Нет! — стенала маменька.

— А что ты наденешь на похороны? — поинтересовалась Люка.

Я вздрогнул: кто-то умер?

— Не знаю, — прекратила ныть Николетта, — может, красное с вуалью? Или розовое, со шляпкой.

— Нико! Погребение предполагает черное, — с легкой укоризной заметил Пусик.

— Мне этот цвет не идет, — отрезала маменька, — никогда его не ношу, он бледнит!

— Если с зеленым шарфиком, то ничего, — посоветовала Мака.

— Гадость! — взвилась маменька. — Шарфик! Пошлость! Еще предложи сумочку и туфли в тон.

— Жемчуг! — сказала Кока. — Мило и достойно.

— Только бриллианты! — взвизгнула Николетта. — Дорогой! Мне нужно колье! Из больших камней! И надо составить список гостей, и еще пресса, камера! Ясно?

— Конечно, — прогудел Владимир Иванович.

Я впал в недоумение. Сначала грешным делом я решил, что муж удрал от маменьки прочь, затем подумал, будто он скончался в одночасье. Однако сейчас слышу его вполне бодрый голос.

— Поминки будут в ресторане «Ягуар», — деловито распоряжалась маменька, — всех позову, будет человек пятьсот, люди должны видеть мое горе!

— Да, дорогая.

— Оркестр Большого театра! В полном составе!

— Да, милая.

— Патриарх должен его отпевать.

— Да, любимая.

— Погребение состоится на Новодевичьем кладбище.

— Да, солнышко. Кстати, у него есть приличный костюм? Вроде в последний раз он был не слишком шикарно одет, — поинтересовался отчим, — надо купить тысяч за десять евро.

— А вот это незачем, — взвизгнула маменька, — никто не разберет, что на покойника натянуто, незачем приобретать ненужное. Ах, какое горе, я безутешна, ах, ах!

— Воды!

— Капли!

— Врача!!!

— Скорей, кладите ее на диван.

— «Скорую»! Реанимацию!

Подталкиваемый нервными воплями, я влетел в гостиную и увидел живописную картину: в центре группы возбужденных подружек, на диване, раскинув руки в стороны, лежит маменька. Я громко сказал:

— Добрый вечер. Что случилось?

Глава 30

Дамы замолчали, Николетта села, ее глаза стали круглыми, как у совы, Пусик громко икнул, а Владимир Иванович ахнул:

— Во, блин!

— Добрый вечер, — повторил я, не понимая, отчего произвел на всех столь сногсшибательное впечатление.

Кока завизжала и юркнула под столик.

— Привидение! — заорала Люка, прячась за диваном.

— Спасите! — заголосила Зюка, бросаясь за занавеску.

Пусик, не говоря ни слова, прижался к буфету.

Один Владимир Иванович сохранил способность изъясняться более или менее внятно.

— Ванек, это ты? — выдавил он из себя.

— Я, — подтвердил ваш покорный слуга.

— Живой?

Глупость вопроса меня рассмешила.

— Конечно, с какой стати мне умирать?

Отчим деликатно покашлял, потом сердито заорал:

— Голову оторву! На ... отверчу!

— Мне? — испугался я. — За что?

— Да не тебе, — бушевал благоприобретенный папенька, — а той сволочи, которая позвонила и сказала: «В нашей больнице скончался Иван Павлович Подушкин, надо забрать тело».

Я прилип к полу и начисто потерял способность изъясняться.

— Так он не умер? — поинтересовалась Кока.

— Нет, — ответил Владимир Иванович.

Николетта села на диване.

— У нас не будет похорон? А колье? Гости? Поминки?

Я вздрогнул, тут маменька потрясла головой, протянула ко мне руки и взвыла:

— Вава! Ты тут! О! Какой стресс! Я так исстрадалась!

— Дорогая, — бросился Владимир Иванович к жене.

По дороге отчим наступил мне на ногу и сердито рявкнул:

— Ванек! Ну разве можно так воскресать! Внезапно! Нико вся дрожит, бедняжка.

Я плюхнулся в кресло и стал тупо наблюдать за

присутствующими, которые метались вокруг рыдающей маменьки.

— Успокойся, милая, — журчала Кока.

— Не плачь, — зудела Люка.

— Ах, она так расстроилась! — причитала Мака.

— Но я же... думала... ну... — твердила Николетта. — Гости, колье...

— Милая! — закричал Владимир Иванович. — Мы совершили роковую ошибку! Отметили факт росписи в узком кругу! А как же свадьба?

Маменька замолкла.

— Действительно! — воскликнула она. — Как?

— Мы устроим пир на весь мир, — пообещал муж, — ресторан «Ягуар», пятьсот человек гостей. Не расстраивайся из-за поминок — ей-богу, свадьба — это веселей и круче!

— А колье? — прошептала маменька.

Владимир Иванович расплылся в довольной улыбке.

— Нет вопроса! Купим два и диадему в придачу!

— Кто вам сообщил о моей смерти? — пролепетал я.

— Гадкие завистники, решившие мне насолить, — отмахнулся Владимир Иванович, — хотели выбить Нико из равновесия!

— Из больницы звонили, — прошептала маменька.

У меня в голове что-то щелкнуло, части пазла идеально сложились. Я поместил Егора в клинику под своим именем, показал паспорт Подушкина, естественно, с пропиской. Уточнить телефон, имея адрес, дело пяти минут. Значит, Егор умер! Вернее, он опять проделал привычный трюк: прикинулся покойником и удрал. Или он и впрямь скончался?

У меня сильно заболела голова, душу охватил страх. Лена мертва, думаю, Трофимова тоже нет в живых. Кто еще знает об афере с похоронами Егора? Да только Иван Павлович, наивно решивший помочь Дружинину. В живых остался лишь я, и именно меня теперь убьет Егор, чтобы чувствовать себя в безопасности. Выбравшись с моей помощью из могилы, Дружинин отомстил Лене и Трофимову, но теперь пришел мой черед.

— Ваня, — обратил на меня внимание Пусик, — ты зеленый, как салат.

Я встал, на подгибающихся ногах приблизился к Николетте и спросил:

— Где твоя сумка?

— Зачем она тебе? И какую ты имеешь в виду? — поинтересовалась маменька.

— Ту, что была при тебе в торговом центре в момент покупки кровати. Там мой телефон.

— Не может быть.

— Позволь.

— К чему мне твой отвратительный, дряхлый аппарат? — возмутилась маменька.

— Сделай одолжение, дай ридикюль.

— Он в прихожей. Нет, в спальне! Впрочем... посмотри на окне за занавеской, — тарахтела Николетта.

Я заглянул за штору, обнаружил там сумку и отнес ее хозяйке.

— О боже, — закатила глаза Николетта, — вечно ты мне мешаешь. Ну? Откуда здесь твой телефон? Смотри! Где? Где?

— Вон там, под пудреницей!

— Да? Верно. Вава! За каким чертом ты запихнул сюда свой мобильник! Глупая детская выходка, — начала возмущаться маменька. — Эй, ты куда?

Но я, терзаемый разыгравшейся мигренью, не стал слушать Николетту и помчался в прихожую. Почти теряя сознание от боли и неприятных мыслей, я набрал номер Макса. Длинные гудки. Меня охватило отчаянье: похоже, Максима нет дома, но тут вдруг повисла тишина, затем в нее ворвался голос Воронова:

— Слушаю.

— Макс! — закричал я. — Помоги.

— В чем дело? — осведомился приятель.

— Егор Дружинин умер.

— Это не новость.

— Но он был жив.

— Естественно, — спокойно ответил Макс, — так часто случается, сначала жив, потом, бах, покойник.

— Ты меня не понял! Его закопали, я Егора отрыл, отвез в больницу...

— Ваня, — осторожно перебил Воронов, — ты где?

— У Николетты.

— С тобой все в порядке?

— Голова болит, — признался я.

— Померяй давление и ложись.

— Я не болен.

— Да, конечно.

— Макс! Егор оказался жив, это была шутка, с его смертью. Я не сошел с ума, меня убьют, как Трофимова и Лену. Речь идет о скифском золоте. Можно я приеду к тебе? Я в опасности, не знаю, что делать!

— Нет, — быстро ответил Макс, — спустись вниз и жди меня в своей машине, я сам примчусь.

...Прошло десять дней, которые я провел фактически под домашним арестом. Макс, выслушав меня, хлопнул ладонью по столу.

— Ваня, тебе лучше пока не выходить на улицу.

— Но не могу же я сидеть взаперти, — возразил я.

— Почему бы нет? — вздохнул Макс. — Продукты я привезу, лежи на диване, читай «Историю Вьетнама», когда еще у тебя случится отпуск? Нора вернется не завтра. Вот и воспользуйся ее отсутствием, я же пока кое-что уточню. Давай договоримся: ты не покидаешь квартиру, не подходишь ни к городскому, ни к мобильному аппарату, не открываешь дверь, даже если поймешь, что на лестнице взывает о помощи окровавленный младенец, понял? Привезу тебе новый сотовый, вот если он затрезвонит — смело бери трубку, на том конце провода буду я. И еще. Ни в коем случае не впускай к себе даже меня, если я предварительно не скажу пароль... э... тридцать восемь. Значит, так, проигрываю ситуацию: звонок в дверь, на экране видеодомофона мое лицо, твоя задача спросить код. Если услышишь «тридцать восемь», только тогда открывай.

— Это уж слишком, — покачал я головой.

— Нет, похоже, дело скверное, — протянул Макс.

— Николетта поднимет шум, — предостерег я его, — еще примчится сюда, взбудоражит соседей.

Воронов хмыкнул и схватился за телефон.

— Николетта? — ласково прожурчал он. — Это Макс. Тут с Ваней неприятность случилась, он заболел ветрянкой. Да, да, верно, красные прыщи по лицу. Конечно, очень заразно. Хорошо, хорошо. Да? Полагаю, вы правы.

Сунув трубку в карман, приятель рассмеялся.

— Все. Она ни за что не приедет и не станет звонить, потому что уверена: зараза способна переползти по проводам от тебя к ней. Читай «Историю Вьетнама», а когда доберешься до последней страницы, принимайся за «Тайны Бирмы».

Я кивнул:

— Спасибо, думаю, ты прав.

Надо сказать, что у меня давно не было таких спокойных дней, проведенных в тишине и полнейшей отключке. Телефон, выданный Максом, зазвонил лишь сегодня вечером.

— Приеду через полчаса! — воскликнул приятель. — Если не составит труда, сделай чай.

Я моментально кинулся на кухню. Вообще-то около плиты я чувствую себя инопланетянином, максимум, на что способен, — это засунуть в СВЧ-печь замороженные полуфабрикаты. Они вполне съедобны. Во всяком случае, оказавшись во временном заточении, я питался ими и не ощущал ни голода, ни дискомфорта. Но вот заваривать чай я умею, как никто другой, напиток у меня получается волшебного вкуса. Друзья обожают чай моего приготовления.

Макс не является исключением, осушив две здоровенные кружки, он откинулся на спинку кресла и вздохнул:

— Разворошил ты, Ваня, осиное гнездо.

— Значит, Дружинин — преступник?

Макс тяжело вздохнул и ничего не сказал.

— А скифское золото? — наседал я. — Оно было?

Воронов вытащил сигареты.

— Слушай меня внимательно, — велел он, — история уходит корнями в далекое прошлое.

Жил-был на свете Машкин Андрей Семенович, страстно увлеченный археологией человек. Он был уверен, что вблизи города Крюк имеется богатое скифское захоронение, и пытался получить разрешение на раскопки. У Машкина подрастал сын Витя, который при живом папе находился в интернате. Увы, мужчины редко воспитывают детей в одиночестве, это женщины способны, выбиваясь из последних сил, тащить в зубах кровиночку. Представители сильного пола в своей массе предпочитают отдать дитятко родственникам. Но Вите не повезло, у него не было ни бабушек, ни дедушек, вот он и оказался в приюте. Добрый папа забирал мальчика на пару летних месяцев в экспедиции, приучал его к труду, заставлял работать на раскопках, а поскольку мальчик не имел специального образования, то его удел был рыть лопатой ямы. Витя ненавидел отца, во-первых, за то, что тот сдал его в приют, а во-вторых, ребенок считал папу виновником смерти его жены Кати. У Витиной мамы заболело сердце, а муж, вместо того чтобы сразу вызвать «Скорую», недовольно заявил:

— Сейчас допишу страничку и отправимся в поликлиннику. Хотя выпей аспиринчику, может, так пройдет.

Андрей Семенович даже не оторвался от очередной статьи, чтобы принести супруге лекарство. Вите тогда исполнилось семь лет, и он очень хорошо помнил, как мама, держась за стену, побрела на кухню и там упала, как он, бросившись к папе, затеребил его, а тот недовольно ответил:

— Витя, не мешай! Мама выпьет таблетку, поспит и встанет здоровой.

Только после того, как ребенок начал истерично

рыдать, отец, бурча себе под нос, пошел на кухню и обнаружил жену без сознания. Катя скончалась от обширного инфаркта, мужу не предъявили никаких обвинений. Но Витя был уверен: дай отец маме таблетку, не заставь он больную ходить по квартире, осталась бы она в живых. А так вышло хуже некуда: Катя в могиле, Витя в интернате.

Не нравилось мальчику и в экспедициях. Андрей Семенович сыну поблажек не давал, наоборот, мог отругать его при всех, обозвать идиотом, отвесить оплеуху. Провести лето совместно с папой Витя соглашался по одной причине: в приюте было еще хуже. В экспедиции хоть кормили прилично и не было здоровенных одноклассников, бивших щуплого, маленького Виктора почти до смерти.

Потом отец нашел скифское золото, целую неделю носился по лагерю, сообщая рабочим, шоферам и прочей не слишком разбирающейся в археологии публике об уникальности находки.

— А денег оно стоит? — неожиданно спросил Герасим Дружинин, отец маленького Егора, тоже находившегося в лагере.

Андрей Семенович осекся, потом сердито заявил:

— Конечно! Золото тянет на миллионы. Но материальная сторона блекнет перед исторической ценностью находки. Пойми, не все измеряется деньгами.

Вечером Витя пошел в лес, он любил бродить один. Огромное солнце закатывалось за деревья, одуряюще пахло цветами. Мальчик остановился, он хотел сорвать неизвестное растение, усеянное мелкими желтыми бутонами, и вдруг услышал голос:

— Миллионы! — сказал мужской голос.

— Они в домике, — вступила в разговор женщина.

Витя раздвинул ветви колкого кустарника и увидел парочку, устроившуюся в укромном месте: повариху с редким, на взгляд подростка, идиотским именем Эдита и шофера Николая. Оба появились в лагере недавно, через несколько дней после того, как Машкин вскрыл захоронение скифской царицы. Эдита и Николай держались на людях сухо, они практически не общались друг с другом, но Витя был умный мальчик, к тому же он в интернате обзавелся звериным чутьем и сразу сообразил: водителя и кухарку связывают близкие отношения, они, похоже, любят друг друга. А сейчас лишь удостоверился в своей правоте, вон как целуются, старые кретины. Еще Витя подслушал разговор, из которого сделал вывод: парочка хочет стащить золото, но не знает, как пролезть в избушку.

Потом заговорщики ушли, а мальчик внезапно сообразил, каким образом сумеет отомстить отцу и избавиться от интерната.

Выждав два часа, Витя вернулся в лагерь, с радостью заметил, что взрослые уже спят, и поскребся в палатку к Николаю.

— Чего тебе? — сонно спросил водитель.

— Дядя Коля, — зашептал хитрый парнишка, — грузовик в канаву сполз, вы, наверное, на ручник его не поставили.

— Итит твою в корень, — подскочил Николай, — спасибо, Витек.

Глава 31

Застегивая на ходу брюки, мужик кинулся к машине, но, добежав до нее, удивился и повернулся к Вите:

— Подшутить решил? Так сегодня не первое апреля!

— Поговорить надо, — по-взрослому серьезно сказал подросток, — без свидетелей.

Вот так они стали сообщниками. Илья, устроившийся в экспедицию под именем Николая, ни на секунду не усомнился в серьезности намерений юного подельника. Узнав подробности биографии мальчика, Илья понял: тот ненавидит отца и ждет момента, чтобы ему отомстить. То, что Вите едва исполнилось четырнадцать лет, не смущало Илью, он сам в шесть лет стоял на шухере, в десять лазил в квартиры через форточку, а в тринадцать ходил на дело уже как взрослый член банды. Поэтому Илья согласился сотрудничать с неожиданным помощником.

Опытный вор и грабитель, хитрый, как сто чертей, Илья и предположить не мог, что у Вити иные планы. Мальчик обвел вокруг пальца опытного уголовника, выбросил из окошка не все ценности, сунул в карманы немало колечек и браслетов, а диадему и пояс спрятал за пазухой. Не имел Илья понятия и о том, что вечером накануне кражи Витя сбегал в местную милицию и подсунул под дверь начальника отделения записку, напечатанную на отцовской пишущей машинке: «Скифское золото украл шофер Николай, он с ним поедет в Москву».

Витя подумал, что славно рассчитал время: начальник явится на работу в восемь утра, найдет письмо, свяжется с Москвой, и Илью схватят на вокзале. Поезд из Крюка в столицу идет четыре часа, первый состав отправляется в семь тридцать, хватит времени и на уточнение факта воровства, и на поимку шофера. Естественно, у водителя обнаружат не все золото, только он никогда не выдаст повариху, а значит, промолчит и о Вите. А подросток выждет время, продаст ценности...

Дальше Витя не задумывался. Кому он сплавит раритетные находки, где найдет покупателя, сколько получит денег, куда спрячет награбленное... На эти темы он решил поразмыслить позднее.

Сначала все шло идеально. Охранник Герасим уставился на голую красотку, нанятую Николаем местную разбитную бабенку. Витя ловко юркнул внутрь дома, выкинул часть золота, другую спрятал на себе и вылез из окна. Герасим, увлеченный стриптизом, не отрывал взгляда от бабы, скакавшей по берегу.

Потом случился облом. В лагере стояла тишина, милиция не спешила к археологам, и Витя насторожился. Вдруг начальник не придал анонимке значения? Шофер спокойно приедет в Москву, поймет, что золота не хватает, и покажет подростку небо в алмазах. Витя-то рассчитывал на иной поворот: водителя арестовывают, и кража списывается на него, подросток Машкин вне подозрений.

Перед завтраком Андрей Семенович обнаружил пропажу, вызвали милицию, в это же время, припозднившись, прикатил на службу и начальник отделения. Он сразу нашел письмо. Пока он звонил в Москву, пока растолковал суть дела, пока группа приехала на вокзал, пробил час дня. Вор должен был давным-давно скрыться в лабиринте столицы. Но случилось непредвиденное: обрыв проводов на дороге. Электричка встала на несколько часов, в Москву она прибыла с большим опозданием.

Остальное известно. Николай-Илья умер в камере. Официально — от сердечного приступа. Что случилось с ним на самом деле, не знает никто. Сотрудники МВД, проводившие допрос по горячим следам, давным-давно ушли из жизни. То ли они, пытаясь узнать подробности, переусердствовали и слишком сильно побили вора, то ли у Николая-Ильи и правда оказался изношенный «мотор», сейчас, по прошествии стольких лет, установить истину не удалось.

Витя затаился в лагере, на него никто не обращал внимания, потом прилетела весть о внезапной кончине грабителя. Сначала подросток струхнул, но быстро сообразил: ни его, ни повариху не трогают, значит, водитель не выдал подельников. Теперь надо как следует спрятать награбленное.

Рано утром Витя положил золото в ведро, прикрыл его тряпками и, прихватив удочку, пошел на речку. Подросток давно приметил укромное местечко в лесу на берегу реки, именно там собирался он зарыть ценности. Витя не боялся, что «клад» найдут. Рыбаков здесь не было, и местные жители купаться не ходили. Быстрое течение прогоняло рыбу, а посередине речки, как считали крюковцы, обитал водяной, топивший людей. Пляж был с другой стороны реки. И потом, Витя не собирался держать золото в тайнике годами, планировал забрать его осенью.

Не успел подросток спуститься к реке, как услышал звонкий голос:

— Витьк! Погодь! Я с тобой!

Сын Машкина застонал от разочарования, а десятилетний Егор уже бежал по тропинке, выкрикивая:

— На леща пошел? И я хочу! Вить! Чего молчишь?

— Не ори, — сквозь зубы прошипел подросток, — рыбу спугнешь.

— Ой, молчу! — спохватился третьеклассник.

— У тебя удочка есть? — спросил Витя.

— Не-а, — протянул Егорка.

— На что ловить будешь, дуй за снастью, — обрадовался возможности избавиться от свидетеля Витя.

— Ща ветку отломаю, леску привяжу, — пообещал Егор.

Витя скрипнул зубами, нет, от приставалы так просто не отделаешься. Егор же, страшно довольный, шагнул вперед, задел ногой ведро, опрокинул его и, воскликнув: «Прости», — наклонился.

— Уйди, — взвизгнул Витя, — вали прочь! Я тебя не звал!

Но было поздно. Егор схватил с земли золотую цепь.

— Ой, ой, ой, — затараторил он, — этта чегой-то? О-о-о! Витька! Сокровище! Ты...

Договорить любопытный не успел. У Виктора потемнело в глазах. Отлично придуманный план рушился на глазах из-за дурака Егора. Стиснув зубы, Витя шагнул к нему.

— Э... э... э... — забормотал Дружинин, пятясь к воде, — э... э... э... Не надо! Стой! Я не хотел! Я никому не скажу! Вить!

Но подросток не слушал Егора, он быстро наклонился и дернул его за ноги. Мальчик упал затылком в воду и замер, Вите неожиданно стало страшно.

— Гоша, — зашептал он, — эй!

Егор молчал.

— Ответь!

Снова тишина.

Трясясь от страха, Витя вытащил Дружинина на

берег и понял, что произошло. Под мягким песком скрывался большой камень, Егор сломал шейные позвонки. Некоторое время Витя провел в оцепенении, потом снял с себя одежду, раздел труп и отбуксировал неожиданно тяжелое тело на середину реки. Мощное течение подхватило останки Егора и понесло их вниз, Витю стало затягивать в омут.

Дальнейшее подросток помнил плохо, он не мог рассказать, как выбрался из стремнины и как потом прятал золото. Очнулся Витя на песке, солнце уже село, значит, день прошел. У кромки воды лежала жалкой кучкой одежда Егора.

Едва Витя увидел шортики и рубашку, его словно ударило током. Тело Егора скоро найдут, и кто поверит, что он погиб случайно? Находись Витя не в таком стрессовом состоянии, он бы сумел взять себя в руки и понять: раз не обнаружили его днем, то можно спокойно идти в лагерь. Никто его ни в чем не заподозрит.

Но Витя слишком перенервничал: кража золота, смерть шофера, Егор, нашедший в ведре сокровище, буксировка трупа по реке... Мало какой взрослый мужчина сохранит умение трезво мыслить после таких приключений, чего же ждать от подростка с нестабильной еще психикой?

Витя запаниковал. Он решил бежать, причем прямо сейчас, но все же у мальчика хватило ума понять: надо представить дело как несчастный случай. Они с Егором пошли ловить рыбу и утонули. Витя быстро смастерил из ветки еще одну удочку, и, бросив на берегу свою одежду, в одних трусах и сандалиях двинулся к дороге. Подростка колотил озноб, кости ломало, голова кружилась. Лишь дойдя до шоссе, Витя понял: шансов на то, что почти голого подростка посадят в машину, нет, и еще он привлечет к себе внимание.

Витя шарахнулся в овраг и затаился в грязных лопухах.

— Эй, что сидишь? — спросил тихий голос.

Подросток затравленно обернулся, чуть поодаль стояла молодая женщина в ситцевом платье.

— Зачем сюда забился? Почему раздетый? — сыпала незнакомка вопросами.

Вите стало жутко, в его голове разлился жар.

— Тетенька, — заплетающимся языком прошептал мальчик, — я его не убивал и золото не крал. Это не я! Не я! Не я!

Свет начал меркнуть, и Витя провалился в черную яму.

Очнулся он на кровати, прикрытый комкастым ватным одеялом. Рядом, в кресле, с книгой в руке сидела та самая молодая тетка.

— Я где? — прошептал Витя.

— Очнулся? — улыбнулась незнакомка. — Голова болит?

— Нет.

— А горло?

— Тоже.

— Вот и хорошо. Кушать хочешь?

— Да, — закивал подросток, неожиданно ощутив зверский голод.

— Сейчас принесу.

— Я сам пойду на кухню, — прошептал Витя.

— Не надо, — мягко сказала тетка, — там Настя пьяная.

— Кто?

— Жена Герасима, мать утонувшего Егора Дружинина, — ответила незнакомка, — не нашли пока

тело. Так-то. Давай знакомиться, я Ольга Андреевна. А ты Витя Машкин, верно? Не надо врать, я
знаю про тебя все.

— Откуда? — прошептал Витя, потом быстро по-
правился: — Какой такой Машкин?

Ольга Андреевна вновь мягко улыбнулась, встала, пошарила за большой, висящей в углу иконой и
вынула несколько золотых перстней.

— Узнаешь?

— Драгоценности мертвой царицы, — машинально ответил Витя, — то есть... не знаю, я их никогда
не видел! Честное слово!

Ольга Андреевна села в кресло.

— Ты умеешь думать? — спросила она.

Витя кивнул.

— Ну тогда, — как ни в чем не бывало продолжала женщина, — пораскинь мозгами: если б я хотела
сдать тебя в милицию, давно уже вызвала б патруль.
Знаешь, какой сегодня день?

Подросток напрягся, глянул в окно, где весело
светило солнце, и ответил:

— Утро уже.

— Ближе к обеду, — поправила Ольга Андреевна, — суббота.

— Врете, — ахнул Витя, — я ушел из лагеря в четверг!

— Верно, — подхватила Ольга Андреевна, — вас
с Егором хватились в пятницу. О тебе в связи с кра-
жей просто забыли, а у Дружинина родители пьяни-
цы, им на сына плевать. Я тебя нашла в овраге, у дороги, вечером четверга, ты всю пятницу проспал.
Так-то вот!

Витя в ужасе уставился на нее.

— В овраге у дороги? — прошептал он.

— Голого, — продолжала Ольга Андреевна, — в одних трусах. Припоминаешь?

Мальчик помотал головой:

— Не-а!

Женщина подняла брови:

— Да? Ладно. Ты сидел в лопухах, трясся, а когда я спросила: «Что случилось?» — ответил: «Я его не убивал и золото не крал», потом вытянул руки, и я увидела, что на каждом пальце у тебя перстни.

Витя вцепился в одеяло, а Ольга Андреевна спокойно вещала дальше:

— Слух о краже у археологов уже разлетелся по Крюку. Городок небольшой, население в основном пьющее, сотрудники милиции не составляют исключения, поэтому всем все растрепали. Хочешь скажу, как обстояло дело? Ты подбил Егора похитить золото, потом убил его, забрал драгоценности и решил имитировать несчастный случай. Только, похоже, не рассчитал сил, лишить человека жизни дело непростое. И еще, ты не подумал о таких вещах: куда бежать? Где спрятаться? Откуда взять документы? Скажи спасибо, что я случайно наткнулась на тебя, иначе б уже давал показания в милиции. Тебе четырнадцать лет есть?

— Неделю назад исполнилось, — прошептал плохо слушающимися губами Витя.

— Ой, неладно, уголовная ответственность за деяния уже наступила, — с фальшивым сочувствием сказала тетка, — могут и расстрелять.

— Меня? — шарахнулся в сторону Витя, отчего-то не думавший ранее о наказании.

— Ну не меня же, — улыбнулась Ольга Андреевна, — в отличие от тебя я не совершала преступлений. Думаешь, за кражу госимущества, причем особо ценного, и убийство ребенка тебе шоколадку подарят? Или, погрозив пальцем, отпустят? Нет, милый, за взрослые преступления отвечают по-взрослому.

Витя без сил рухнул в подушки.

— А теперь рассказывай все, — велела тетка.

Из глаз подростка потекли слезы.

— Я не хотел, — забормотал он, — мама умерла, отец меня в детдом определил... отомстить... денег заработать... убежать... Егор случайно ударился...

Повествование длилось долго, в конце концов Ольга Андреевна произнесла:

— Понятно. Теперь послушай меня. Герасим Дружинин, запойный пьяница, мой двоюродный брат. Я Дружинина Ольга Андреевна, мой отец из города Крюка, одно время мы жили тут, только я младше Герасима и, в отличие от него, не хотела умирать в провинции от алкоголизма. Поэтому, закончив школу, подалась в Москву... ну да подробности ни к чему. Я живу в столице одна, имею комнату в коммуналке, работаю в школе учительницей русского языка и литературы. В Крюк этим летом прибыла по одной причине: неделю назад умерла мать, после нее остались изба, скотина и другой скарб — в общем, наследство. Надо с ним разобраться. Ясно?

Витя быстро кивал.

— Говорила уже, — методично продолжала Ольга Андреевна, — тебе повезло, я изучала психологию и понимаю, что с тобой случилось: сначала ты совершил кражу, потом убийство и впал в шоковое состояние. Помнишь, как ты надевал на пальцы перстни?

— Не-а, — выдавил из себя Витя.

— А дорогу до шоссе?

— Нет.

Ольга Андреевна удовлетворенно кивнула:

— Так я и полагала. Наш мозг тонкий инструмент, он пытается сохранить себя, вот и твой умишко сообразил: если ты не забудешь о глупостях, которые натворил, то можешь оказаться в сумасшедшем доме. И тут же выключил временно память. Ну-ка, расскажи, где ты зарыл золото?

Машкин покрылся потом.

— Не помню.

— Давай вместе восстановим события, — предложила Ольга Андреевна, — Егор упал... что было дальше?

— Я не хотел, — затрясся Витя.

— Да, да, не спорю, просто я пытаюсь воссоздать картину, — ласково журчала Ольга Андреевна, — конечно, ты не хотел. Я тебя не ругаю. Ну, он упал и?

— И...

— Что?

Витя зашмыгал носом.

— Я его потащил в воду, там камень лежал, Гоша на него затылком попал, я...

— ...не хотел убивать, верю, хватит об этом, давай о деле, — перебила его Ольга Андреевна, — ты отбуксировал Егора к стремнине?

— Да.

— Зачем?

— Ну... я подумал... решил, что...

— Тело утонет? — спросила Ольга Андреевна и стала кашлять. Витя внезапно покрылся потом.

— Мамочка, — прошептал он, — а вдруг Егорка был жив? Получается, что я его... того... утопил? Нет, он умер, сам!

— Конечно, — пробормотала Ольга Андреевна, — давай пойдем дальше. Егора унесло, а ты куда делся?

— Не помню.

— Закопал золото?

Витя напрягся.

— Да! Точно, рыл землю, лопатка была.

— Вот и отлично, — облегченно вздохнула Ольга Андреевна, — теперь внимательно слушай меня. Тебе надо скрыться, спрятаться, иначе поймают и посадят, понимаешь?

— Да.

— Но у тебя нет документов.

— Ага, — растерянно кивнул Витя.

— Мальчик без всяких бумаг и постоянного местожительства, — протянула учительница, — в нашей стране таких детей нет, куда тебе идти?

— Некуда.

— Вот-вот. Но, повторяю, тебе очень повезло, что встретил меня. Я тебе помогу.

— Как? — одними губами поинтересовался Витя, только сейчас осознав ужас своего положения.

Ольга Андреевна откинулась в кресле.

— Мама Егора алкоголичка, ей только дай повод наклюкаться. Сейчас она лежит пьяная, Герасим ей под стать, теперь будут самогонку жрать безостановочно, вроде как о сыне горюют. Только на самом деле им на Егора плевать, они на него никакого внимания не обращали. То, что я тебя привела, люди не заметили, домик стоит на отшибе, у леса. Вечером, около девяти, мы с тобой потихоньку уйдем, придется топать далеко, пятнадцать километров, до станции Светлая. В Крюке на вокзале показываться опасно. Я все рассчитала, рано утром в Светлом на одну минуту останавливается скорый поезд. Пассажиры будут спать, мы спокойно сядем в вагон, доедем до Москвы и отправимся ко мне. Живу я, правда, в коммуналке, но в соседках у меня бабушка старенькая, полуслепая, глухая, ей ни до кого дела нет, к тому же я ее подкармливаю. Ясно излагаю? Я Дружинина Ольга Андреевна, ты — Дружинин Егор Герасимович. Станешь моим сыном.

— У меня метрики нет, — напомнил Витя.

Ольга Андреевна потерла руки.

— Говорю же, повезло тебе. Возьму документы Егора, они ему не понадобятся. Конечно, он был тебя моложе, но ты мальчик некрупный, сойдешь за десятилетнего. Одна беда, придется пойти в четвертый класс, с другой стороны, отличником станешь.

Витя растерянно закивал.

— Вот и славно, — улыбнулась Ольга Андреевна, — поверь, тебе будет намного лучше со мной, чем в интернате или, не дай бог, в тюрьме. И еще, тебе надо попытаться вспомнить, куда ты зарыл скифское золото.

— Зачем? — пискнул Витя.

Ольга Андреевна ласково потрепала «сыночка» по волосам.

— Дурачок! Потому что тогда мы его откопаем и всю жизнь можно будет не думать о деньгах.

Глава 32

Самое интересное, что стихийно возникший план сработал на все сто. Ольга Андреевна и Егор, будем теперь называть Витю так, чтобы не путаться в именах, благополучно добрались до Москвы. Оставшийся летний месяц учительница использовала на то, чтобы обменять свою комнату на такую же, но в другом районе. Егор не знал, каким образом «мама» сумела провернуть эту операцию, кому и за сколько она продала первый перстень, кому дала взятку, но в середине сентября Дружинины оказались на новой жилплощади, тоже коммунальной. Ольга Андреевна пошла работать в другую школу. Егора она отдала учиться туда же, правда, в шестой класс. Директор лично протестировал ребенка и удивился:

— Мальчик развит намного лучше, чем его одногодки.

Ольга Андреевна потупилась.

— Я обучала его по особой, собственной методике.

За четыре года Дружинины сменили три квартиры и, соответственно, столько же учебных заведений, в конце концов следы запутались настолько, что разобраться в цепочке было бы не под силу даже опытному оперативнику.

Когда Егору по документам исполнилось шестнадцать, он получил паспорт. Юноша оставался худеньким, субтильным, маленького роста и выглядел подростком. Жизнь с Ольгой Андреевной была замечательной. Учительница заботилась о «сыне», она была не сварлива, никогда не ругала паренька, любой конфликт Ольга Андреевна предпочитала решать вербально. Существовала лишь одна неприятность: Егор никак не мог вспомнить, куда он зарыл золото, а в том, что клад не нашли другие люди, Дружинины были уверены на сто процентов.

Не один раз Ольга Андреевна пыталась разбудить у юноши память. Более того, несколько лет подряд она, оставив Егора в Москве, ездила в Крюк и гуляла по берегу реки, в том месте, где случилась трагедия. На всякий случай для любопытных прохожих учительница заготовила объяснение: она ищет грибы. Но местные жители не ходили в пустынное место, боялись омута и стремнины. Крюковцы предпочитали ловить рыбу и купаться на западной окраине городка, и никто не мешал учительнице рыться в земле. Но, увы, материального результата «экспедиции» не принесли, зато морально ей стало спокойно. Ольга Андреевна убедилась: в Крюке никто ничего не заподозрил, Егора и Витю считают умершими. Потом скончались Герасим и его жена, допились до смерти, история окончательно поросла быльем.

Поняв, что Егор на самом деле частично потерял память, Ольга Андреевна рискнула обратиться к специалистам. Врачам они рассказывали придуманную историю. Дескать, в доме, где мать с сыном проводили лето, случился пожар, дело происходило давно. Егор был совсем маленьким, он очень перепугался, схватил шкатулку, где хранились ценные вещи, украшения прабабушки, зарыл ее для сохранности и забыл место. Нет ли какого лекарства, чтобы он вспомнил все?

Озвучивая легенду впервые, Ольга Андреевна очень нервничала, но врач не усмотрел в ее сбивчивом повествовании ничего особенного.

— Подобные случаи хорошо известны медицине, — кивнул он, — частичная амнезия. Увы, фармакология тут бессильна.

— А что же нам делать? — воскликнула Ольга Андреевна.

Доктор прищурился.

— Наш мозг сложная система, его еще изучать и изучать. Ученые подметили интересную вещь — мало приятную информацию часто выметает из памяти. Вот вам конкретный пример. Недавно ко мне обратился один человек, только-только шагнувший на высокую ступеньку карьерной лестницы, ему доверили управлять большим предприятием. Все было хорошо, но возникла проблема: вот уже полгода директор не способен запомнить имен своих заместителей, помощников, секретарей, водителя... Несчастный, опасаясь, что по заводу пойдут слухи об его ограниченных умственных способностях, стал записывать необходимые сведения в блокнот. Но представьте идиотизм положения! Иван Иванович вытаскивает свиток, водит по строчкам пальцем, потом говорит: «Сергей Сергеевич, мне надо...» Смех, да и только. Вначале Иван Иванович просто мучился, потом, обегав всех узких специалистов, обратился к психиатру. Выяснилась интересная вещь: Иван Иванович начал делать карьеру, чтобы угодить властной, авторитарной жене. Супруга упорно толкала мужа наверх, Иван Иванович покорялся, но больше всего на свете хотел тихой жизни без всякой ответственности: мирной рабочей недели с четкими рамками занятости и свободными выходными. Но амбициозная супруга, обзывая его тюфяком и лентяем, таки сумела сделать из него начальника. Внешне Иван Иванович выглядел успешным и довольным, но внутри ощущал глубокий дискомфорт, и мозг пришел ему на помощь: перестал оставлять в памяти столь необходимую для продолжения успешной карьеры информацию. Ну разве станут дальше повышать мужика, который именует своего заместителя каждый раз по-разному: то Петей, то Лешей, то Володей? А еще многие из нас жалуются на начинающийся склероз: забыли о предстоящих делах, день рождения свекрови, пропустили поход к стоматологу... Смею вас уверить, это не болезнь, покопайтесь в себе и поймете: вам отчаянно не хотелось работать, свекровь вы терпеть не можете, к стоматологу ноги просто не идут, вот мозг и решил вам помочь. Еще врачи знают: жертва автокатастрофы или нападения грабителей часто забывает опасную ситуацию, лишается чувств, а потом не может описать происшедшее.

— Я поняла, — оборвала словоохотливого врача Ольга Андреевна, — но как вернуть память сыну?

Психиатр развел руками.

— Дорогая моя, обладай я подобным знанием, получил бы все престижные мировые премии. От амнезии нет лекарств.

Но Ольга Андреевна не сдалась. Несколько лет она водила Егора по разным специалистам и в каждом кабинете слышала примерно одно и то же. Другая женщина бы давно смирилась с тем, что скифское золото уплыло из рук, но Дружинина была упорной. В конце концов один профессор сказал:

— В принципе, память может вернуться после мощного стресса. Клин клином вышибают.

— Это как? — заинтересовалась Дружинина.

— В моей практике было много тому подтверждений, — сказал ученый, — например, Олеся Сердюкова. Она потеряла память во время пожара, не узнавала близких, через полгода угодила в автокатастрофу и пережила новое, еще более сильное потрясение. Память к ней вернулась. Или Михаил Репин, был напуган пьяным соседом-милиционером, размахивающим у него перед носом пистолетом, забыл свое имя, но потом вспомнил его после падения со второго этажа.

— Значит, организму нужна встряска! — воскликнула Ольга Андреевна.

— Именно так, — кивнул профессор.

И Егор начал заниматься экстремальными видами спорта.

— Вот почему он лазил по горам без страховки и прыгал из самолета в жерло вулкана, — закричал я, — пытался так испугать себя, чтобы вспомнить, где захоронено золото!

— Верно, — сказал Максим, — только, похоже, если планируешь стресс, то ничего не получится. Егор попал в тяжелое положение. Первый раз он просто прыгнул с парашютом из самолета, невероятно перепугался, потом ощутил непередаваемый восторг, прилив адреналина опьянил парня. Ольга Андреевна просчиталась: опасные забавы давали встряску организму Егора, но совсем не ту, на которую она рассчитывала. Вместе с ужасом рука об руку пришло и удовольствие. Страсть к хождению по лезвию бритвы сродни наркомании, затягивает в свою паутину, требует все большей дозы. Дружинин, по сути, превратился в безумного охотника за адреналином, он не мог жить как все, у него не складывались отношения с женщинами, потому что через месяц совместной жизни с любой, даже самой распрекрасной красоткой, у Егора сводило скулы от скуки. Ему нужна была столь же бесшабашная особа, но где ее найти?

Лишь через несколько лет Ольга Андреевна сообразила, что натворила. Егор стал настоящим алкоголиком, только он не пил горячительные напитки, а охотился на стресс. Следует отметить, что Дружинины производили впечатление вполне благополучной семьи. Ольга Андреевна распродавала перстни из скифского захоронения, но она была очень осторожна. После смерти соседей по коммуналке она дала кому нужно «барашка в бумажке» и стала единоличной владелицей квартиры, потом сумела пристроить Егора на работу в журнал «Литературный Восток».

— Погоди, — воскликнул я, — у Дружинина был отец, переводчик!

— Ты его видел? — усмехнулся Макс.

— Нет, он умер задолго до нашего с Егором знакомства, — пролепетал я, — оставил жене и сыну отличную квартиру, сберкнижку...

— Книги, переведенные папой, ты листал? — напирал Макс.

— Нет, — растерянно ответил я.

— Вот, вот, — кивнул он, — не было папаши — переводчика чужих стишат.

— Но зачем Егору врать?

Макс усмехнулся.

— Ольга Андреевна и Егор не хотели ненужных вопросов типа: «Откуда у вас шикарная квартира? Где берете деньги на безбедную жизнь?» Это сейчас народ особо не любопытствует, но в советские годы было опасно демонстрировать благополучие. Ну какой мог быть достаток у преподавательницы русского языка? А вот если она вдова члена Союза писателей, то вопросов нет.

— Глупости, — заявил я, — очень многие жены умерших литераторов влачат жалкое существование, просто они умеют пускать пыль в глаза, как Николетта. Та постоянно рассказывает небылицы о несметных капиталах в швейцарских банках, но на самом деле маменьку содержу я.

— Ваня, — укоризненно сказал Макс, — ты из

этой тусовки, потому и знаешь правду, а для остальных людей слова «вдова писателя» являются синонимом если не богатства, то устойчивого материального положения. Это раз. И потом, ты, познакомившись с Дружининым, сразу стал считать его равным себе, так?

— Верно, — кивнул я, — он сын писателя, правда не слишком успешного, но...

— ...птица из той же стаи, — закончил за меня Макс, — а Ольга Андреевна очень хотела, чтобы Егора на равных приняли в коллективе, она рассчитывала на удачный брак «сына» с дочкой какого-нибудь прозаика.

— Погоди, ты хочешь сказать, что она любила Егора? — растерянно осведомился я.

— Ну ты же сам видел их отношения.

— Да, конечно, я только сейчас, после твоего рассказа, решил, что это был умело разыгранный спектакль!

Макс встал и начал мерять маленькую комнатку шагами.

— Знаешь, Ваня, маска часто прирастает к лицу, и человек становится ее рабом. Да, приведя к себе Егора, Ольга Андреевна преследовала корыстные цели, хотела заполучить сокровища. В принципе, она их получила. Если помнишь, пальцы мальчика были унизаны перстнями. Почему подросток не зарыл кольца вместе с диадемой и поясом? Неизвестно — момент совершения преступления Дружинин не помнил. Но бесценные украшения из погребения оказались при нем. Именно по этой причине Ольга Андреевна и сын жили обеспеченно. Вот откуда взялись средства на бизнес Егора.

— Э нет! — подскочил я. — Ольгушка продала квартиру, съехала на дачу и жила там.

— Сколько? — скривился Макс.

— Что «сколько»?

— Времени? Какое количество лет Ольга Андреевна жила в Подмосковье?

— Ну... извини, не помню.

— Четыре месяца, — сказал Макс.

— А потом Егор раскрутился и выкупил квартиру назад...

— Ваня! Очнись! Снова вранье! Дружинина продала очередное кольцо, и на эти деньги Егор основал дело. История с квартирой была придумана для простаков и любопытных. Кстати, надо сказать, что Егору по жизни невероятно везет, удача всегда на его стороне, кажется, у него не один ангел-хранитель, а целая армия. Он часто рискует жизнью и всякий раз выбирается из приключений целым и невредимым. Удача сопутствует ему и как бизнесмену: путь, который другие проходят за годы, Егор преодолел за месяцы. Он стремительно разбогател, но квартира их никогда не продавалась, ее просто заперли. Ольга Андреевна и впрямь переехала в сарайчик, куда не преминула пригласить всех приятелей, чтобы те удостоверились в ее переезде за город.

Только недолго длились ее мучения, скоро Ольга вернулась в свою квартиру, но умело запущенный ею слух сыграл свою роль, и все знакомые были уверены: Дружинин поднялся на деньги, полученные от реализации родительских хором. Ведь так, Ваня? У тебя были в том сомнения?

— Нет, — тихо ответил я.

— Что же касается любви Ольгушки к сыну, то, повторюсь, вначале у нее был голый материальный расчет, — продолжал Макс, — нищая учительница из коммуналки, с несложившейся личной судьбой, страстно хотела разбогатеть. Она понимала, что Егор вынужденно остался при ней. Ну куда было деваться подростку? Но ведь время пройдет быстро, пареньку исполнится восемнадцать лет, и он может бросить Дружинину. У Ольги было два пути. Первый: держать Егора в страхе, шантажировать его, пугать тюрьмой. Второй: стать ему настоящей матерью, привязать его к себе узами любви. Ольга Андреевна выбрала любовь и не прогадала. Сначала она изображала трогательную заботу о парнишке и не верила, что тот забыл, куда зарыл сокровища. Но потом ей стало понятно, что юноша не лжет. А еще... помнишь, я говорил о маске, приросшей к лицу? Ольгушка, никогда не имевшая детей, по-настоящему полюбила посланного ей судьбой сына. Она так и не вышла замуж, отвергла всех поклонников, пожертвовала личным счастьем, всегда помогала Егору, была ему лучшим другом, помощником, феей с волшебной палочкой. В общем, просто растворилась в юноше, выплеснула на него нерастраченные чувства. Между прочим, это очень опасная ситуация.

— Почему? — вскинулся я.

Но Макс, словно не слыша моего вопроса, продолжал:

— Потом в жизни Егора появилась Лена. Мы-то теперь знаем, что ее, тщательно проинструктировав, подослала к Дружинину Эдита, но ни Егор, ни Ольга Андреевна даже не подозревали об истинных намерениях бывшей Верочки Завьяловой. Ольга Андреевна подружилась с соседкой по палате и жаловалась той на любовь сына к экстремальным при-

ключениям. Кстати, Дружинину и впрямь пугала
страсть Егора к опасным забавам. Она даже пыталась запретить Егору рисковать собой. Ведь он так и
не вспомнил о месте захоронения клада. Но, увы,
сын не слушался, он уже стал адреналиновым нар-
команом.

Эдита подготовила Лену и «заслала» ее в стан к
врагу. Девушка нравится Егору, ее рассказ о поездке
голой на велосипеде по Тверской вызывает у Дружинина восторг: наконец-то он встретил родственную душу.

— Она и впрямь проделала подобную штуку? —
поинтересовался я.

— Ваня! Конечно, нет, — засмеялся Макс, — но
пикантная деталь, придуманная Эдитой, оказалась
как нельзя более к месту. Они сыграли свадьбу и за-
жили весело.

Глава 33

Лена, мечтавшая о больших деньгах, старательно
изображала любительницу мотоциклетных гонок по
вертикальной стене. На самом деле ей было страшно до одури, она уже сто раз пожалела о своем заму-
жестве, но Эдита упорно твердила:

— Он спрятал несметные сокровища! Узнай где!

— Егор молчит, — чуть не плача, говорила Лена.

— Ничего, скоро он развяжет язык, — восклицала старуха, — потерпи! Мужья все выбалтывают женам, если те, конечно, становятся им друзьями.

Что оставалось делать несчастной Лене? Жить в
Москве ей негде. Правда, Егор при разводе небось
устроит бывшую супругу, но как быть потом? Лена
уже привыкла к комфорту, и... она боится Эдиту.

Мама покойной Алены неожиданно скинула маску милой, интеллигентной старушки и явила свое настоящее лицо безжалостной уголовницы. Лена чувствует себя мышью, загнанной в стеклянную банку, она трясется при мысли об Эдите и смертельно боится разделять забавы Егора. Единственный человек, который не вызывает у нее страха, — Ольгушка. Но ведь нельзя сказать свекрови правду, что она, Лена, влезла в их семью, чтобы узнать секрет скифского золота. А теперь совсем извелась, помогите!

В конце концов Лена понимает, что единственный способ избавиться от беды — это вытащить из Егора тайну и передать сведения Эдите. И Леночка удваивает усилия. Желая угодить мужу, она обращается в фирму, специализирующуюся на приколах, и там знакомится с Юрием. Насколько Трофимов хорош внешне, настолько мерзок внутренне. Абсолютно беспринципный тип, умеющий пускать пыль в глаза. Живет он на дешевой съемной квартире, зато одевается шикарно и часто меняет машины. Мало кто в курсе, что элитные иномарки ему дает внаем некто Андрей Гусев, владелец автостоянки. Андрей великолепно знает, кто из его клиентов отправляется в командировки, и за весьма скромную плату снабжает Юрия их машинами. Кстати, парочка действовала давно и ни разу не попалась. Гусев потом ловко скручивал спидометр, и все дела.

Женщины падают к ногам Трофимова пачками, Юрий готов переспать с любой, но, как правило, выбирает обеспеченных особ, способных содержать его самого или тех, кто ему нужен. Например, Мальвину, девочку с рецепшен, изображающую по прихоти хозяина негритянку, он использует для вербовки «левых» клиентов. Юра элементарно обманывает

350 ..... Дарья Донцова

хозяина, берется выполнять поручения некоторых клиентов в обход фирмы, за что его и выставили в конце концов вон. Владелец «прикольного» бизнеса запрещает своим сотрудникам даже произносить имя Юрия, но Трофимов и в ус не дует, он уже закрутил роман с Леной. Глупенькая Дружинина совершенно потеряла голову. Мало того, что она заваливает любовника подарками, Лена еще и пытается создать ему, так сказать, клиентскую базу, организует Егору празднование дня рождения и представляет Трофимова своим приятелям. У Лены хватило ума назвать своего любовника бывшим мужем лучшей подруги Раисы Шумаковой, ей кажется, что его после этого совсем посчитают своим.

Егор приходит в восторг от затеи супруги, а Леночка, окончательно потеряв голову от любви, подводит Юру к Дружинину и говорит:

— Это он все организовал.

— Готов к новым подвигам, — потирает руки Юра и привычно врет: — Вообще-то я работаю в фирме, но, если кто-то из ваших приятелей захочет, могу, с большой скидкой, провернуть дело приватно.

— Пошли побеседуем, — предлагает ему Егор.

В результате долгих обсуждений рождается сценарий первоапрельской шутки. Кстати, Дружинин не захотел иметь дело с Юрой как с частным лицом, и Трофимов принес ему контракт с печатью и подписью хозяина фирмы. Бланк контракта выкрала из стола Мальвина. Егор сам в офис не ездит и не знает, что Юру оттуда выгнали. Впрочем, Трофимов его не подвел, он использовал свои контакты, задействовал, в частности, бывших любовниц и... Лену.

— Значит, я прав! Елена участница преступления! — взвыл я. — Негодяйка! Задумала убить мужа, чтобы заполучить наследство.

— Ты выслушай до конца, — вздохнул Макс, — одна бывшая пассия Юрия добывает свидетельство о смерти, другая, медсестра...

— С необычными раскосыми голубыми глазами и родинкой на веке?

— Верно, она, откуда ты знаешь Лидию Синякову? — удивился Макс.

— Имя мне неизвестно, — покачал я головой, — эта девушка наливала всем на похоронах успокаивающее средство.

— Правильно, — кивнул Макс, — а еще она добыла карзол, лекарство, которое Трофимов вколол Егору, чтобы тот не шевелился в гробу, а за ампулой Юра послал Елену.

— Почему? По какой причине сам не взял снадобье?

Макс почесал затылок и сделал вид, что не услышал вопроса.

— Ну, теперь основная часть. Да, Лена была в курсе планов супруга, их ей раскрыл Юрий. Но Трофимов открыл ей все не из человеколюбия, не потому, что хотел избавить любовницу от стресса. Просто у него было к ней деловое предложение.

— Я не буду выкапывать гроб, — сказал Юрий, — деньги Егора завещаны тебе?

— Да, — кивнула Лена, — совсем недавно, буквально на днях, он вдруг составил завещание, по которому матери в случае смерти его отойдет только квартира. Я было удивилась, но Егор поразил меня еще больше. «Это мама настояла, — сказал он, — отругала меня за участие в прыжках без парашюта и велела официально оформить бумагу, боится, что я погибну, а ты нищей останешься».

— Вот, — довольно крякнул Юра, — пусть и лежит в гробу, а мы деньги получим законным путем! Поженимся!

— Да! — обрадовалась Лена. — Именно так!

— Вот сволочь! — вскипел я.

— Подожди, — остановил меня Макс, — все не так просто. За два дня до первого апреля Трофимову позвонила женщина, представившаяся Эдитой Львовной. Она назвалась клиенткой и предложила встретиться. Юра согласился, дама приехала в назначенное место вовремя. На голове у клиентки была шляпка с вуалью, из-под которой свисали иссиня-черные пряди, фигуру скрывало бесформенное пальто, руки затянуты в перчатки. Юрию стало ясно, что клиентка хочет скрыть свою внешность.

— Предлагаю вам сделку, — сухо сказала незнакомка, — цена сто тысяч долларов, при этом вам ничего делать не придется.

— Это как? — удивился Юра.

— Просто вы не откопаете гроб с Егором, я знаю о вашей затее.

Трофимов разинул рот.

— Еще одно условие, — вещала тетка, — вы сообщаете Лене правду, делаете ее основным участником событий, потом можете жениться на своей любовнице, получите капитал Дружинина. Мне же нужна его смерть.

И Юрий согласился, жадность перевесила здравый смысл.

— Эдита! Вот кто хотел убить Егора! Но и Лена хороша! — вскочил я на ноги. — А потом Эдита убила Лену! Отравила! И Юрия тоже убрала!

— Нет, — покачал головой Макс, — Трофимов жив, он просто очень испугался. На похоронах Егора понял, кто такая дама, заказавшая смерть Дружинина, и сообразил: ему не жить, эта особа не оставит на белом свете ни его, ни Лену. Перетрухав до потери пульса, Юрий несется домой, он не едет на поминки, где в крайне нервном напряжении мечется Лена, не понимая, куда делся любовник. Трофимов сообразил: у него есть один, крохотный шанс остаться в живых. Сейчас заказчица преступления сидит за столом, пьет за упокой новопреставленного раба божьего Егора. Сегодня ей положено изображать скорбь и горе, но уже завтра дама начнет убирать ненужных свидетелей, сначала Юру, потом Лену, а может, и наоборот, это не важно.

Трофимов в панике, он врывается в свою квартиру, вскрывает тайник, вытаскивает спрятанные деньги и вызывает такси, чтобы ехать в аэропорт. Кстати, именно потому, что Юрий заказал машину, мы и сумели его быстро найти. Узнали, куда водитель доставил пассажира, опросили кассиров, и одна девушка призналась, что она продала билет симпатичному мужчине, забывшему дома паспорт. Но это неинтересные подробности. Тебе лишь надо знать: Трофимова обнаружили в Челябинске.

Скрываясь из столицы, Юрий рассчитывает, что его искать никто не будет. Ситуация, в принципе, складывается в его пользу, он нигде не работает, не имеет родственников. Юра даже пытается созвониться с квартирной хозяйкой, вот та способна поднять ор, но Антонина не снимает трубку. Тогда Юра звонит одной из своих многочисленных приятельниц и просит:

— Помоги, пожалуйста, звякни дуре, скажи, что

я купил квартиру и ее хата свободна. Я очень тороплюсь, а Тонька не отзывается. Ключи я ей оставил, все, что внутри найдет, пусть забирает себе.

Девушка не усматривает в его просьбе ничего странного и выполняет ее со спокойной совестью. Юра улетает в Челябинск, он не боится, что Лена поднимет шум. Любовница по уши замарана, она согласилась не откапывать мужа, является его единственной наследницей и будет сидеть тихо, боясь привлечь к себе внимание. При этом, зная имя режиссера спектакля, Трофимов стопроцентно уверен: очень скоро Леночка покончит жизнь самоубийством, оставив записку типа: «Не могу существовать без обожаемого мужа». Кстати, он оказался прав.

Я вновь опустился на стул.

— Что ты имеешь в виду?

Макс развел руками.

— У Лены в гардеробе обнаружили пустой пузырек из-под яда и записку с наспех нацарапанными каракулями: «Ольгуша, прости! Не могу жить без Егора».

— Ничего не понимаю, — прошептал я, — хотя... нет! Ясно! Эдита на правах знакомой приехала высказать Ольгушке соболезнования и сунула в шкаф тару из-под яда и писульку. Искаженный почерк Лены можно объяснить ее волнением. Но почему Дружинина оказалась в больнице? Отчего не осталась умирать дома? Не хотела пугать Ольгушку!

— Эх, Ваня, — с явной жалостью перебил меня Макс, — совсем ты раскис и потерял умение мыслить. Лена вовсе не думала уходить из жизни самостоятельно. На поминках она изображала скорбь, и ей в самом деле было не по себе. Лена не понимала, куда подевался Юрий. На следующий день Дружинина бросилась искать любовника, но везде был облом: мобильный молчит, общие знакомые Юру не видели. Кстати, Трофимов не приводил любовницу к себе на квартиру, они встречались в маленьких гостиницах. Поэтому про дом рядом с МКАД Дружинина не знала, она в безумной тревоге, и тут вспоминает медсестру, девушку с необычными глазами. К ней Дружинину Юра отправлял за лекарством, сам он не захотел тогда светиться. Лена, попив дома чайку, несется в больницу, ее толкает надежда, что помощница Юры, раздобывшая снадобье, знает его адрес или в курсе произошедшего. Глупое предположение, но она цепляется за соломинку.

В холле больницы ей делается плохо, бабка-гардеробщица из сочувствия к посетительнице, по доброте душевной, предлагает:

— Милая, хочешь чайку?

И тут... я, конечно, могу лишь предполагать... Никто этого не подтвердит, ведь Лена мертва. Но думаю, что слово «чай» взорвалось у несчастной в голове, она поняла, что ее отравили, и попыталась составить записку, но мысли путались, рука дрожала, единственное, что получилось разборчиво — слово «Эдита», текст непонятен. На посторонний взгляд в нем мало смысла.

— Одно время я думал, что автор затеи сам Егор.

— Нет, он жертва, — вздохнул Макс, — во всяком случае, в истории с похоронами. Кстати, знаешь, я поднял из архива дело о скифском золоте и обратил внимание на крохотную деталь, ее не заметил следователь: сандалии.

— Ты о чем?

— На берегу нашли одежду мальчиков. Витя, убив

Егора, догадался раздеть труп, чтобы придать произошедшему вид несчастного случая. На песке остались шорты, рубашки, носки и... одна пара обуви, Егоркина. Отсутствие трусов можно объяснить — мальчики постеснялись купаться нагишом, но куда делись сандалии Вити? Он же не пошел в них в воду! Зацепись много лет назад следователь за крохотную малозначительную ниточку, глядишь, и размотал бы весь клубок.

— Ужасно, — прошептал я, — Егор жил с таким грузом на душе. Как ты думаешь, смерть второго мальчика — случайность?

— Ну, если ты сохранишь дружбу с Дружининым, сам поинтересуешься у него, — пожал плечами Макс.

— Ты забыл? Егор умер, под моим именем.

— Ой, Ваня! Прости! Я не сказал! Он жив.

— Кто? — как идиот воскликнул я.

— Да Егор же!

— Но звонили из больницы моей матушке, сообщили по месту прописки о смерти Подушкина, — залепетал я.

Макс махнул рукой.

— Наш российский бардак. Хотя в этой клинике порядок, даже на каждой кровати висит табличка с именем и фамилией пациента. Так вот, в палате Егора умер больной, некто Шебалин, его увезли, а Дружинин лежал у окна, оттуда дует. Внимательно следишь за моими словами? В палату вошла медсестра Наденька, которой ты приплатил за уход. Девушка увидела свободную кровать в теплом углу и, решив проявить заботу — она ведь получила деньги, позвала свою товарку. Сестрички вместе перекладывают Егора на новое место и с чувством выполненного долга уходят пить чай, но они забыли про таблички, и Егор оказался на койке с фамилией «Шебалин».

Труп настоящего Шебалина поставили на черной лестнице, за ним пришли из морга, и санитар обнаружил отсутствие документов покойного.

Надя с подругой наслаждались очередным тортом от родственников пациента, на посту сидела медсестричка, ничего не знающая о перемещении Егора с койки на койку. Под ругань санитара она бежит в палату, видит пустую кровать, срывает листок с записью: Иван Павлович Подушкин. Продолжать?

— Не надо. Что теперь будет с Эдитой?

— Думаю, ничего.

— Как?

— Ваня, — устало сказал Макс, — любой маломальски грамотный адвокат легко выцарапает старушку из лап закона. Что ей можно вменить? Проживание под чужим именем? Участие в краже скифского золота? Второе вообще не доказуемо!

— С ума сошел! — заорал я, напрочь забыв о хорошем воспитании. — А идея не выкапывать Егора? Убийство Лены!

Сонное выражение будто сдуло с лица приятеля.

— Так ты ничего не понял? Это не ее рук дело.

У меня голова пошла кругом.

— Ты сам недавно сказал, что к Юрию обратилась дама по имени Эдита.

— Ваня, — перебил меня Макс, — назваться кемлибо и быть им на самом деле вовсе не одно и то же. Ну, включи мозг! Эдита передвигается с большим трудом, ей без провожатого и без палки на улицу не выйти. И в гостях у Ольгушки она никогда не была.

— Кто? Кто убил Лену? — вскричал я.

— Женщина, — сказал Макс, — которая могла подслушать чужие разговоры, сложить два и два и понять все. Та, что сообразила: у Лены есть любовник — и выследила пару. Дама, ставшая невидимой свидетельницей беседы Егора и Юрия в кабинете Дружинина, любившая приемного сына беззаветно и столь же сильно возненавидевшая его, узнав о предательстве! Ну, назови ее имя!

Я раскрыл рот, закрыл, снова открыл, да так и замер.

Глава 34

— Ольгушка, — произнес Макс.

— Не может быть!

— Увы. Это правда. Она призналась.

— Но почему? Почему? — забегал я по комнате.

Воронов кашлянул.

— Извини, Ваня, я совсем забыл сообщить тебе некоторые подробности.

Я остановился, схватился за подоконник и повернулся к приятелю.

— Много еще фактов спрятано в твоем рукаве?

— Сущий пустяк, — прищурился Макс, — скифское золото. Понимаешь, и Егор, и Лена считали Ольгу Андреевну милой, пожилой, слабой дамой. Ольгушка в основном копошилась по хозяйству, но ни остроты слуха, ни зоркости глаз, ни ума она не растеряла.

Свекровь живо смекнула, что у невестки есть любовник, и даже легко вычислила его имя. Лена часто запиралась в своей комнате, вела долгие разговоры по телефону, посылала эсэмэс-сообщения, а Ольгушка, несмотря на возраст, разбирается в современных средствах связи. Она улучила момент, пошарила в сотовом у Лены и раздобыла таким образом номер телефона Юры. Егору мать правды не сообщила, ей не хотелось открывать сыну глаза. До поры до времени свекровь решила просто понаблюдать за потерявшей голову Леной.

Потом она стала свидетельницей беседы Егора и Юрия. План предстоящих «похорон» Дружинина обсуждался в его кабинете. Егор был уверен, что дома нет лишних ушей, Трофимов приходил всего один раз, где потом они обговаривали детали, Ольгушка не знала. Но самый первый разговор состоялся в квартире. В тот момент Лены не было, а старуха ушла в парикмахерскую, где предполагала просидеть три часа. Однако дама вернулась назад уже через сорок минут: ее мастер заболел, краситься у другого она не захотела. Ольгушка тихо вошла в квартиру и услышала громкие голоса Егора и Юрия, уверенных в том, что они одни. Вот так она и узнала о планируемой шутке, но вида не подала. Это ведь была не первая идиотская забава Дружинина.

Но в конце марта случилось событие, разом сломившее Ольгу Андреевну. Не секрет, что Ольгушка любила подслушивать разговоры близких, ей нравилось быть в курсе чужих дел. В тот судьбоносный вечер у нее сильно разболелась голова, и дама, пожаловавшись Лене на мигрень, рухнула в кровать. Проснулась она внезапно, от громкого голоса Егора:

— А мама где?

— Спать легла, — ответила Лена, — у нее мигрень разыгралась.

Ольгушка удивилась, ей спросонья почудилось,

что пара почему-то находится у нее в спальне. Но потом, уловив запах дыма, она все поняла: Егор и Лена устроились на лоджии, вышли покурить на свежий воздух. Ольгушке при мигрени всегда становится душно, вот она и распахнула, несмотря на март, окно. Так она стала свидетельницей их разговора.

— Хорошо, что она дрыхнет, — сказал Егор, — у меня к тебе секретное дело. Слушай и не перебивай!

Ольгушка тоже затаила дыхание и узнала... историю о скифском золоте, только рассказана она была сыном в сильно измененном варианте.

Со слов Егора получалось, будто кражу совершила... Ольга Андреевна.

— Уж не знаю, как она это осуществила, — лихо врал Дружинин, — небось долго готовилась, но ей удалось украсть драгоценности. Был у нее сообщник, шофер Николай. Вот его-то с частью награбленного и поймали.

— Ой, ой! — воскликнула Лена.

— Ольга Андреевна осталась на свободе, — журчал Дружинин.

— Как же ей удалось избежать наказания? — с неподдельным интересом в голосе поинтересовалась жена.

— Водитель умер, — пояснил Егор, — от инфаркта. Матери повезло, она спрятала большую часть награбленного на берегу реки, а потом уехала в Москву очень спешно, прихватив меня с собой. Если честно, я был маленьким и плохо помню события. Знаешь, мы в то время жили бедно, у отца возникли трудности с переводом книг, вот и пришлось нам на лето уезжать в провинцию.

— А как Ольгушка попала к археологам? — спросила Лена.

— Ой, ты требуешь слишком многого, — засмеялся Егор, — говорю же, я был пацаном, на уме была одна рыбалка. Вот из-за этой страсти я и узнал тайну. Мать решила закопать украденное, пришла тайком на берег, а я в этот момент там удил, но, вот уж судьба, в кустики отбежал. Гляжу, мама крадется, она меня не заметила, сделала ямку, запихнула туда мешок, и тут молния как шарахнет! Прямо в землю, между нами. Я сознание потерял, а когда пришел в себя, вижу — мама лежит.

Ольгушка, затаившись, слушала лживый рассказ сына, а Дружинин очень убедительно вещал, как пытался привести ее в чувство, как они потом уехали домой.

— Значит, она из-за удара молнии забыла, где закопан клад? — спросила Лена.

— Да, — печально ответил Егор, — потом по врачам бегала, и все без толку. Мать сильно изменилась, стала злой, меня била, обвиняла во всех грехах! Говорила: «Это ты спер скифское золото, я тебя сдам в милицию». Я очень ее боялся, оттого и в экстремальные забавы лез, чтобы ужас забыть. Я, Леночка, всю жизнь под дамокловым мечом хожу, возьмет мамаша и выдаст меня, то есть наврет в милиции, и каюк мне. Она меня с детства шантажирует.

— Я думала, вы любите друг друга!

Егор засмеялся.

— Как собака палку, просто умеем держать лицо.

— Но почему вы живете вместе?

— А куда деваться? Мать присосалась ко мне как пиявка, ей хочется безбедно существовать, сын —

гарантия ее сытой старости. А я, как маленький, боюсь тюрьмы, мать постоянно шипит: «Ты вор и убийца, помни об этом».

— Кого же ты убил? — воскликнула Лена.

— Никого, — моментально исправил свою оплошность Егор, — просто у нее такой бзик, она имеет в виду шофера Николая, ну того, у которого то ли инфаркт, то ли инсульт случился. Да ты не о глупостях думай, главное впереди. Я сегодня вспомнил, где зарыто золото.

— Вау! Каким же образом?

Дружинин хмыкнул.

— Ты рано заснула, а я крутился с боку на бок и решил телик посмотреть, наушники нацепил и начал пультом щелкать. На одном из дециметровых каналов фильм крутили, триллер. Так, пустяковый сюжет, мальчик убил приятеля и решил представить дело как несчастный случай. Очень натуральные съемки, когда убийца плыл по реке, толкая перед собой труп друга, я почувствовал, что сам нахожусь в воде. Такое реальное ощущение... темнота, тишина, страх, плеск волн... м-да! В общем, с памяти моей словно черную тряпку сняли, все я припомнил. На берегу береза стояла, необычная, их еще ведьмиными зовут: из одного ствола три дерева расходятся. Если встать спиной к реке, а правым боком к березке, то прямо по курсу растет здоровущая ель, вот под ней мать все и закопала.

— Ты уверен? — выдохнула Лена.

— Стопроцентно, — заявил Егор, — значит, так, милая, скифское золото — вещь бесценная, но его трудно продать, на рынок с ним не пойдешь. Лучше всего за границей его толкать. Поступим так. Я тут задумал одну шутку, повеселюсь напоследок, разыграю людей, пусть потешатся. Дело на мази, оплачено, негоже его сворачивать. А после... мы выроем клад и дернем отсюда. У меня есть связи среди людей, способных через кордон не то что скифское золото, а всю Красную площадь вместе с Кремлем и мавзолеем переправить. Поселимся в Швейцарии под чужими именами, станем весело жить. Знаешь, я слышал, есть там интересные забавы, можно очутиться в лавине, ее специально с гор спускают! Нам денег на любые приключения хватит. Мне надоело бизнесом ворочать, хочу просто жить и наслаждаться приключениями вместе с тобой. Мы же оба любим опасность.

— Да, — дрожащим голосом подтвердила Лена.

— А главное, — воскликнул Егор, — я избавлюсь от матери, кошмара всей моей жизни, превратившей меня в психа. Она нас никогда не найдет, да и помирать ей пора, зажилась на этом свете. Что-то холодно, хоть я и в куртке, пошли!

Балконная дверь хлопнула. У Ольги Андреевны перехватило дыхание. Вот оно, значит, как! Егор таки вспомнил место, где зарыл золото, увидел фильм, сюжет которого почти повторил произошедшую с парнишкой историю, и спавшая память пробудилась. Ольга Андреевна попыталась встать, но ноги не хотели слушаться хозяйку. Следовало быть откровенной самой с собой. Да, уходя с новоявленным сыном из Крюка, Ольга Андреевна надеялась получить в скором будущем богатство, да и перстни из захоронения представляли большую ценность. Сначала Егор был для нее всего лишь «сейфом», который нужно вскрыть, но потом бездетная женщина искренне полюбила мальчика и стала ему самым близким человеком. Вернее, это

Ольгушка так считала, у Егора, как выяснилось, было другое мнение об их отношениях. Злая, жадная, корыстолюбивая, терпеливо ожидавшая момента пробуждения его памяти... Ольгушка была для Егора постоянным напоминанием о совершенных им преступлениях. Но уйти он не мог, боялся, что мать сдаст его в милицию. Неужели Егор настолько туп? Он не почувствовал ее любви? А что он врал Лене! Обелил себя, очернив Ольгушку. И, главное, вспомнив, где спрятан клад, сын тут же предал мать, хорошо, пусть не родную по крови, но женщину, которая беззаветно любила его, забыв о личном счастье. Не будь Егора, она могла бы выйти замуж, но ведь отвергла все партии, боялась причинить сыну неудобства. И что взамен?

Макс замолчал и посмотрел на меня.

— Знаешь, Ваня, бойся сильно любящих, пожертвовавших ради тебя личным счастьем женщин. У них, как правило, подспудно накапливается обида, таким кажется, что им не воздали должного... И еще, всепоглощающая любовь частенько трансформируется в безоглядную ненависть.

— Егор поступил подло, решив бросить Ольгушку, — прошептал я, — она спасла его, поставила на ноги, вывела в люди.

— Продавая украденные им перстни, — напомнил Макс, — покрывая убийцу из чисто корыстных соображений.

— Но потом ее любовь стала...

— Ваня, — перебил меня Макс, — никакое чувство не оправдывает убийства. Ольга Андреевна решила наказать сына за предательство, но ей пришлось убить и Лену, которая знала место, где зарыт клад.

— А как Юрий понял, что на встречу к нему приходила не Эдита, а Ольга Андреевна? — воскликнул я.

Макс потянулся.

— Да в сущности просто. Он вначале удивился, по какой причине дама, назвавшаяся Эдитой, хочет избавиться от Егора, но сумма, предложенная за услуги, была так велика, что Трофимов решил не забивать себе голову ненужными мыслями. Есть дело, есть оплата, остальное не важно. Юрий очень жаден и абсолютно беспринципен, за сто тысяч долларов он готов на убийство, тем более что клиент сам ляжет в гроб. Ты хорошо помнишь внешность Ольгушки?

— Да, — кивнул я.

— Можешь назвать ее особую примету?

— Конечно, у нее больные ноги, не знаю подробностей, но она вынуждена носить специальные ботинки, ортопедические, их шьют на заказ лишь в одном месте, — ответил я. — Ольгушка жаловалась, что ни за какие деньги более приличную обувь не сделать. Если честно, сапожки ужасные, темно-синие, тупорылые, рант прошит белыми нитками. Они сразу бросаются в глаза на фоне элегантной одежды Ольги.

— Юрий тоже заметил эти ботинки, — подхватил Макс. — Ольга Андреевна пришла к нему в гриме: парик, косметика и так далее. Но вот об обуви она не подумала, да и нет у нее другой. А Трофимов внимателен, и на похоронах Егора он вдруг видит его мать в тех же самых ботинках. Юрий понимает: вот кто заказчица! Дружинина! Почему она надумала расправиться с сыном? Непонятно, но Трофимов трус, убить человека он согласился впервые и очень нервничает. Деньги за заказ уже получены, обратной дороги нет. Но если женщина готова отправить на тот свет сына, то, чтобы замести следы, она уничтожит и исполнителя. Когда Трофимов подписался не выкапывать гроб, он рассчитывал жениться на богатой вдове Егора, да и сто тысяч, полученных за убийство, тоже показались ему не лишними. Но сейчас-то он понял: заказчица не допустит его брака с Леной, она убьет Трофимова. Перепугавшись до смерти, мерзавец улетает в Челябинск. Собственно говоря, это все.

— А почему Ольгушка назвалась Эдитой? — спросил я.

— В сотовом Лены она нашла телефон Эдиты и однажды подслушала их беседу. Ей стало ясно, что Лена — засланный казачок, и она решила отомстить и Эдите. Вот так.

Эпилог

Егор вышел из больницы другим человеком, говорят, он перестал улыбаться и, живо свернув бизнес, исчез в неизвестном направлении. Мне он перед отъездом звонить не стал, чему я был несказанно рад. Честно говоря, я не знал, как вести себя с человеком, о котором после многих лет дружбы узнал столько ужасных фактов. К ответственности за убийство мальчика, кражу золота и жизнь под чужим именем Егора не привлекли. На Дружинина работало несколько дорогих адвокатов, сумевших вытащить клиента на свободу. Юрия Трофимова арестовали, и, насколько я знаю, он сейчас отбывает не маленький срок. Лену похоронили скромно, я в погребении не участвовал. Ольга Андреевна скончалась после того, как специальная группа отправилась за скифским золотом. Вооруженные лопатами милиционеры прибыли на берег реки, и Егор повел их к трехствольной березе.

— Здесь, — ткнул пальцем Дружинин в подножье большой ели.

Оперативники заработали заступами, но ничего не нашли.

— Наверное, там, — уже менее уверенно сказал Егор, — вот еще одна елка.

Милиционеры поплевали на ладони, выкопали еще одну яму и... вытащили небольшое ведро.

— Да, — крикнул Егор, — верно, одно я бросил на берегу, а во второе сунул золото. Диадема и пояс там!

— Ничего здесь нет, — ответил старший группы.

— Не может быть, ищите! — заорал Дружинин.

Но, перекопав и просеяв почву в радиусе ста метров, милицейский начальник велел прекратить бесполезную работу. К делу приобщили лишь пустое ведро. Куда делось скифское золото, осталось загадкой. Может, его вырыл кто-то и, не поняв ценности находки, продал за копейки? Или ювелирные изделия утащили бродячие собаки, разрывавшие землю в поисках еды? Нет ответа на эти вопросы. Хотя еще не вечер, может, и всплывет в чьей-нибудь коллекции дивная диадема и пояс мертвой царицы.

Впрочем, собиратели ревностно оберегают свои тайны, в их сейфах хранится много секретов. Но не надо думать, что только коллекционеры предпочитают помалкивать о своих тайнах.

У моего отчима, Владимира Ивановича, тоже имелся секрет, и открылся он в момент свадебного ужина.

Я не буду описывать нервные дни подготовки к торжественному событию, остановлюсь на самой церемонии.

Для пира Владимир Иванович снял огромный ресторан, а гостей созвал человек пятьсот, не меньше. Новобрачные рука об руку стояли в холле, справа к ним текла река гостей, обвешанных подарками. Николетта выглядела восхитительно: издали больше двадцати пяти не дать, вблизи маменька казалась сорокалетней, а на фоне слоноподобного жениха она выигрывала еще больше. Сами понимаете, что наличие у молодой дамы сына средних лет — это нонсенс. Поэтому я скромно стоял в углу. Потом ко мне подошла Нора, которая безостановочно комментировала увиденное.

— Да уж, Ваня, — щебетала хозяйка, — все организовано выше всяких похвал! Смотри, Николетте вручают подарок, тут же специальный человек забирает коробку и относит в сторону, к куче презентов, а там дежурит секьюрити. Правильно, гостям доверять нельзя, еще сопрут что получше. А букеты ставят в вазы. Интересно, сколько жених потратил на эту пирушку?

— Ну... тысяч двадцать... долларов, — ответил я.

— Что ты, — отмахнулась Нора, — не меньше ста! Меню видел? Куча закусок, горячее, сладкое, элитный алкоголь, хотя обычно на тусовках экономят на выпивке. Если принять во внимание платье Николетты, колье, диадему, кольца... да! Не знаешь, в каком море очаровательный Владимир Иванович ловит золотых рыбок?

Я невольно оглянулся и, понизив голос, ответил:

— Это самый больной вопрос. Кажется, он крестный папа, в смысле, мафиози, все кричит в телефон: «Пристрелите их... достаньте патроны». А когда Николетту в торговом центре арестовала милиция, их начальник залебезил перед Владимиром Ивановичем, поминал бандитов, какого-то Зверя...

— Ой, какое смешное предположение, — послышался сзади голос Сонечки, — Иван Павлович, вы разве телевизор не смотрите?

— Очень редко, — признался я.

— «Бандиты» — это сериал, уже третий год идет, Зверь — главный герой, его народ обожает, — защебетала Соня, — а дядя Вова владелец киностудии, его тоже постоянно на экране демонстрируют, он интервью раздает. Похоже, вы один на свете Владимира Ивановича не знаете. Он столько фильмов снял! «Честные ребята», «Кошмар в лесу», «Игра с правдой».

— Значит, Владимир Иванович бизнесмен? — ахнул я. — Но почему он так кровожадно требовал пристрелить каких-то людей?

Сонечка засмеялась еще громче.

— Сейчас в производстве серия «Бандиты. Жизнь в мирное время». Актеры, вообще говоря, сволочи! Поняли, что сериал успешен, и потребовали повышения ставки за съемочный день. Дядя Вова уговаривал их умерить аппетит, ан нет, уперлись: мы звезды, гоните бабки. Деньги есть, но поощрять подобное поведение нельзя, вот дядя и решил: раз вредничаете, то перепишем сценарий, убьем вас и введем новые персонажи. А потом он уехал в Москву, влюбился в Нико и временно выпал из дел. Артисты же перепугались и давай режиссера упрашивать: мол, мы согласны на прежние ставки, только оставьте нас в сериале. Скумекали, уроды, что все сейчас потеряют, а дядя на принцип пошел: убивайте их, и все тут! Постановщик на стороне актеров, он попытался дядюшке туфту гнать: нельзя их прикончить, закончились специальные патроны для съемок. Ой, цирк! Не мог ничего поприличнее придумать...

Я хлопал глазами, а Сонечка тараторила без умолку:

— У нас в семье денег как тараканов: мы наследство получили, и дядя Володя горы зарабатывает. Одна беда, ему в любви не везло.

— Почему? — заинтересованно спросила Нора.

Сонечка сморщилась, как от укуса.

— Дяде Володе нравятся капризные дамы, причем на молоденьких он внимания не обращает. Иногда мне кажется, что он мазохист, обожает скандалы, истерики. А все его предыдущие жены мигом начинали прогибаться, кланяться, но, думаю, Нико из другой породы.

— Если Владимир Иванович мечтал о вулкане, тайфуне, наводнении и пожаре страстей, то он выбрал нужный вариант, — захихикала Нора.

— Вы правы, — кивнула Сонечка, — но есть одна беда...

— Ну-ка разойдитесь немедленно, — перекрыло нежный голос девушки властное меццо, — пошли прочь! Воля! Воля! Ты где?

Толпа гостей расступилась, в освободившееся пространство влетела пожилая дама, одетая с развязностью провинциальной нимфетки. Ярко-красное платье обтягивало костлявое тело, юбка едва прикрывала бедра, на ногах были иссиня-белые ботфорты на высоченных каблуках, носки их сверкали то ли стразами, то ли натуральными камнями. Поверх платья на прелестницу был накинут коротенький палантин из серо-голубой шиншиллы. Лапкой, на которой переливались разноцветными огнями многочисленные кольца, дама поправила идеально уложенные золотистые волосы и взвизгнула:

— Ага, думал, что я не приеду! Решил скрыть! Лишить меня возможности быть на свадьбе!

— Это кто? — повернулся я к Соне.

— Это беда, — затравленно прошептала девушка, — Деля!

— Кто она?

— Адель Семеновна, но ее нельзя называть по отчеству, — ввела меня в курс дела Сонечка, — она уверяет, что еще молода, поэтому — просто Адель или Деля.

— Она бывшая жена Владимира Ивановича? — ожила Нора, наблюдая, как дама наступает на растерявшуюся Николетту и кричит:

— Боже, кто надоумил вас надеть такое уродство! Какая безвкусица! Милочка, ты уже стара для фаты или, ха-ха, сохранила невинность, появившись на свет в доисторические времена?

— Это его мама, — обморочно произнесла Сонечка, — жуть по имени Деля. Бедный Владимир Иванович ее боится до энуреза, исполняет все ее прихоти, но Адель никогда не бывает довольной, постоянно упрекает моего бедного дядю в жадности...

Я, найдя в отчиме родственную душу, ощутил прилив жалости. Однако мы с новым папенькой похожи, у нас почти одинаковый рост и сегодня даже выбрали идентичные галстуки. Понятно теперь, отчего несчастный не способен жить с тихими дамами. Абсолютное большинство представителей сильного пола подсознательно выбирают себе в супруги

женщину, похожую на родную мать. Я скорее ис-
ключение из этого правила.

— Мама, — пискнул Владимир Иванович, мигом
делаясь меньше и тоньше, — я просто не хотел тебя
волновать.

— Я приехала, — рявкнула Деля, — и жду по-
здравлений! Где мои букеты, подарки? У меня сегодня праздник, свадьба... э... старшего брата! Да!
Именно так! Надеюсь, все понимают, что женщина
моих лет не может иметь старого сына! Подайте мне
кресло! Не сюда! Туда! Нет, сюда! Ладно, сойдет.
Оркестр, гряньте мою любимую! Как? Не знаете,
что я люблю? Воля! Разберись! Воды! Фу! Без газа!
Гадость! Ну, начинаем! Ах, ах, спасибо! А ты что тут
стоишь, иди куда-нибудь, исчезни с моих глаз!

Последняя фраза относилась к потерявшей дар
речи Николетте.

За моим плечом послышался стон.

— Ваня, — протянула Нора, — вот это прикол.
Она же копия Николетты и зовет сынка идиотской
кличкой «Воля». А платье! А манеры! Нет, такого не
может быть! Бог шельму метит! Николетта получила
в ближайшие родственницы свое подобие!

Я закашлялся, пытаясь скрыть смех.

— Воля, неси шаль! Воля, воды! Воля, веер! Где
девица? Воля, где твоя очередная временная жена?
Воля? Воля!!!

Капризный крик метался по залу, Владимир Иванович вынул платок и вытер вспотевший лоб, дири-
жер принял его жест за знак и взмахнул палочкой,
грянула зажигательная мелодия, гости пустились в
пляс. Жених подхватил невесту, на лице Николетты
было никогда доселе не виденное мной растерянное
выражение.

— Ах, Вава, — защебетала Кока, подлетая ко
мне, — Нико вышла замуж! Боже! Не верю. Я хочу,
чтобы она с Вольдемаром была счастлива так, словно они не расписывались! Компренэ?

Я кивнул.

— Ох, ох, — затараторила Люка, подбегая с другой стороны, — у милейшего Вольдемара есть все!
Это восхитительно!

— Вот только что делать с этой отвратной Де-
лей? — протянула внезапно материализовавшаяся
Мака. — Вава, не молчи! Скажи что-нибудь! Немедленно! Ну!

— Да, отреагируй, — насела на меня Кока.

Я откашлялся.

— Милые дамы, вы абсолютно правы, у Владимира Ивановича нет материальных проблем, он,
как правильно отметила Люка, имеет все, значит...

— Ему нужна женщина, которая покажет Владимиру Ивановичу, как этим богатством пользоваться, — взвизгнула Мака.

Я усмехнулся.

— Что же касается новой родственницы Николетты, ее свекрови Адели, то...

Продолжение фразы застряло у меня в горле,
больше всего мне хотелось злорадно сказать: «Бог
шельму метит», но, согласитесь, это как-то не ко-
мильфо!

— Вава, — захихикала Зюка, — ты можешь звать
Адель бабусей. Она же мама Вольдемара!

— Сомневаюсь, что Иван Павлович останется
жив после этого, — вздохнула Сонечка.

— А ну замолчите, — рассердилась Кока, — дайте
Ване договорить, налетели на мальчика, перебили,

может, он чего умное сказать хотел. Ну, Вава, «что же касается Адели, то...» — закончи мысль.

— Девочки, — отмерла Николетта, — все сюда!

Кока, Мака, Зюка, Люка, Сонечка и примкнувший к ним Пусик ринулись на зов. Из толпы, окружившей маменьку, донеслось сдавленное хихиканье и обрывки фраз: «Не дадим...», «Еще посмотрим...», «Да ей триста лет...», «Мы сейчас...»

Я улыбнулся, милые дамы намечают план борьбы с Аделью. Думаю, они не правы. Хотите совет? Любите своих врагов от всей души, это точно приведет их в бешенство.

Советы

от безумной оптимистки

Дарьи Донцовой

письма

советы

Обращение к читателям

Дорогие мои, я очень люблю вас, но, увы, не имею возможности сказать о своих чувствах лично каждому читателю. В издательство «Эксмо» на имя Дарьи Донцовой ежедневно приходят письма. Я не способна ответить на все послания, их слишком много, но я обязательно внимательно изучаю почту и заметила, что мои читатели, как правило, либо просят у Дарьи Донцовой новый кулинарный рецепт, либо хотят получить совет. Но как поговорить с каждым из вас? Поломав голову, сотрудники «Эксмо» нашли выход из трудной ситуации. Теперь в каждой моей книге будет мини-журнал, где я буду отвечать на вопросы и подтверждать получение ваших писем. Не скрою, мне очень приятно читать такие теплые строки.

Совет № раз

Рецепты
«пальчики оближешь»

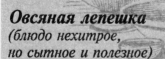

Овсяная лепешка
*(блюдо нехитрое,
но сытное и полезное)*

Что нужно:
1 ст. геркулеса (хлопья),
1 ст. сахарного песка,
2 яйца,
2 ст. л. майонеза.

Что делать:
Все ингредиенты тщательно перемешать
(чтобы не было комков), посолить по вкусу
и выложить на хорошо смазанную маргарином
сковороду. Поставить в духовку и выпекать
лепешку 25 — 30 минут.

Сладкие бутерброды

Что нужно:
белый хлеб,
яблоки,
2 яйца,
1/2 ст. сахара.

Что делать:
Хлеб нарезать ломтиками толщиной 1 см. Взбить в миксере 2 белка. Продолжая взбивать, постепенно добавить сахар. Яблоки натереть на крупной терке и выложить на хлеб. Сверху столовой ложкой аккуратно положить взбитые белки. Выпекать в духовке при 250°C до тех пор, пока белки не станут цвета топленого молока.

Приятного аппетита!

Совет № два
Ребенок в машине: правила безопасности

1. У маленького ребенка обязательно должно быть автомобильное детское кресло. Если ребенок вырос из кресла, его можно сажать на подушку, пристегнув взрослым ремнем.

2. Правильно укрепите детское сиденье — оно должно плотно фиксироваться. Не ленитесь перед каждой поездкой проверять надежность крепления.

3. Самым безопасным местом считается середина заднего сиденья. Если ребенок сидит с краю, безопаснее правая сторона.

4. Очень опасно перевозить ребенка на коленях у взрослого — при столкновении взрослый может не удержать малыша или придавить его собой.

5. Никогда не оставляйте незакрепленные предметы в салоне вашего автомобиля — в случае аварии они могут представлять большую опасность.

6. Необходимо помнить, что машина опасна, даже когда стоит. Ребенок может прищемить пальцы дверью или стеклом, выйти на проезжую часть.

7. Если вы за рулем, не оборачивайтесь к ребенку. Для наблюдения за малышом лучше установить дополнительное зеркало заднего вида. Если ребенок плачет или что-то у вас просит, сначала остановите машину и только после этого успокойте малыша.

Письма читателей

Дорогие мои, писательнице Дарье Донцовой приходит много писем, в них читатели сообщают о своих проблемах, просят совета. Я по мере сил и возможностей стараюсь ответить всем. Но есть в почте особые послания, прочитав которые понимаю, что живу не зря, надо работать еще больше, такие письма вдохновляют, окрыляют и очень, очень, очень радуют. Пишите мне, пожалуйста, чаще.

Здравствуйте, Дарья Аркадьевна!

Я все же решилась написать Вам, хотя подруга долго отговаривала, убеждая, что письмо до Вас не дойдет. Много времени я у Вас не отниму. Всего лишь хочу сказать, что Ваши книжки — это мое спасение! Так сложилось, что я сильно заболела. Ухаживать за мной особо никто не мог. Муж работал, чтоб хоть как-то прокормить нас и оплачивать мне лечение. Детей у нас нет. И я тут еще со своим здоровьем жутким. Не буду описывать, что со мной происходило, Вы сами через ад прошли и все понимаете, как это тяжело. Одно Вам скажу, «Записки безумной оптимистки» помогают выжить. И я знаю, что помогли они не только мне! И помогут еще многим! Сейчас у меня все потихоньку налаживается, входит в обычную колею. Перед сном я читаю Ваши книжки, а наутро просыпаюсь с хорошим настроением.

Спасибо Вам за все. Здоровья Вам крепкого!

СОДЕРЖАНИЕ

Донцова Д. А.

Д 67   Пикник на острове сокровищ: Роман. Советы от безумной оптимистки Дарьи Донцовой: Советы / Д. А. Донцова. — М.: Эксмо, 2006. — 384 с. — (Иронический детектив).

Иван Павлович Подушкин снова оказался в эпицентре событий! Его друг Егор Дружинин — большой любитель экстремальных развлечений — внезапно скончался. И вот ночью после похорон Ваню разбудил телефонный звонок. Звонил... Егор и слезно умолял достать его из могилы. Ополоумевший от ужаса Подушкин помчался на кладбище и отрыл Егора. Тот рассказал, что хотел «прикольно» пошутить — устроить собственные похороны, а потом «воскреснуть» на поминках. Представляете реакцию скорбящих! Но четко разработанный сценарий дал сбой — устроители «забавы» не откопали гроб. Егор просит Ваню скрыть, что он жив, и найти тех, кто решил таким жутким способом убить его. Конечно же, Ваня не может отказать другу, но он сам попал как кур во щи — его маменька Николетта скоропостижно... вышла замуж...

УДК 82-3
ББК 84(2Рос-Рус)6-4

ISBN 5-699-17959-3   © ООО «Издательство «Эксмо», 2006

Оформление серии *В. Щербакова*

Литературно-художественное издание

Донцова Дарья Аркадьевна

ПИКНИК НА ОСТРОВЕ СОКРОВИЩ

Ответственный редактор *О. Рубис.* Редактор *Т. Семенова*
Художественный редактор *В. Щербаков.* Художник *А. Сальников*
Компьютерная графика *Е. Гузнякова*
Технический редактор *Н. Носова.* Компьютерная верстка *И. Ковалева*
Корректоры *М. Мазалова, Т. Павлова*

ООО «Издательство «Эксмо»
127299, Москва, ул. Клары Цеткин, д. 18/5. Тел.: 411-68-86, 956-39-21.
Home page: **www.eksmo.ru** E-mail: **info@ eksmo.ru**

Подписано в печать 26.06.2006. Формат 84 x 108 $^1/_{32}$. Гарнитура «Таймс».
Печать офсетная. Бумага газетная пухлая. Усл. печ. л. 20,16.
Тираж 250 000 экз. (1-й завод 190 000 экз.). Заказ № 0613040.

Отпечатано в полном соответствии с качеством
предоставленного электронного оригинал-макета
в ОАО «Ярославский полиграфкомбинат»
150049, Ярославль, ул. Свободы, 97

**С момента выхода моей автобиографии прошло два года.
И я решила поделиться с читателем тем,
что случилось со мной за это время...**

«Прочитав огромное количество печатных изданий, я, Дарья
Донцова, узнала о себе много интересного. Например, что я была
замужем десять раз, что у меня искусственная нога... Но более
всего меня возмутило сообщение, будто меня и в природе-то нет,
просто несколько предприимчивых людей пишут иронические
детективы под именем «Дарья Донцова». Так вот, дорогие мои
читатели, чаша моего терпения лопнула, и я решила написать о
себе сама».

Дарья Донцова открывает свои секреты!